大国空村

程明盛　著

暨南大學出版社
JINAN UNIVERSITY PRESS

图书在版编目（CIP）数据

大国空村/程明盛著. —广州：暨南大学出版社，2015.7
(2015.11 重印)
ISBN 978-7-5668-1558-3

Ⅰ.①大…　Ⅱ.①程…　Ⅲ.①纪实文学—中国—当代　Ⅳ.①I25

中国版本图书馆 CIP 数据核字(2015)第 147523 号

出版发行：暨南大学出版社

地　址：中国广州暨南大学
电　话：总编室（8620）85221601
营销部（8620）85225284　85228291　85228292（邮购）
传　真：（8620）85221583（办公室）　85223774（营销部）
邮　编：510630
网　址：http：//www.jnupress.com　http：//press.jnu.edu.cn

策　　划：余　丛
策划编辑：杜小陆
责任编辑：马昭雯
责任校对：李林达
排　　版：中山市人口手文化传播有限公司
印　　刷：佛山市浩文彩色印刷有限公司

开　　本：850mm×1168mm　1/32
印　　张：9.75
字　　数：240 千
版　　次：2015 年 7 月第 1 版
印　　次：2015 年 11 月第 2 次

定　价：32.80 元

（暨大版图书如有印装质量问题，请与出版社总编室联系调换）

目　录

村庄群雕

城市化路径

城乡碰撞

守望家乡

自序：一个村庄的乡村命运

1967 年，法国著名社会学家孟德拉斯以一部《农民的终结》，预言“农民是即将消亡的群体”，1984 年再版时肯定“这本书是一个文明的死亡证明书”。被誉为加拿大最好专栏作家的桑德斯以一部《落脚城市》，记录了“最后的人类大迁徙”，尤其是农村到城市的人口迁徙，预言 21 世纪末人类将成为一个完全生活在城市的物种。

眼下，在城市率达到 54.77%的中国，有史以来最大规模的人口迁徙，正以一天大约消失 80 个到 100 个自然村的速度，将许多人的乡村记忆连根拔起。又在城市繁荣之后，将乡村落寞抛给留守者，留下一声家园不再的时代慨叹。2015 年全国两会期间，全国政协委员、中国文联副主席冯骥才疾呼守护传统乡村：“2000 年全国有 360 万个古村落，现在的自然村只有 200 万个左右。”

1994 年随大潮“麻雀南飞”的我，与家乡聚少离多，偶尔的还乡也是匆匆而过。

直到 2011 年的一次家乡行，从珠三角回到千公里之外的江汉平原应城市郎君镇老家，行车记录里从村口到村中央一段 2 分半钟的视频里，没有出现一个人影，一种家园即将消失的恐慌突然沉重袭来！我的家乡会像千千万万个村庄一样走向消亡吗？我能为即将消逝的村庄留下点什么？

从此，我以不同方式与家乡建立联系，不断追寻乡亲行踪，在乡亲集中的城市探访故旧，试图描摹一个村庄的轨迹。4 年里，我利用年休假 4 次回到故里，终日游走在杂草丛生的村庄，穿行于田间地头，与相遇的每一位乡亲闲聊，并用镜头记录村庄。

为了叙述的需要，我的村庄就以程湾相称吧。

一

当年，我义无反顾地辞去家乡机关工作南下“赶海”，怀揣新闻理想，至今以新闻为业。

20 多年记者生涯里，我一直忙碌地捕捉着改革开放前沿的光荣和梦想。到广东后公开发表的第一篇文章《风雨无阻民工潮》，留下深深的时代印记。

在迎面走来父老乡亲的异地他乡，在与乡亲一次次不期而遇之后，我知道，中国有史以来最大规模的人口大迁徙背景下，自己身处的珠三角，和长三角、环渤海湾一样，作为人口输入地，正在享受成群结队的离乡背井者带来的人口红利，创造一个个野鸡变凤凰的财富神话。而与自己家乡一样广袤的内地农村大地，作为工业化和城市化浪潮下的人口输出地，正在咀嚼人去楼空的“空心”，感受家园不再的落寞和痛苦。

我们提着笔杆子进城，以文字书写世界大同、城市美好，却有意无意疏远了自己的家乡，疏远了那方沉寂的土地，淡忘了那些曾经朝夕与共的乡邻。当激情的文字肆无忌惮地为城市挥洒时，乡村的落寞正成为一个时代的悲凉，我们常常假装听不到。无数个没有星月的夜晚，我们在反躬自省中寝食难安。

至今，许多乡亲还像我当年一样，义无反顾地投奔城市；新生的一代则像我的孩子一样，畏惧乡村蚊蝇乱飞、蛆虫蠕动的茅坑，厌恶家乡的遍地泥泞和荒草封路，拒绝回到父母生长之地。

作为记者的我，对家乡是有愧的！不仅因为曾经背弃家乡的决绝，更因为长久以来对家乡的情感漠视。

二

在看够了城市浮华和乡村落寞后，我不能不套用狄更斯《双城记》里那句经典“这是最好的时代，也是最坏的时代”，会不由自主地想起马克·吐温 1873 年描绘的《镀金时代》。是的，我们同样在见证一个时代！

感谢上帝，因为远离城市、偏居一隅的缘故，我的村庄还没有“被上楼”，家乡的田园还郁郁葱葱，家乡的不少房子还保留着原貌，更重要的是，家乡的老人还在以乡音呼唤自己的小名。如果能够留住时光，我希望家乡和家乡人不要再老去。

在万籁俱寂的夜晚，在蚊虫叮咬的村屋，我只想静静地坐在老人身边，听他们讲家乡的如烟往事，听他们回忆儿时的点点滴滴，听他们感叹这个不愁吃穿的时代，听他们唠叨落后村庄的种种不幸。

尽管家乡的孩子相对陌生，尽管家乡的新媳妇相对无言，只要村庄还在，只要村屋废墟犹存，只要家乡老人健康，我就有足够理由一次次回到家乡。因为那里有自己无忧无虑的青春年少，那里有自己一生涂抹不掉的人生底色，那里是自己生命的摇篮、人生的港湾，那里包容自己所有的喜怒哀乐，倾听自己一声声沉重的太息，抚慰一个个囊中羞涩的疲惫游子。

若到了“儿童相见不相识，笑问客从何处来”的那一天，当村庄里那些熟悉的面孔、熟悉的乡音已经不再，我们就成了自己家乡的陌生人，那个村庄可能就不再属于自己。

赶在家乡消失之前回乡，可能成为几代人的共同心声。我们听得到游子近乡情怯的怦怦心跳！

三

当思乡的闸门一夜打开，回忆就像上涨的潮水浸漫开来，一时间连自己都猝不及防。就像熊培云在《一个村庄里的中国》里感慨的，回忆的激情只能通过写作平息。

不过，真要记录自己的村庄，心里不免发怵。因为，在中国浩如烟海的村庄中，自己的村庄寂寂无闻，既不像小岗村一样开农村改革之先河，又不像丽江古城一样美得令人流连忘返，更不像翠亨小村一样孕育一代伟人。这样一个仅有四五百人口的江汉平原村落，既不靠城市，又远离改革开放前沿，没有名山大川等先天性旅游资源可以利用，也没有可以提振家乡的巨贾名流，平庸得乏善可陈。但就是这样一个寂寂无闻的村落，代表了中国绝大部分农村地区的发展生态，可以成为探究中国30多年城市化大迁徙的人口迁出地样本。

更重要的是，这里留下了自己几十年完整的乡村记忆。只要闭上眼睛，那些逝去的日子，那些逝去的生命，就会飘荡在自己眼前，为自己讲述村庄的前世今生。

4年乡土调查发现，这个正在凋敝的村庄，以诀别式迁徙后的内部瓦解，以亲酬定律、乡酬定律下的异地重构，呈现出一幅浓缩版乡村命运图，留下一个时代的“中国乡愁”。

这个时代已经习惯了歌颂，但当下村庄里更多呈现的是哀伤，一个个生命在这里与世界作最后的告别。衰草遍地、残垣断壁的家乡，更需要被时代记住的是他们守住的最后炊烟，更需要被社会听到的是他们沉没的声音。乡亲会在镜头前，把你当作拯救命运的救命稻草，把你当作政府派来的使者。可我们只能在来去匆匆间，让他们呼吸外面的空气。

我想用一本书告诉人们，每个人的村庄都是自己心中的中国，每个人的村庄都值得让世人记住。因为那里有我们共同的悲欢离合、恩爱情仇。若干年后，当人类真如桑德斯在《落脚城市》里预言的，成为一个完全生活在城市里的物种，至少我们能以一个个村庄的记录告诉后人，我们曾经这样与村庄依依惜别！

四

不少朋友问我，为什么要写自己的村庄，那里有不可触碰的隐私，有许多人的童真梦幻，一旦写出来，就泄露了许多难以见人的羞惭，打破了美丽的怀想。

我纠结很久，要不要让自己的村庄像千千万万个村庄一样，无声无息地走向消亡？这是一块生我养我的土地，这里有我们烂泥地里的童年。我们在贫穷与饥寒中长大，留下许多饥饿的记忆，靠着乡邻和亲朋的接济，一起度过最难熬的岁月。

那些声声喊着自己乳名的乡亲，曾在父母辛勤劳作无暇照顾孩子的时候，让我们淘气在他们的视线之内，他们看着我们在草垛间安然睡去，他们不厌其烦地唠叨我们还听不懂的事情，他们以夸张的言辞鼓励我们的乖巧聪明。可如今，这些乡亲正在老去，一次不期而至的相见，可能就是我们的最后告别。许多人不曾留下一张影像，就从这个世界消失了，我们和他们只能隔着一堆黄土，再不能见。

长期依附于土地的农人，终究抵挡不住城市的诱惑，乡亲似滚滚洪流盲动入城，来不及留下一个电话，就从村庄的记忆中消失。上回留下的电话，也被再次的流浪偷走。待他们再回家乡，也许是一个口不能言、身不能行的垂垂老者，可能只是一个叶落归根的苍凉结尾。

站在满眼废墟的寂寞村庄，我们在心里呼唤，乡亲们去了哪里？我们甚至怀疑自己的记忆：他们是否曾经在村庄停留过？

当岁月无情老去，我们总想抓住岁月的尾巴，找寻失落的乡村记忆，其实就是找寻自己失落的青春，找寻曾经的岁月温情。

他们都曾经鲜活地存在，在乡村舞台上表演自己的喜怒哀乐，表演自己的成功浮华。纵然已经离开村庄，他们也会在某个恰到好处的时点，回到乡村舞台表演自己的衣锦还乡，这是乡村教给他们的荣辱尊卑。

但乡村舞台下缺少观众，就像沙漠里难寻绿洲。他们在一方寂寞的土地上顾影自怜，世界往往看不清他们的面孔，听不到他们的声音。

可他们真切地在这里存在过，就算离开很久，他们的心也总在家乡游弋。

我们从这里走出，曾经以“穿草鞋还是穿皮鞋”的自我激励，在乡村的油灯下，挣扎着鲤鱼跳“农门”，在城市的大门外，把自己撞得鼻青脸肿。再回首，家乡却已物是人非。

带一本书还乡，正在成为自己最深的乡愁。我想用心记录村庄的过去和现在，告慰曾经朝夕与共的乡亲。我想让村庄和乡亲在笔下、在镜头前鲜活起来。我想让他们笑，让他们哭，让他们放声歌唱，让他们留在历史的幕布上。

2015 年 4 月 4 日

梦回家乡

回到儿时的村庄，面对垂垂老去的村邻和摇摇欲坠的村屋，许多游子不由自主地黯然神伤，家乡怎么变成了这般模样！一个农业大国的城市化，不仅抽走了乡村劳动力，更致命的是抽走了孩子，留下一座座空村，成为城市化中国的祭品，发出盛世中国的乡土诘问：我们的乡愁将何处安放？

我曾经背弃村庄

有一段时间，我曾经背弃落后的家乡。

20 多年前，我还在家乡孝感市教育机关工作，村里偶有乡亲登门拜访，自己觉得算个村庄名人。1992 年，镇上征用村里土地兴建三屋泵站，给了村里部分农转非指标，这是那个时代村里人梦寐以求的事，许多年轻人获得了指标，条件相当的大弟弟却被排斥在名单之外。我找村干部理论，想知道指标分配标准，可村干部一句话将我噎了回来："你们三兄弟已经有两个考学出去了。"我知道这是歪理，我们考学靠的是苦读，何况小弟弟的自费中专花了几千块钱报名费。但那种"爱上哪告告去"的蛮不讲理，让我明白了，村庄不是说理的地方。

1998 年，我离开家乡机关南行已经 4 年了。一个夏日的晚上，家里打来电话说，大弟弟因为过去超生的事，被抓到镇里关起来，逼着要交 3000 块钱罚款，怕他在里面挨打，想我筹点钱回去。他们在电话里最委屈的是，村里同样情况的人没罚，可能看我们家有人在外面，就拿我们开刀。从家人的叙述中，我知道大弟弟第二个孩子是被捉去引产下来的，按说已经落实了计生政策，不用罚款，之前一年却被罚了 400 元，当时说好以后不再找了，不料这次又找上门来。末了，父母叹息一声：湾子里住不下去了。”

那时，年届六旬的父母经人介绍，到我曾工作的孝感市的运管处当起门卫，一次次被村里追讨提留统筹。

2000年春节前后，我偕新婚的妻子回了一趟双方老家，那是我们第一次见对方父母，第一目的地湖北，第二目的地才是浙江。

飞机晚上9点左右在武汉天河机场降落，把我们从广东的暖冬投进湖北的严寒，妻子裹上厚厚的羽绒服，将脖颈系上长长的围巾，羽绒帽将头脸蒙住后几乎只剩下一双眼，仍不住地喊冷。我猜想妻子是因为陌生而心生畏惧。

开“面的”的姐夫早早迎候在机场，我们步出机场，姐夫麻利地把我们的行李装进车厢。我们的车没有奔向老家应城，而是径往父母工作的地方。门卫需要365天值守，春节也要有人留守。

我细细打量起父母的工作生活地。这是一间八九平方米的门房，吃住都在里面，屋子里弥漫着一股油烟的味道，墙面和桌子尽管经过精心打扫，但难掩常年煤烟熏染后的灰黑。我有点难过，离开家乡6年了，没能给父母安置一个窝，还要让他们在城市里起早贪黑，给家庭分忧。

夜已经深了，我和妻子住到了当地的孝感宾馆。那是我当年在机关办公室工作时，经常安排会务、接待客人的地方，距我当年的工作单位和宿舍只有两三百米距离。只是没想到，有朝一日，我在自己工作5年多的城市，成了一个无家可归的人。单位里已经没有了我的小房间。

第二天一大早，还是姐夫开车，一家人回到了熟悉的村庄，那里住着大弟弟一家四口。村庄以带点惊喜的热情迎接我们，隔壁邻居、伯父伯母、叔叔婶娘，还有探头探脑的孩子，一拨拨地拥进房间，为的是看一眼初次登门的新媳妇，吃一口迟到的喜糖。不断有人过来邀我们去家里做客，实在吃不下了，乡邻就送来不少土鸡蛋，算是对没有招待的弥补。

妻子很快感觉到对村庄的不适应。先是穿着皮鞋的我们，在霜冻后泥泞的村庄里，走几步就步履沉重，因为鞋底拖着沉甸甸的泥，甩也甩不掉。更让妻子不适应的是，家里没有厕所，只有茅坑，妻子也许是第一次见到这样的茅坑，心有余悸地说："这厕所太可怕了，居然是两块木板搭在茅坑上，踩上去颤悠悠的，如果这木板条子断了，人就掉粪坑里去了。"

看得出妻子的眉头越来越紧锁，但一直在努力克制着。送客的间隙，我提出到田间地头走走。

在没有村人出没的田头，妻子终于情绪失控，一个电话打给已回舟山的小姨子，带着哭腔哀求："你一定不要跟我老公的弟弟谈恋爱，一定不要嫁到这个村子来，这地方没法住。"

到这时，我才确知，弟弟跟小姨子恋爱了。几个月前，我们结婚后，把多出来的两个房间让给了他们，没想到成就了一段地下恋情。

我在曾经工作的孝感没了小房间，如今连乡下的大房子也惹人生厌，而白发苍苍的父母还要在这里度过余生。一股内疚感油然而生，我想让亲人离开村庄。

当晚，一个没有预兆的家庭会议召开了，话题由我挑起，没有跟妻子商量，似乎就做了决定：在孝感买套房子，旧房子也行。我依据当年在孝感和应城得到的二手房信息，预计的价格是 6 万元，由我出大头，约 4 万元，大弟弟筹 2 万元。谢天谢地，妻子没有对我的慷慨提出异议。

当年，家人以超出预算的价格，分期付款在孝感买了一套三居室，简单装修后，全家移居孝感，从此告别村庄。侄子从村小转学到孝感，侄女后来到城里上了小学；大弟弟考取驾照后，经姐夫介绍做了"面的"司机。

又是一年过后，我和弟弟的孩子相继降生，父母来到我们工作的城市带孙辈，自此与家乡告别。

原以为，我们再也不用回到那个村庄。

然而，2002 年，时年 64 岁的母亲不期而至的第一次中风，及其后每况愈下的身体，让她每到春节就想起家乡。2005 年春节，母亲在村庄提前两年举办 70 岁寿典。按照家乡逢“九”做寿的传统，1938 年出生的母亲应该在 2007 年做寿，但家里人迷信提前做寿可以帮助自己挺过古稀大坎。

那一年的寿典充满喜庆，族亲帮忙请来厨师，还请来戴河乐队，在老屋门口搭起戏台，唱起母亲喜欢的楚剧、湖北大鼓。

当晚，在自家门前，冲天的烟花将村庄的夜空点亮。泥泞的禾场上，村里的孩子和亲戚家的孩子会聚过来，顽皮一点的孩子找来搪瓷脸盆，覆盖在爆发力不小的鞭炮上，点燃鞭炮后，炸开的鞭炮将脸盆炸向天空，一会之后，哐当一声落到地面，引来孩子阵阵欢呼，更引来大人严词呵斥，担心盆子砸中人头或砸中屋顶。

4 岁多的儿子混在农村孩子中间，玩得不亦乐乎，手上、脸上糊满泥浆，活脱脱一个乡下孩子。玩累了，孩子该洗洗睡了，却怎么也不肯走进一片漆黑的茅坑，吵着一定要到城里去住。

于是，一家人连夜开车进城，到宾馆住下。第二天一大早，去商场买了雨鞋，全副武装回到村里宴客。

多少有些失落的是，这次的村庄行，没有培养起孩子对村庄的感情，反倒让孩子对村庄产生抗拒。后来，只要跟孩子说起回村，孩子就拒绝同行。

2011 年，年已 73 岁的老母亲第三次中风。这次中风，老母亲口不能食、嘴不能言，呼吸不畅，大小便近乎失禁，但头脑清醒。第一天入院，照过脑部 CT 后，就办理了住院手续，插上了胃管，靠流质食物和吊针维持。随后的几天，担心自己熬不过去的老母亲，坚决拒绝没完没了的检查治疗，不断伸手去拔针头，拔胃管，要求我们送她回老家，老母亲唯恐自己病死在异地他乡。

在送不送老母亲回乡的议题上，家人总下不了决心。几天的煎熬过后，医生却始终给不出治疗的答案，对老母亲能否恢复吞咽、语言功能，能不能治愈，只有模棱两可的答复。家人几番商议后，一个艰难的决定作出了：送老母亲回家医治，让老母亲活着回家，满足老母亲最大的心愿。

幸运的是，老母亲经过孝感市中心医院 20 多天治疗，终于恢复吞咽功能，只是语言功能没法恢复，只能发出短促的话音，家人需借助简单的声音和口型猜测老母亲的想法。在医生建议下，老母亲出院了。

半康复状态的老母亲希望回到村庄居住，但逾 10 年不曾住人的老宅，早就千疮百孔。这样的房子要再住人，首先要对屋面进行整修，换掉腐烂的椽子，加盖新瓦，防止屋面坍塌和雨水内灌。大弟弟带人开始了屋面修复。然而，第二天，危险就发生了，弟弟坐在北厢房一根檩子上捡瓦时，檩子突然断裂，北厢房屋顶大部分随之坍塌，弟弟跌落地下，半天起不来，跌落的椽子和瓦片将弟弟额头砸破，鲜血直流。后来我从邻居的叙述中，才知道弟弟跌落地下的细节，据说疼痛难忍的弟弟坐在地下哭了，邻居帮忙处理伤口后，弟弟还想继续捡瓦，被极力劝阻。

得到弟弟遇险的消息后，全家人一致决定，不再进行屋面整修，母亲也放弃了回村居住的想法，重新回到广东生活。这一次，遵从母亲的愿望，大弟弟一家 4 口随我们迁居广东，一家人实现了异地他乡的大团圆，从此一家人告别家乡，留给家乡一个远去的背影。

再回故园物是人非

2011 年因为家事回到家乡，距 2005 年春节回乡已相隔 6 年时间。

这一次，村庄迎接我们的是连续不断的噩耗，那一年，半年之内，3 位族亲叶落归根，病重后相继回到家乡去世。

当年 3 月，一个在四川成都做灶具和送气生意的 40 岁族亲强子，在一次乡亲聚餐饮酒后，急性黄疸型肝炎发作，紧急送往成都军区医院，被告知救不了命。得知病况，强子坚决要求回家：“死也要死在湖北。”家人和族亲一起租车将强子送到武汉，住进协和医院 10 多天。但医院无力回天，建议转回老家应城治疗。回应城后，院方给出的生存期限是 4 天，4 天之后，强子走完了最后的人生旅程。强子父母谈起强子的死，一直后悔没有满足强子吃鸡蛋和热干面的愿望，因为医生说这两样东西对黄疸型肝炎病人不利。

几个月后的暑假，年逾八旬的族亲凤伯母身体每况愈下，担心客死他乡，坚决要求在成都的两个儿子将她送回老家，回到家 17 天即溘然长逝。

回老家那天，得知 70 岁的族亲菊婶因肝腹水卧病在床，家人放弃了医治。菊婶只有一个儿子，当时在武汉做送气生意，实在脱不开身，便将她留在老家，请姐妹照顾。我专程去看望了菊婶，她躺在床上，脸色苍白，腹大如鼓，说话有些有气无力，当时聊起了很多话题。不想几天后就收到了她的死讯。

3 位族亲猝然离世，我们都没有第一时间得到消息。

那次回老家时，在当年的兽医家门口与他闲聊一二十分钟，当时还看他身体正常。两个月后却惊悉，刚刚 70 岁的他被确诊为肝腹水，恐怕命不久矣，他已放弃治疗。当年，兽医不治而亡。

当病亡的信息一次次袭扰村庄，叶落归根成为老家人最深的情感寄托！行走在家乡的菜园，一块块墓碑和一片片不曾相识的坟堆告诉我，许多老人已经作古，而自己一无所知。

回到老宅，看到的却是十室九“空”的家园。

我家老宅逾十年不曾住人，2011 年回乡看到，房子脊檩一角断裂，后墙边长出的参天大树将后墙和屋顶撑破，南面山墙部分砖块已经脱落，房子内多处椽子腐烂后屋顶穿孔，北厢房屋顶整体塌陷，屋后的厨房片瓦无存，只剩下光秃秃的墙壁，露出屋顶洞开的天空。房内长出了大量灌木杂草，房间里没了床铺，后来在屋外空地上看到废弃的床被野草围裹。

站在自家多处塌陷的旧居望过去，约方圆 30 米范围内，18 户邻居只有 5 户住着人，其中 6 幢房子已经倒塌成废墟或变成危房，前面邻居大门口贴着门框长出海碗口粗的大树，窗户里、墙缝处都出其不意地长出大树，将墙壁撑爆。住人的 4 幢房子里也只有一个 50 岁以下的壮年人，只见到一个两三岁的孩子跟在爷爷奶奶身边，后来知道还有一个即将上初中的孩子，暑假去了父母谋生的贵州。独守空屋的邻居基本年逾七旬，年轻人都带着孩子远走城市。

后来，两户邻居老人去世后，屋子被家人废弃，18 户邻居只剩下3户住着人。

走在村庄里，到处杂草丛生，通往自家老宅的道路被杂草封锁，不时要用脚将齐人高的荒草踩到一边才能通过。

从我们家到两年前还住着人的邻居家，相距不过十几米距离，原有通道被邻居家的柴草堵死，实在找不到通道，只能循着村人行迹，绕过远处几户住着人的房子，摸摸索索寻找过去，但已经草木封门。

村庄通往一公里多之外集镇的田间大道已经少人行走，出村的几个路口都被杂草树木封堵，村人改走行政村村道绕行出村，有的人开上了电动车，一些家庭用上了自备的三轮车。过去，村人可以拖着板车走田间大道上集镇，如今，田间大道被村人挖窄扩田，只剩下一条羊肠小道，路中间不时出现坍塌的路面，行走在这样的小道上，一不小心就会摔到田里，前些年香婆就在这条道上摔断了腿，留下终身残疾。

村邻说，春节回村的人，往往在回家之前，委托乡邻帮忙砍掉门口树木，并在房前屋后喷洒一种叫“连根死”的强效农药，将杂草灌木一夜消灭，为荣归故里开道。一户邻居家大门被大树封堵，春节返乡只能从后门出入。

在关于村庄的记忆中，每家门前都是用于脱粒和晒谷的禾场，光秃秃一片。可如今走进村子，几乎看不到一片光秃秃的地，即使是住着人的房前屋后，也多被绿色包围，大多是杂草，只有人行道被踩出路迹。

记得昔日各家各户门前泥地上的禾场夹杂着许多沙石砖瓦，小时候没有少吃带沙的米面。如今，脱粒都在田间地头完成，稻草也多被就地烧成草灰做肥料，晾晒稻谷则用上了油布做垫子，也就没必要保留禾场了。

杂草丛生的村子里，偶有丝网隔开的菜地青葱一片。看看谁家房前屋后种有蔬菜，大约就知道谁家还有人居住。用丝网将菜园围起来，并不是为了防贼，而是为了防鸡偷食蔬菜。

走进昔日离村屋有一定距离的菜园，发现基本没人种菜，原来的菜地大多变成了整片棉花地，已经分不清各家菜地的边界。

昔日的炊烟缭绕、童声喧闹不再，代之以老者困守村庄的孤独。目睹家乡衰败成这般模样，心中的苍凉难以言说。我知道，自己的内心再也无法平静。一个个生命的猝然离去，一次次催促我回到家乡。我想知道，乡亲都去了哪里。

2013 年五六月间，正是夏天农忙季节，我带上被子行李，备足了干粮，只身回乡，赴一场心灵之约。

汽车进入行政村中央，准备拐进自己的村庄时，沥青路面不见了，代之以雨后泥泞的村道。两年前，我曾循着这条村道开进村庄中央，将车停在一大片厚实的草坪上。

行走在村庄里，听不到狗吠声，与镇上不时出现的被铁链拴住的看门狗狂吠迥然不同。偶尔出现在房前屋后的农家狗，也许是寂寞太久，见了不期而至的行人叫门，只静静地睁大双眼张望着。

村庄里没有路灯，晚上 8 点钟左右，天刚刚黑尽，村庄里就没了人影，甚至看不到一点灯光，偶有模糊的光影出现，也是村人在守着电视。

与杂草丛生相伴的是成群结队的蚊子和飞蛾，村人多以纱门纱窗阻挡。奇怪的是，一些家庭不用蚊帐，而是以蚊香驱蚊。讲究一点的家庭，在前后门装上开合式纱门，纱门接合部安装有吸铁石条，人员进出时，稍一触碰，纱门就自动中分；人员进出后，纱门自动合上。

夜晚开着大灯在来不及装纱窗的房间里写字，尽管点着蚊香，灰色的、绿色的蚊子仍不断扑到桌前和床上，一会工夫，桌上和床上就落满了蚊虫和飞蛾；翻一翻书，一不小心就将蚊虫和飞蛾压成了标本。早上起来，地面飘着薄薄一层飞絮和蚊虫尸体。早起打开阳台门，栖身门外的蚊子似乎等了很久，争先恐后拥进房间。

这一次回乡，我把留村的每一个乡亲都作为访谈对象，一幢幢房屋，一个个家庭，一个个房头，顺藤摸瓜地寻找乡亲的流徙轨迹，梳理出一幅村庄流徙图。

程湾人口近500，户籍多在当地，大多在村里办理了新农合，但只有约120人在村里长住，约占1/4。村里现有103幢房子，其中55幢房子常年无人居住，包括20幢被废弃的房子，更有9幢房子已倒塌成废墟。拥有10个房头的村庄，已有3个房头无人在村，10多户搬到镇上居住。当时在村里留守人口最多的一个房头，110多人只有34人留守。留守家庭超过一半只有老人在家，儿孙绕膝的乡村景观难再，许多家庭只有在清明祭祖时才在村庄出现，甚至祭祖时绕村而过，不与村人招呼。留守劳动力大多有外出打工经历，耕种之余在附近打散工。

外出村民北至哈尔滨，南抵海南，西达新疆喀什和西藏林芝，东到上海，约半数在外打工，除少数受过高等教育者进入企事业单位担任白领外，大多在工厂和服务企业打工，部分年纪较大和学历层次较低者担任家政工、护工、清洁工、搬运工、建筑小工。外出村民中有3成多经商或办厂谋生，30多户以家族和亲戚抱团出动方式，在全国各地大中城市城乡接合部开办燃气灶具店，兼送液化气；3户在汉正街开店经商，3户将汉正街的小百货批发到四川、重庆等地；3户在珠三角家电产业走廊开办工厂，有的积累千万身家。至少4人担任包工头承揽建筑和装修工程；3人在酒店修成大厨，然后自立门户开办饭馆；有人在农贸批发市场、菜市场甚至露天市场摆摊设点；有人在大中城市代理西饼、手机、家电、保健品品牌等；少数外出村民在打工和经商之间飘忽不定，甚至陷入传销多年不能自拔。

重新发现家乡

与邻村高中同学大山有一段Q聊，大山是程湾的外甥，从厦门一所名牌大学毕业后，在广东、海南等地工作许多年，近年放弃工作回到家乡，专心侍奉中风后半身不便的老母。我曾在村庄一次次见到大山和他的母亲，我们也因此格外亲近。

大山告诉我，天气好的时候，他经常骑辆破单车回乡，喜欢那种破落，零散夹杂在新楼房间的残垣断壁，还是原来那种土坯的，爬些荒藤，那就是自己的凤凰古城。

大山从凋敝的乡村读出了心中的“凤凰古城”，放弃城市体面的职业，一心一意守在家乡，守在亲人身边，这是我等做不到的，我有些感动，更添了内疚。

我不能像大山一样与家乡长相厮守，但乡愁的闸门一旦打开，那些魂牵梦绕的人和事，就一次次催促自己回到家乡。作为一个以文字为生的新闻人，面对迅速凋敝的家乡，我希望留下一份可信的文字记忆，告慰那些曾经朝夕与共的乡邻。

除夕值完最后一天班，大年初一，我载着年迈的父母踏上归乡之途，寻找只有春节才可能见面的乡亲。

走京广线转随岳高速再转沪蓉高速，这是我没有走过的一条路，借着导航的指引，夜晚到了家乡应城地界，却迷路了。我的家乡在郎君镇，导航却顽固地指向城区。最终依了导航的指引，在城区出口下高速，寻到一块指示郎君方向的路牌，毫不犹豫地转过去。车行不远，前面却显示此路不通，原来是一条正在修的新路，我不得不折回来重新导航。

上一次回家，到城里探望同学，同学就在母校附近，电话里告诉我母校周围的几条路，指引我从哪条老路转过去。我如听天书，最后还是导航帮了大忙。

我曾在家乡的油灯下寒窗苦读，也曾在城区生活两年，每一条老路都用脚步丈量过，记得许多路上的商场小店。曾在高考首日彻夜失眠后，第二天清早围着县城走了一圈回来考试，因为担心睡着。家乡留下我刻骨铭心的记忆，可如今，却在眼前生疏起来，我成了自己家乡的陌生人，感觉正在被家乡抛弃。

很长时间里，我以家乡为荣。早在改革开放之初的 1981 年，我还是个初中生，那一年 9 月，应城农民杨小运租用 7 辆板车，浩浩荡荡拖着 10386 斤粮食去交粮，杨小运超卖粮食万斤求购自行车，对城市工商业发出挑战，引起全国舆论广泛关注。随后，上海永久自行车厂为杨小运送来一辆崭新的自行车，杨小运后来还当选全国人大代表走进人民大会堂。应城走出全国“售粮状元”杨小运，与 1978 年 11 月安徽小岗村 18 位村民冒着坐牢危险，在一份承包责任制的文书上按下鲜红手印，一起成为中国农村改革的两大标志性事件，被载入史册。

家乡郎君的邻镇天鹅，走出了“湖北首富”刘宝林，他从赤脚医生到湖北首富的人生传奇，连同九州通药业的各种传说，在当地为人们津津乐道。我的一户族亲曾迁居刘宝林家乡天鹅镇，我工作的广东中山市国家健康基地，建有九州通华南基地——广东九州通医药有限公司，作为记者的我，曾多次到这家公司采访，见证了一个民营医药流通企业的低成本扩张路。

应城素有“膏都盐海”的美誉。据《应城市志》记载，应城，乃蒲骚故地，上接郧襄、下连江汉、控带荆郢，为历代兵家必争之地。门板湾、四龙河等新石器时代遗址的发现，证明早在4000多年前，便有人类在此繁衍生息。嘉靖年间开始采掘石膏，至今已历400余年；食盐的熬制，于咸丰初发轫，至民国时期，已形成规模生产。应城沦陷后，日寇对膏盐矿区实行残酷统治，疯狂掠夺资源。早在明代，市内手工业即较为发达。明初，（应城）黄滩镇附近有官窑72座，烧制的青砖，于洪武十年（1377年）调往京师（今南京市）筑城。明、清两代，（应城）有进士44人。

应城所属的孝感市，因汉孝子董永以孝感天娶了七仙女而得名。应城邻县安陆、云梦、汉川，与我的村庄相距很近。

随孩子一起观看关于秦兵马俑的片子，偶然知道历史惊人巧合地记住了叫“惊”和“黑夫”的两个云梦兵，两兄弟就在兵马俑阵中。身在家乡那么多年，却一直不知家乡郎君邻县还有举世震惊的云梦秦简。1975年发掘出云梦秦简，系历史上第一次发现秦简，里面有两士兵兄弟“惊”和“黑夫”写给兄弟“衷”的家信。后来，“衷”将两兄弟的竹简家信带进了坟墓，也将一个名不见经传的家庭写进了历史。

2009年，家乡邻市安陆在央视推出“李白故里”广告，四川江油挑起“李白故里”之争，突然记起“酒隐安陆、蹉跎十年”的李白，曾经与家乡小镇如此之近，家乡小镇最具代表性的郎君桥的来历，传说与李白有关。当年，李白有一次骑着毛驴到其郎舅家，经过该地，有一条河过不去，他只好骑在毛驴背上蹚水过河，却不慎掉入河中。于是李白的郎舅在此地修了一座桥，李白以后再来时就不用蹚水了。此桥因而命名为郎君桥，郎君镇因此桥得名。家乡与安陆相隔不远，李白最重要的10年岁月在安陆度过，在安陆娶前宰相许圉师之孙女为原配，生一子一女，在此创作《静夜思》《蜀道难》《行路难》等千古名篇。

走在家乡的大路上，脑中不断掠过关于家乡的记忆，想着此行能够见到许多二三十年未见的乡亲，心里多了许多期许。

晚上9时50分，家人在镇上盖的新宅到了，屋里等着很多族亲，还有一些邻居，多是从外地赶回来过年的。一个个问候过去，年龄相仿的都还是原来的模样，只是加大了尺码，额头添了皱纹，眼角添了鱼尾纹。旁边站着的后生，有的初次相见，再次相见的多忆不起旧时模样。昔日前门邻居跟我小学同学，如今也在镇上居住。说起他的女儿已经出嫁了，儿子还在北京当兵，可我始终想不起来有没有见过他的孩子。

久别重逢的话题总离不开孩子，可许多孩子的印象还停留在孩提时代。

夜深了，送走乡邻，该休息了，家人让我睡装修过的大房。我不忍让家人挤在堆放杂物的小房间，自己抢着搬了过去。

小房间摆放了一张小床，颜色斑斑驳驳，与大房间崭新的大床极不相称。正在疑惑家里怎么还有这么旧的床，仔细一看，这床怎么那么熟悉，好像当年我大学毕业后工作时的那张床。

向家人求证，原来正是当年那张床，许多年用不上，也没舍得扔，家里盖了新房安了新屋，在外多年的一家人春节回乡团聚，想起闲置多年的这张床可用，也能省下一张床的钱，就从20多公里外我曾工作的孝感市拉了回来。

这是一张绷子床，宽仅1米多一点，是那个时代的单身床。仔细端详，一侧床头靠背顶部接合处曾经松脱，两角被钉上三角板重新固定；绷子已有部分腐烂，露出拳头大小的破洞。

我很奇怪，孝感原单位的一间小宿舍早在1994年前离开不久就退了，后来家人在孝感租房六七年，直到我资助家里在孝感买了商品房，才有了容身之所，但工作6年的重要资料全部被丢弃，何以完整留下了这张不值钱的小床？大约在家人眼里，从农村到城市立足，总也离不开一张床，所以不肯扔掉，一直带在身边。

只是，回孝感多次，房间里不曾摆放这张床，也没有留意到这张床收纳在什么地方，这次怎么突然现身？还是家人揭开了谜团，这张床存放在床底，很久没有用。

其实，当年离职南下，最大的损失是不曾带走的学生时代日记和工作后的日记，还有陆陆续续被邻居借走不还的满架图书。反倒是这张床最不具保管价值。但这张床的实用价值超越了这一切，因此被不离不弃这么多年，成为个人一段历史的最重要物证，想来颇有几分伤感。

在许多个怀旧的夜晚，我会想起中学时代开始的日记，那是我情感的发泄场，有时一天会用几页纸的篇幅抱怨一个室友自私刻薄，会不厌其烦地给自己打气，唱自己的励志歌，甚至记录自己朦胧的初恋。因为那时的日记实在太长太多，不像如今都是三言两语的记事体日记。但南下颠沛流离居无定所的最初两年，没能将这些日记带走，等到稳定下来之后，原单位的小房间早就变成了旧同事的居所，日记书本连同杂物，被家人拉回出租屋和乡下老家，渐渐被散弃。

当岁月将许多记忆抹去的时候，我越来越强烈地怀念那些日记，那是我人生的一段重要轨迹，藏着自己的青涩记忆。每每想起，心就像被撕裂一般疼痛，痛感丢失文字记忆的那段日子白活了，甚至因此后悔当年的出走。

如果再有一次迁徙，我最想做的事情也许是随身携带所有的日记，我不想自己的生命留下一段新的文字空白！

程湾的前尘往事

程湾算得上一个聚族而居的村落，以程姓为主，另有李姓、邱姓、尹姓混居。村里现存门家坟等姓氏特征明显的墓地，证明程姓移居该村历史并不久远。应邑程氏宗谱首卷标注“伊洛世家”，我家前面邻居大门上方就标注着“伊洛世家”。据查，伊洛指伊川和洛水，伊洛之学是北宋程颢、程颐所创理学学派。世称程颢为“大程”，程颐为“小程”，合称为“二程”。二程为亲兄弟，均为洛阳人，长期在洛阳讲学，后来程颐又居临伊川，二人讲学于伊河洛水之间，因称其所创学派为“伊洛之学”，也叫“洛学”。以此看来，“伊洛世家”当为“二程”之后。

据程姓家谱记载，明朝洪武二年（1369 年）普寿公携子卜居应城。随后程姓在应邑之地繁衍生息。以族谱记载“赐皇及其兄弟后裔居程湾”推算，程姓在程湾已逾 10 代，移居程湾的时间在 200 年左右。

与明朝洪武二年（1369 年）程姓迁居应城同时发生的是，程湾隔壁另一个以黄姓命名的自然村，族谱记载同一年从江西迁来。梁鸿在《中国在梁庄》里也称，这一年“迁山西、江西、福建等省人口至穰(县)”。可以想象，朱元璋建立明朝之后，中国发生了一次规模很大的移民迁徙。

程湾现有程、李、邱、尹 4 个姓氏，就像费孝通在《乡土中国》里阐述的，有的姓氏“从婚姻中进入当地的圈子”，像尹姓就是男到女家避难隐居形成的。目前尹姓和邱姓人家已经全部迁离村庄。

时年80岁的进伯，是村里少有的八旬老人，记性好，算得上村里的活字典。进伯终身未娶，大侄子被过继到他名下，他现在居住的房子就是在外打工的大侄子修建的，3个侄子每年回村都给他零花钱，实在不能回来，就托人带给他。侄子的孝顺给他带来很大满足。

在村里，我与进伯有一次深夜闲聊。那晚，在村中牌场，旁边的收音机里放着楚剧，房子里点着蚊香，但还是有蚊虫乱飞，我一边用手扑打着飞到脚边的蚊子，一边听进伯讲述村庄的前尘往事，村庄的历史在他的叙述中变得清晰起来。

程湾程姓大部分从同镇的肖杨村一带迁徙而来，当地现在还有程家大堰，新中国成立前后，程湾程姓每年清明节到程家大堰一带祭祖。当年随大人到程家大堰一带祭祖时，早餐后乘船摆渡过去，因为在当地留有田地，一开始当地人请祭祖的人吃八大碗，后来没得招待了，就自带干粮。祭祖时，去的人聚在大树下撕纸，到坟前焚香祭拜，午饭后乘船摆渡回来。

程湾一支的先人可追溯到天锡，他育有廷臣、辅臣、亮臣三兄弟，其中，老大廷臣、老三亮臣的后代移居程湾，老二辅臣的后代移居四川，程湾曾有人做生意到四川，偶遇辅臣的后代，受到热情接待。

程湾刚迁来时，住在靠近河边的一块高地，叫畈上，后来经常被水淹，就迁到了现在的村子，这里地势高，洪水再也没有淹到村子。1954年发大水的时候，也只淹到了门口塘边。程湾先人的坟地在畈上，“文革”时被毁掉了。

抗战时期，程湾和临近中心集镇的孔家湾驻扎过日本兵，后来换成了被日本人利用的保安队驻村。日本兵驻村时我才 10 多岁，还去看过。开始时，日本兵对中国孩子很友善，给孩子糖吃，但很快就露出了真面目。日本兵的坏处说也说不完，经常到村民家里抢鸡蛋、抢鸡，见东西就拿，不从就打。日本人还强奸妇女，村里几个妇女被日本人强奸了。

有一次，日本兵看中了我们家的一个铜盆，上来就抢，我奶奶舍不得这个铜盆，一把拽住铜盆不放。日本兵一脚将我奶奶踹到地下。

被日本兵吓怕了，村里人开始躲日本兵，妇女不敢穿鲜艳衣服，在脸上抹上锅灰。往往听到狗叫就开跑，有时跑过之后发现跑错了。

保安队驻扎期间，正是麦收的季节，村里一个好吃懒做的年轻人偷保安队的枪，正在拖出营房时被发现，后来侥幸逃脱。保安队很快围了村子，殴打村民，勒令限期交出偷枪者，扬言若不交出偷枪者，就将其房头斩草除根。偷枪者的父亲及族人自知在劫难逃，也对偷枪者平时打家劫舍的行为怨恨已久，合谋将偷枪者骗到村外水渠边下手。一刀下去，偷枪者还在挣扎，力大者上前使劲捏住他的睾丸，他一下子瘫软了。随后，一众族人将他按进水里淹死。

第二天，族人将偷枪者的尸体抬回来，请保安队来看过，才算逃过灭顶之灾。

日本兵退却时，拉中国伢当差，为他们牵马。村里一个十四五岁的姓刘的伢，曾被日本兵拉走，一直到几十公里外的蔡甸（现属武汉市），这个伢在一片麦地里睡着了，日本兵没有发现，等日本兵走后，当地一个老头发现了这个伢，送回了村里。后来，这个人迁到了镇里的另一个村，曾经回村里看戏，至今还健在。

日本兵走后，村庄里还驻扎过国民党兵。

村里一个叫火喜的，曾经加入新四军，部队被打散后，自己找到乡公所，后来加入了国民党，还回村里来结了婚，没多久就回到部队，从此没了音讯。开放台湾老兵回家探亲时，家人指望他活着回来，但还是没有，至今生死不知。妻子没有给他生下一男半女，后来改嫁到了隔壁村。

村里的李兆银 1945 年被抽壮丁北上抗日，后来加入新四军。抗战胜利后，随刘邓大军南下途经家乡时转告家人，当时任二野四营营长，全国解放后，就读武汉八路军军校，毕业分配到鄂城县（现鄂州市），后来担任鄂州市粮食局局长，于 1983 年离职疗养。

程湾划成分时，只打过一个地主，就是村里唯一的尹姓人家，那是被冤枉的。

当年，村里人均不到 8 分半田的家庭划为贫农，尹家没多少田，房子是与另一家各占一半的祖屋，因此被划为贫农。按照地主家庭财产分配给贫农的政策，尹家分得了当时的牛头大队从地主家没收来的柜子和粮食。

但分得柜子和粮食几天之后，进行土改复查，工作组晚上开会决定，尹家划为漏网地主，可能因为尹家解放前在城里风光，怀疑他们家藏匿财产。

“文革”时，村庄也曾公开批斗投机倒把者，有两个偷偷外出经商的人，被戴上高帽游行示众，游街示众时，逼着两人低头认罪，将竹扫帚倒插在背部，尖尖的竹条顶住脑袋，一旦抬起头来，竹条就扎破头皮，看到他们被扎得头破血流。

三年大饥荒前，村里粮食就不够吃，组织了许多劳动力到隔壁天鹅镇、京山县等地方垦荒，有的家庭后来留在当地。去农场的，都是身体好的劳力，身体不好的不让去。

到农场后，我们到处找活做，到处找饭吃，不做事就吃不饱饭。

在天鹅南垸时，没有屋子，要自己搭草房。出工的人一天供应 1 斤米，不出工的人只供应 4 两米，实在吃不饱肚子，就吃牛尾巴草，将草切细后在塘里洗净，揉搓，做成羹，后来将草加到饭里。没有菜，就蘸点盐吃，或者在饭里加点盐炒着吃。

在农场几年，我们都饿病了，回到村里时，都饿得瘦骨嶙峋，身体浮肿，生产队里请我们吃了一顿饱饭，看我们狼吞虎咽，告诫我们不要吃多了，小心噎死。幸运的是，三年饥荒熬过来，我们湾里没有饿死人，但同行政村隔壁湾叫德保的就在天鹅南垸饿死了。

进伯很健谈，当晚谈兴很浓。夜已经很深了，一旁的珍伯母不停地打着哈欠。我知道，乡村的老人睡得早，进伯和珍伯母都该休息了，我有些不舍地结束了谈话，借着手机电筒的光亮，送进伯回家。一栋2层小楼里，常年住着进伯一个人，他习惯了一个人独守的日子，他说喜欢跟人聊天。

在家里，我与父亲有过多次闲谈，父亲对过去许多事情记忆模糊，对大饥荒期间跟着村里人去农场的经历却记忆深刻。1938年出生的父亲，对农场生活有过一些更细致的叙述：

去五三农场时，当时的牛头大队组织了大概80人同去，每天垦田、挖河，但泥土夹杂着石头，像铁一样，锄头下去，立即蹦起来。挖了一个星期，村里4个人就相约跑回家。后来，去五三农场的人陆陆续续回来，因为赚不到钱，又吃不饱。

再后来，村里人再次去五三农场，在农场里除草，生活一天不如一天，开始时吃米饭，后来吃馒头，再后来加小麦壳吃，但好歹比待在家里强。

在农场期间，村里曾通知我回去当工人，我担心村里故意骗我回去，就没有同意。恰好同去的前门邻居挑开水时不小心摔了一跤，开水浇到身上烫伤，我们七手八脚把他先放到路边水塘里凉一凉，然后送到医院。伤好后，邻居被送回家，被安排到武钢当了工人，后来转到应城机床厂工作，一直干到退休。

我在五三农场干了几个月，实在受不了了，就偷偷跑到天门蒋湖农场。消息传到村里，村里扬言要烧掉我家房子，有人站出来说情，说我一个孤儿不容易，这才保住了房子。

在农场待了两三年后，我回家完婚，婚后跟你妈一起去农场待了几个月才回村。

湾里后来有几家留在农场没回来，有的还把家里的兄弟带到农场，也有人从农场搬回来。

乡村镜像

文人骚客笔下的梦里家山历来如诗如画，国人理想的乡村生活不离耕读传家，但当下乡村呈现的衰败触目惊心，既有城市浮华背后的乡村落寞，又有乡情散淡后的精神迷失。曾经哺育一代代人的母亲河污染了，曾经纯粹的熟人社会陌生了，那个路不拾遗夜不闭户的乡村一去不复返了。

灌了河水的秧苗大多枯死

夏天回乡调查那次，听到最令人不安的消息是，河里的水灌田育秧后，秧苗曾大面积枯死，灌了塘水的反而没事。村里人说，现在都不敢让牛饮河水了。秧苗枯死事件发生后，村里人曾到几公里外的邻镇东马坊化工厂区反映污染问题，责任一直没有认定，受损村民却得到了上面发放的每亩 80 元补助款。

当年 9 月 2 日起，家乡另一条河——府河发生大量死鱼事件，被媒体公开曝光，湖北双环科技股份有限公司是主要涉事企业之一，事发后，该公司全面停产检修并公开致歉。

双环就在程湾几公里外的邻镇东马坊，一条灌溉渠从东马坊流经家乡郎君镇 4 个村，到程湾所在行政村连通郎君河，注入一公里外的东西汊湖。程湾所在行政村是郎君镇重要的取水口，20 世纪 70 年代初，村里开凿引水河，这里就成为一个重要取水口，村里在这里修建了东、西两个泵站。20 世纪 90 年代，镇里又以这里为取水口，新修了更大规模的三屋泵站，还将引水河拓宽一倍多。建设中的全镇最大项目华能应城热电厂，就以这个泵站为取水口。

应城和汉川两市交界处的东西汊湖，流域面积 4 万多亩，是当地引以为傲的养殖基地，想象中，当地没有可能任由河水污染到这般田地。

那次回到村庄几天之后，一个雨后放晴的日子，我走过村后弯弯曲曲的田间小道，来到两三百米外的河边，这里是 3 个泵站共用的取水口。桥面下的河水，泛着一层油油的泡沫，绵延到远处的河面。沿着泡沫流动的方向往上游追溯，就是那条穿过 4 个村的灌溉渠，毫无疑问，污染来自灌溉渠上游的化工厂区。据说，化工厂区近些年兴办了一些民办小化工厂，还有酱菜厂，废水偷排防不胜防，污染最大的是氨水。

在附近劳作的村民看到我举着相机拍照，立即拥过来，怒气冲冲地谴责偷排企业的无良。一个村民在三屋泵站取水口搭棚养鱼 8 年了，自称 6 亩水面一年能带来 2 万块钱收入，但今年不养了。这位村民说，前一年的一次污水偷排，令他养育多年的鱼一夜死光，多是 5 公斤左右重的草鱼，1000 多公斤死鱼，足足装满了 4 条船。老婆看着整船整船的死鱼，心疼得号啕大哭。

遇到上游排污时，河里的鱼就大片死亡，有的村民说，经常跑到河边捡捞死鱼回家吃。不过，后来死鱼也越来越少见了。

之前一年，村里就发生了灌田育秧后秧苗枯死事件，当年，这一幕再度重演，约 100 亩秧田灌溉后秧苗枯死。问题很快反映到镇里和市里，环保部门到村里做了取样调查。后来我见到村干部，问起秧苗枯死事件，村干部说，上面一直没有对河道是否污染做出结论，倒是事发后镇里给村里拨来秧苗补助款 8000 元，按照每亩 80 元的标准分发给了农户，因为部分受损秧田漏报，后来村里还补贴了一点钱给了农户。村干部还说，从化工厂区下来的灌溉渠沿线 4 个反应强烈的村，都得到了数量不等的秧苗补助款。

当天在取水口看到，一个村邻正在一块秧田里扯秧，一块 7 分多的秧田里，只剩下一担秧苗，田里的荷叶却长得密密麻麻。原来，灌田育秧后，秧苗大部分枯死，赶不及继续育秧，就在部分秧田里补种了莲藕，没有秧苗的水田，只得改用撒谷育秧的方法补救。

后来走回村里，刚刚在田头偶遇的一个村民赶过来，补充自己当年3月中旬栽棉花的遭遇，他栽棉花苗一亩多，用胶布覆盖着，那天挑了两担河水，给棉花苗浇水，第二天棉花苗就死掉了900棵，只剩下100棵左右，别人用塘水浇苗就没事。后来他用族亲送的苗补种了。

看着眼前令人作呕的河水，听着村里人“上面没人”的叹息，思绪不由自主地回到过去。就是这条河，曾经陪伴我们一个又一个夏天，最记得天热时，用脚探摸到河底脚窝里，就有小个头的鱼在脚底挣扎，伸手下去，捉上来的就是一条吓坏了的小鲫鱼，随手扔进背上的鱼篓里，有时一个脚窝里能捉到两条小鲫鱼，一会工夫，一顿美味就背回家了。

还是在这条河里，小学时代曾有外班的同学偷偷跑去洗澡，一个同学不幸被淹死，学校因此给我们下达了禁泳令。有村民带着孩子到河边的田地劳作，一双儿女同时淹死在这条河里。

回到村子前面，贴着村口的几口水塘，再也看不到过去的模样，疯长的蒲草比人还高，远远看去没有一点池塘的影子；走近了看，塘沿和有水的地方长满水马草，水面浮着一层泡沫，一脚踩下去，水面立即泛起黑水，下面是水马草腐烂后生成的肥泥。

过去，除了门口塘用来洗马桶不能饮用外，其余塘堰都是饮用水。村里的妇孺将蔬菜、衣被拿到塘边清洗；我们曾挑着水桶，一次次到塘边担水，几个来回才能装满自家水缸；我们经常一边在塘里游水，一边看着老婆婆、新媳妇在塘头青石板上忙活。这些池塘和村前村后的河道一样，都是我们儿时的天然泳池。

一个同乡深情地回忆起家乡池塘的水产：塘里的鱼虾、鸡头苞梗子、水芹菜，尤其是靠近河边的港里，因为淤泥很深，长出的莲藕特别肥美，炖出的汤令人回味，后来每年冬天都要回去买港里的藕。《舌尖上的孝感——应城篇》里，干拨才鱼筒、清炖脚鱼，都是儿时记忆里的人间美味。当年在河边放牛，远远闻到粉蒸鱼肉的香味，就赶着牛回家，那种香飘十里的味道，只在家乡闻过。

家乡的池塘，就这样滋养了年少的我们。

昔日有过乡村经历的孩子都有这样的记忆，在田间地头走累了，找一处池塘或河道就可以掬水解渴。如今，走在田间地头的人们口渴了，望着泛起泡沫的水犹疑不定，有经验的村邻善意提醒："这些水不能喝，喝了会闹肚子。"

眼下，在村庄找不到一口能饮用的地表水，找不到一处能野泳的水面，这是一个村庄的悲哀，也是中国乡村的缩影。

这样的塘堰，却成为鳝鱼泥鳅和小龙虾的繁殖地。

那天大清早，在村前一口塘边见到才叔，他已 70 多岁高龄，正在塘边捞起地笼子，这是一种放在水底捉鱼的鱼笼，长长的，里面有蚯蚓作饵，鱼儿一旦钻进去就无法出来。才叔身旁放着一个白色塑料桶，上面印着"化工"等字样，桶里已经装满了小龙虾和鳝鱼，不断有小龙虾爬出桶沿，才叔不得不拎了桶先回家。才叔说，因为刚下过雨，当天小龙虾和鳝鱼多起来，没想到能收这么多。这一桶小龙虾和鳝鱼，大约有大几公斤重，用当时的价格算起来，能卖 100 多块钱。

眼前的这口塘，过去一直是村里的藕塘，常年见不到杂草。可如今，荷叶成了点缀，塘面大部分被水马草侵占，水已经肮脏不堪，却意外地为村里人开辟了另类生财之道。才叔的地笼子密布在这口塘几个方位，我留心观察，桶里没有我们小时候常见的小鲫鱼、小鲩鱼、刁子鱼。原来，池塘长满野草后，水质严重污染，只能生长小龙虾、鳝鱼、泥鳅之类耐脏鱼虾。

如果要追究农村污染源头，透过乡村生活的细节可以发现，昔日村庄的循环利用系统被抛弃了。小时候，村庄垃圾倒进猪圈沤成肥料，大小便撒进地里变成有机肥，塘堰岁末水干后挖出塘泥，当做肥泥入田。在许多人的记忆中，村庄不对外输出垃圾。

然而当下，改厕后的生活污水往往直排河道。村庄里宴客的茶杯、碗筷，都换成了一次性用品。泛滥的一次性用品，非环保的生活方式，非理性的生活污水直排，加之水利设施年久失修，挖塘泥等保护性措施多年停滞，打破了昔日乡村循环利用系统，令乡村水系失去了自净功能，沦入了一盘散沙式的自我放逐。

那天在镇上看到，在离郎君桥不远的地方，粗大的排污管张着大口，直接通向河道。

镇子边村邻家门口一口窑塘，是儿时的窑厂挖泥取土后形成的池塘，曾长期作为饮水塘，如今变成镇上的生活污水中转站，污水在这里汇集后，排到一两百米外的河道里。塘水变成一池墨水，一阵恶臭，引来苍蝇乱飞，周围的人一片抱怨声，希望社区修通沿路排污沟，不要让污水在民宅旁停留。

走在田间地头，能够看到村邻打药后随手扔掉的塑料包装；走在村口，荒弃的池塘边变成了垃圾场，泵站取水口则变成一个更大的垃圾场；走在村邻家门口，不时能看到场院边的中转垃圾。我知道，村庄的生活方式变了，他们享用着城里生产的时尚，却用懒散的丢弃污染着自己的生活空间。

我们看到，城镇化的物质文明正在侵蚀乡村，农民却显然还没做好准备。也许，乡村更需要城镇化的卫生习惯养成，当下农村扶贫，被忽略的一环可能是，从环保开始的精神扶贫。

麻将桌上的乡土中国

春节赴城区参加中学同学聚会，地点选定在当地上档次的酒店，参与的同学中，不乏有职衔的公务员。车进酒店大门，保安似乎并不欢迎："没房间了。"看来酒店生意火爆。进到房间，临窗位置摆放着一张麻将桌，4个同学忙着"码长城"，抬抬头算是招呼。

春节到同学开的酒楼召集师生宴，同学通知提前两小时到场，想想同学见面心切，大约有很多话要说，兴冲冲如约赶去，饭桌上却空空荡荡，旁边的麻将桌却激战正酣。接来老师，坐在饭桌上嗑瓜子闲聊，麻将桌上的同学时不时扭头跟老师调侃几句，气氛倒也融洽。

在城区一家重点学校做老师的朋友，盛情邀请我去家里做客，朋友家就在学校对面的小区，上下班非常方便。

到小区内停车，车门边开着一家麻将馆。我疑惑，小区紧邻重点中学，怎能容忍麻将馆生存？后来知道，小区的麻将馆还有几家。

正疑惑间，朋友家到了。进得屋来，靠窗的位置摆放着一张麻将桌。

回到村里，寻找乡亲的最佳场所非牌场莫属。得知邻居家年轻人刚刚从浙江打工回来，匆忙走到邻居家，却被告知到牌场去了。晚饭过后，跟村里老太太闲聊好一阵了，总也不见男主人回来，好奇之中，老太太自揭谜团：老伴还在牌场。

牌场开在村子中央，共有两个，是紧邻的两座平房，各摆放了两张牌桌。走进牌场，牌桌满满当当，每张桌子 4 个人各踞一方，还有人在旁边观战，牌桌旁边的条凳上，一溜人坐着闲聊，抽着烟，屋子里烟雾缭绕，味道有点呛人。

与牌局中人有一搭没一搭说着话，牌局中人终究心不在焉。

夜深了，牌场散场，安静下来，开牌场的邻居珍伯母恢复一个人独守的生活，这时，我成为最好的聊天对象。

东家长西家短说过了，话题转向牌场，得到的信息却让人难以置信。

珍伯母的牌场里摆了两张传统饭桌，一张电动麻将桌，其中电动麻将桌是买来不久的，花了 1800 元，换下了原来的简易麻将桌。农家饭桌用来抹小字牌，是以前流行的一种牌，年轻人大约没有见过。牌客使用电动麻将一天收 30 元，使用传统饭桌抹牌一天只收 10 元。但牌场除水电消耗外，要供应牌客午餐，是一人一包饼干；夏天要用蚊香驱蚊，还要供应牌客茶水，有时不免给牌客递支烟。算下来，牌场似乎没什么钱好赚。我有点疑惑，觉得总该有别的收费，比如抽头钱，这是牌场流行的盈利方式，但邻居一口咬定说没有，连日在牌场观战闲聊，似乎也没见到抽头钱。珍伯母似乎并不在乎赚不赚钱："开个牌场热闹一点，有人叙叙家常，还能卖点烟，不会亏本，一天能赚几块钱。"

在牌场听到的多是赌博的囧事，称有钱的主不到牌场玩麻将，他们往往按时到约定地点集合，由赌场来车接去，一晚上输赢经常达到几万到几十万。村里人调侃，到牌场玩麻将的多是没多少钱的主，多是为了消磨时间，还有人在赌场输光了，借点小钱到牌场"钓鱼"。程湾所属行政村，共有 4 个差不多的牌场，都是这些年自发形成的。

到村邻家参加婚宴和寿宴，麻将桌早晚伺候，只在宴席的一刻撤去牌桌换上饭桌。主家告知，牌桌有人专门租赁，负责送货上门，一张桌子一天收费 100 元。

春节在一家牌场见到一位族亲，他从武汉回乡过年，晚上经常在牌场度过。跟他闲聊几句，旁边的牌客就急不可耐催他上桌。第二天再次见到他，问起昨晚战况，他有点黯然："输了 4000 块。"

跟做地产的中学同班同学同桌吃饭，知道他又结婚了，想想可能是有钱后的三心二意，没再继续追问。不料，这位同学主动说起离婚原因，却是老婆打牌打大了，输掉本钱后，又拿了 30 万元码钱，实在还不起，后来翻到 80 万，一家人陷入恐慌。为了孩子着想，想方设法还清了赌债后，两人选择分手。

回乡的有限时间里，看到的多数人都在牌桌上，往往是非常熟悉的几个人坐在牌桌上互相算计。朋友聚会之时，往往麻将桌上说话；家人团聚，似乎也离不开一席麻将；有在政府部门工作的朋友，得意地说起自家的麻将馆，没有担心触碰高压线。

看多了家乡牌业的盛况，听多了因赌博家财散尽的悲剧，我试着向长期留在家乡的同学了解情况。

一位细心的同学曾在一所重点中学旁边的小街数过，一条 200 米左右的小街，共有 8 个牌场。更夸张的是，原市委大院改建成的一个花园小区，旁边规划的步行街没有旺起来，小区里面却牌业兴旺，开起了很多牌场，这位同学说，这个小区可能是当地牌场最集中的小区。此说如果属实，就无异于一个讽刺。原市委大院在我曾经就读的一中旁边，曾是全市的中心，当年曾是我们心目中的圣地，如今却沦落成牌业兴旺的代表性小区。

一位老家在应城、安陆、云梦三县交界处农村的同学，老宅曾被人租了做赌场，一天租金就有 300 块钱。那是前几年春节期间，正好在外做生意和打工的人回来，他看到一个在东北做瓦工的小学同学，一年挣了十万左右，回来几天就输光了。大的赌场里，赌注以方和撇计算，一方是 1 万元，1 撇是 1000 元，有大赌客下注只需报出数字押注，不用钱来钱往。

同学偶尔回到老宅，看到赌桌上有人抽头钱，赌场里有人背着大袋钱，当场放码；进出村庄的唯一通道上，几个地方都有人放哨，一有风吹草动就通知散场。同学说起牌场眉飞色舞："赌场的钱真的好赚。可惜，后来庄家挪了窝。"

在家乡，据称开牌场已经成为一个产业。有医院工作人员在医院周边租下门店开起牌场，工作间隙到牌场招呼一下。许多小超市也摆上两张牌桌。

有同学原来在外面开了牌场，因为生意竞争大，把门店关了，转到家里开起了牌场，还对牌客放码，其他同学来打牌，没钱了照放不误。有同学在他的家庭牌场输掉几万块钱。

熟悉牌场规则的朋友说，牌场抽头钱有专人负责，牌客自摸了就要抽头钱，如打 5 块标准的就抽 3 块。放码则有大小之分，放小码的，月息 7%，每月一结；放大码的，往往借 1 万给 8000，也就是说，一次性提取 20%利息，规定第一周利息 5%，超过一周翻倍。

从家乡牌场大量存在的情况看，牌场似乎不在治赌之列，当地有关人员也说，查赌主要针对摇色子等大赌，打麻将的不管。这也许是家乡麻将盛行的根源。

麻将声声的乡村，看不到阅读，看不到沉思，看不到怀旧，多数人都在麻将桌上亢奋着，让人分明看见一个麻将桌上的中国。

归乡路上的“人情劫”

1994年正月间初入东莞工商报，随报社总编辑王峰到创维集团东莞电子厂采访，来自香港的厂长陈伟光接受我们采访，中午请我们到香格里拉酒店吃饭，陈伟光大大方方派我们每人一个利是，我不知所措。随后，陈伟光给餐台边每个服务生派一个利是，还叫来领班，给她一沓利是，吩咐她帮忙到厨房每人派一份。我在心里说，香港“老板”怎么这么大方！后来偷偷打开利是，里面只有10元。

在广东逾20年，收过同事1元的利是，绝大多数是5元的利是，偶有百元利是。逗利是乃广东春节一景，未婚男女向已婚人士逗利是，单位同事向领导逗利是，图的是热闹吉祥，不为金钱多少。

春节回乡，妻儿没有同行，没有收利是欠下人情债的顾虑，我一身轻松。自己从经济发达的珠三角回到相对落后的乡村，总不能让乡亲掏腰包，占他们便宜吧！

然而，庆幸只持续了一个晚上，就被乡情裹挟着投入一场人情游戏。

回乡前，按照广东风俗准备了5元、10元、20元、50元、100元不等的利是。

正月初一晚上回到家乡，第二天就遇到了难题，沾点亲戚关系的邻居登门拜年，带来了酒和点心，还给年迈的父母送上了千元利是。这份大礼如此昂贵，必须归还。再掂量一下随身携带准备见到孩子老人派发的 5 元、10 元利是，突然起了疑虑，小额利是能派发吗？求教于乡邻，得到的回答多少有些令自己尴尬:“这里没有百元以下利是。”尽管夸张了些，却说出了一个基本事实。

后来在学校旁边一家店里见到几个晚自修的学生，拿出来的都是百元大钞，问他们，说是收的利是，基本上都是 100 元的。

熟悉当地利是行情的村邻说，当地利是有 100、200、500、1000 元的，但都是一去一来；做生意的大老板，几千块钱也送，那是有求于人。

村里一个毕业工作两年的大学生，春节回家花光了带的好几千块钱。若在广东，像他这样没有结婚的年轻人，不用派发利是，还能得到亲友不少利是。

利是是不敢随便派了，但亲朋好友的礼物和给父母的利是却不能不记住。于是，自诩大方的我成了家乡最大的算计者，算计着送谁还谁。

事情很快起了变化，亲戚和族亲的喜酒很快摆上来，满月酒、周岁酒、10 岁酒、大寿酒、结婚酒，都集中在春节上演，大多挪了日子。光初八一天，3 个宴席同时摆上来，请客的族亲从初七开始就一个个登门盛情相邀。按照习俗，这一天熬夜，客人送礼，入席，然后熬夜打通宵麻将，次日早餐和午餐再入席，主家三接四请，有的开着车来接客。

大街上，医院门前的一侧道路被主家搭棚挡住一方通道，医院救护车只能从另一方向出进。后来在街头闲逛，市场旁几十米范围内就有 3 个喜棚。到熟人家聊天，不断被预告孩子过几天或不久大婚。做小产权房开发的乡亲还盛情邀请我撰写他儿子婚礼的答谢词。

春节到城区看望老师和同学，向同学打听老师近况，因为想看望的老师太多，太多老师自毕业后就不曾见面。同学善意提醒，大过年的，去老师家总不能空着手去吧。我与家人回程车尾箱拥挤，只带了换洗衣物，没办法多带些土特产之类。向同学打听送什么礼物好，同学如实相告，最起码是一条烟一瓶酒，一般是 400 块钱一条的黄鹤楼。同学还补充一句，现在同学见面，不上 40 块钱一盒的烟都拿不出手。我咂一咂舌，不敢接过话头。我不抽烟，但手头带的是一二十块钱一包的广东烟，心里庆幸自己不抽烟。

我想见一见所有健在的老师，就想看他们一眼，就为了同学录里有的老师名字上的黑框，我怕再回家时有的老师见不到了，可我没带那么多钱。

突然想起家里房间里摆满一排的酒烟和点心，足有几十份，都标着熟悉的名牌，但不清楚价值几何。向家里人打听，知道有的值 10 多块钱，上百块钱的也有。

在家乡的十多天，连日开车出镇，都要经过市场旁的门洞，转到旧政府所在的东街上公路，道路两边是密密麻麻的烟酒点心摊。店家放一个架子，将惊人一致的红色的礼盒摆上架子，层层叠叠堆上来，架子前面和两侧再摆上高低错落的礼盒，架子后面扔着打开包装后的空盒子。这些摊档簇拥到道路边，尤其在连接公路的丁字路口，将原本狭窄的人行道全部占据，部分礼盒挤占到水泥路面，令出镇路几近瘫痪。

初二那天早晨，看到这般光景，我下车步行到路口，几个穿制服的民警和未穿制服的人正在疏导交通，指示车辆不得左转，只能右转到没车的地方掉头。向没穿制服的工作人员了解，才知道他们也是警察，临时赶来，来不及穿警服。说是连日加班疏导，每天要堵一两个小时。

几天之后，拜年高峰过去，返乡的车流陆续离开，街边的临时礼盒摊档退场，道路恢复平常的秩序。

那天晚上散步到村支书涛涛家的商行，前些天，他们家在商行前空地上搭起一个蓝色雨篷，摆卖各种礼盒。当天礼盒不见了，但雨篷犹在。向涛涛家人探问商业秘密，他们并不隐瞒。

涛涛家人说，当地越贵的烟越卖得好，都是送礼用的，买的人多是外面回来过年的人。有个从广东回来的老板，要看望 12 个亲戚，一次在这里买了 12 条单价 400 块钱的黄鹤楼烟，还有 5 箱单价 700 块钱的酒（一箱装 6 支酒），平均给一个亲戚送的烟酒起码五六百块钱。商行在当地代理了稻花香酒，这个品牌就卖了 1000 多箱，但卖一箱酒只赚几块钱。不过，当地零售店不用纳税。

当地卖的酒分出不同档次，最便宜的酒只要十二三块钱，低档酒都是专供农村市场的；最贵的酒要三四百块钱，也有不少人买。

他们感慨，如今越高档的烟酒越有人买，都是外头回来的人买。

春节期间跟许多人聊起贺礼，大多对礼金没有过多说法，认为都是你来我往，却对主家的通宵麻将褒贬不一，有的人一夜赚回礼金还有盈余，更多人抱怨送了礼还要赔上输的钱，往往输的钱比礼金还多。

初十一晚透过气来，晚上冒着寒凉在镇上行走，同学家搬到另一处，按照门牌号码寻过去，大门紧闭。试着敲敲门，没人应，推一下，却没上锁。一阵烟味扑面而来，3 桌麻将摆在厅里，打麻将的客人有点不解我的敲门举动:“怎么还敲门?”我的疑惑更大:“家里开了麻将馆?”同学闻声从里间出来，门开处看见里间麻将客扎堆。同学面带惊喜，迟疑了一下:“这不是麻将馆，家里来了客。”突然惊觉碰上同学宴席。细问所为何事，原来同学节前搬新居，当天安屋宴客。

见同学待客繁忙，不便叙旧，我又不会麻将，匆忙送上礼金告辞。

家乡的春节遭遇倒春寒，站在屋里都冷得发抖。我产生了逃离的想法，尽管年休假还没用完，但乡村不宜久留，因为只剩下路费了。

我们的校园被时代淹没了

在意大利首都，人们可以置身于2000多年前的罗马角斗场残垣断壁，聆听历史的回响；在云南丽江古城，人们可以瞥见中国千年村庄建筑之风；在人迹罕至的重庆江津深山老林，人们发现了见证60年爱情的6000多级“爱情天梯”。但推土机的轰鸣，在短短30年时间里，淹没了许多人的记忆。

20世纪90年代末已经存在、2001年正式开始的撤点并校，令全国农村小学撤减过半。冷冰冰的数据，具体到每个学子的情感世界，可能就是昔日校园的物化记忆被抹掉了。

回到家乡，我迫切地想知道，自己从小学到中学的母校怎样了。

旧的村小学位于行政村的正中央，是两排平房，从家里到学校只有约200米距离，学校没有围墙，与当年的大队为伍，大队办公室、大米加工场、理发店都在这里，是村庄生活的中心。操场上曾迎来吴桥杂技班子，最记得杂技演员高空表演结束，突然顺着斜拉的绳索“跌落”下来，观众一阵惊叫，却见演员在落地前一刻抓紧绳索，一个空翻后稳稳落地，观众顿时爆发出一片叫好声。学生时代的露天电影多，都在学校操场上演，我们曾走向银幕背后倒着看，好奇放映机明明在前面，电影怎么放到了背后。

我在这里度过了整个小学阶段，在这里拍下人生第一张照片，那是小学毕业照，后来却不懂珍惜丢失了。

回村路过小学，突然发现旧小学的一间教室倒塌了，从屋墙的印迹看，应该垮塌不久，一面完整的教室后墙上，白底红字的励志标语“为实现四个现代化而勤奋学习”隐约可辨，从标语里“勤”字被废弃的简化字看，应该是我们在校期间的杰作，如今就暴露着任日晒雨淋。

旧小学一排教室已经被拆除，改建成一栋民宅，留存的一排教室曾租给村里人做住房，门口对联的残迹还在，教室的格局没有变化，黑板上留有白色的字迹，教室门前被住户开辟成菜园。

幼儿园接送孩子的车，每个上学日准时开到这里接送孩子，但无论大人还是孩子，都已经对旧小学熟视无睹。

旧小学 1994 年起就废弃了，新小学建在村外靠近镇上的公路边，侄子曾在这所小学就读。

但新小学校舍存在了 10 年，就在撤点并校中，被并到镇中心小学。废弃的校园内散乱堆放着建筑废料，散落着一些宽幅布条，看得出长期无人打理。

担任村小学校长 15 年、见证了村小学两度被废弃的和叔，谈起村小学的两度废弃，多少有些感伤：“村里看不到多少孩子了。”

初中在两三公里外的袁集管理区，当年镇上每个管理区有一所初中。我上初中时，镇里还有一所高中，初中班还没有办起来，后来变成镇初中。

中学的第一节课是在学校旁边的农户家上的，就在民房的堂屋里，密密麻麻挤着自带的桌椅，高低错落，大小不一。直到学校修葺完成，才将各自的桌椅搬进教室。在这里，每天自带大米咸菜，借着食堂的蒸笼烹制出香喷喷的午饭，倚着墙就着咸菜吃下。在这里，我获得了“县三好学生”的荣誉，印有“县三好学生”字样的奖品书包，在高中阶段连同整包刚洗好的衣服被盗，一个好学生的物证就此被偷走。

离开初中 30 年后再回母校，昔日的办公室和教室早已变卖给附近农人做居所，买下教室的住户留下了门口的黑板。如今这里被远走的多数住户二度废弃，留下空空的门洞，办公室的房顶已经局部坍塌。操场中央拉绳晾晒的衣服，还有门口鲜红的对联，提醒人们这里还有人居住。中间的操场长出了大树和野草，成群的鸡在荒草遍地的校园内觅食，我的教室被拆建成猪圈，如今空荡荡的猪舍里，废弃的猪圈肥没人清理，发出阵阵恶臭，令人作呕。一位佝偻的老太太走过来，探头张望着镜头，似乎要从中看出新奇。向路过的旁边村子的人打听，都说不清楚学校哪一年被变卖。

高中转过学，留下不同的记忆，位于镇区的高中都撤并了，如今全市高中都集中到城区，但仅存的高中母校一中，也在拆旧建新中，将母校变成了别人的学校。新修的一中气派得令旧校羞愧，但我只在大门外稍作停留，就告诉自己，这不是我的学校，因为没有一样东西能唤醒自己的记忆。我的老师都退休了，也不住在新校。倒是旧校区老师宿舍还在，有的老师还在这里迎接一批批来而又去的探访学生，我宁愿在这里寻找幸存的一砖一瓦。

一座座母校校舍呈现的衰败触目惊心，令人痛彻心扉。倒塌的废墟、荒弃的杂乱，加上疯长的野草、雨后的泥泞，合成岁月的沧桑，发出浮华背后的一声叹息。一代代学子梦中的校园，就这样淹没在岁月的风尘里！

沦陷的校园不能给我情感慰藉，于是我试着穿过岁月寻找当年温暖的青涩记忆。

高中第一天，江汉平原的天气已经开始寒凉，我们盖上了棉被，我和同学黎闰田被安排共挤一床，至今难忘他一脸天真的笑。同班同学艾双林，在一次体育课上，被班长无厘头倒推过来的铅球砸中后脑，昏倒在地，立即送往旁边医院。后来每次见面，我都问他的后脑还疼不疼。

离开老家南下广东后，偶尔回乡总是来去匆匆，往往部分熟悉的同学相聚小酌后就各奔东西，与家乡老师鲜有联系，不少老师从毕业之日起就没有音讯。

回乡惊悉，一些老师已经不在，伤感之下，回忆起学生时代的点点滴滴，惊觉自己欠了老师一声问候，那是一种没法当面言说的歉疚，一种深埋于心却疏于表达的自责。

在同学整理的同班同学通讯录上，有的老师名字上加上了黑框，个别同学也随他们而去。我知道，尽管我们依旧年轻，但岁月已老，老到昔日师生开始生离死别。

春节回母校一中看望老师，谈起 2012 年 8 月 15 日因病早逝的同班同学吴泽宏。李坚老师深情地说起吴泽宏学生时代保持着写日记的习惯，有一本厚达一公分的日记本。我意外地得知李坚老师至今珍藏着我们的作文，他保存了 1980 年以来的学生优秀作文，每届学生优秀作文装成一袋，分类装订保存，多数编好目录。

一种重读中学时代同学作文的热望，支配我当晚迫不及待地走进老师位于母校的家。房子还是那个房子，陈旧得透着寒酸，洗手间的门已被岁月腐蚀，没有上锁，也没有插销。老师卧房里最抢眼的是两个书柜，阳台被隔断成封闭式空间，贴墙立着一个大书柜，客房的顶部壁柜里装着几个大纸箱，装的正是学生作文。找来大小两张凳子过来叠起来，登到高处，将最上面的纸箱搬下来，打开，正是 20 世纪 80 年代的学生作文，1986 届作文迅速被翻找出来。于是，一个个熟悉的名字，和着岁月的回想扑面而来。

老师仍旧用右手蘸着唾沫，一篇篇地翻看着学生作文，介绍着每篇命题作文的用意，指着作文纸背后贴墙后留下的石灰印告诉我，这些作文曾在班级张贴，还曾在后来的班级里张贴，部分作文被油印后发给学生人手一份。

我能感受到老师对学生作文的偏爱，那是一种刻在记忆深处的荣耀。但我难以想象，在拥挤的居室里，老师如何让两个儿子被学生作文和考卷挤迫着不发怨言，如何让目不识丁的师母把这些陈年旧纸当作宝贝。我想起目不识丁的朱安在鲁迅去世后穷困潦倒时，曾动了卖书谋生的念头，担心有朝一日，我们的作文被当作废纸处理掉，那是我们青春的物证，被老师悉心保存了 30 年！

走出老师家，心里有万分不舍，最不舍的是我们作文里的青葱岁月。

我们还在老师心中，还在老师偶尔翻开的学生作文里，而我们还满面灰尘追逐在成功之路上。

父母的故乡不是我的家

2011 年回村那次，到老母亲的姑妈家探望，小老表正在后院忙活，我走过去，见他正在贴着后墙搭房子，房子很小，不像是一间房。小老表告诉我，正在建卫生间。

小老表跟我年龄相仿，是个木工，常年在家乡揽活，一个孩子在外打工，一个孩子正在读大学。离过年越来越近了，孩子打回电话，准备不回来过年了，原因是家里没有洗手间，冬天洗澡不方便。小老表当即决定，在屋后加盖一个卫生间，迎接孩子回家过年。

这是第一次听说农村出生长大的孩子嫌恶乡下厕所，当时有些惊讶，但想想修个洗手间改善一下生活条件也是应该的，毕竟在外打工的年轻人习惯了城市的生活。

春节回乡，参加后面邻居家的七十大寿。邻居的 3 个儿子都考学出去了，孙辈都在城市出生长大，基本没有农村生活经历。邻居常年在武汉做小生意，只有年节回村小住，子孙辈经常春节也不回村庄。这一次，因为老人七十大寿的原因，一家人回老宅团圆。大年初四，大寿前一天，亲戚朋友前来道贺，两位城里媳妇忙里忙外，表现了城里人的干练优雅。酒宴散后，该是招呼客人的时间，从城里回乡的一个孙辈和一个亲戚的孙辈却不肯留下，吵着要到城里去住。为此，家里有人责怪家长娇惯孩子。被责怪的孩子和家长感到委屈，当晚带着怒气离开，闹了个不欢而散。

这让邻居老人意识到，要在家乡给儿孙收拾一个像样的家，让他们回家时留得住，避免重复这一次的尴尬。他们决定，武汉的小生意可以放下，先将房子装修一次，重点是在厨房边建一个城镇化的洗手间，还要吊个顶。

在汉正街做生意 20 年的端阳，早在 1996 年就在村庄盖了一栋当时最牛的小洋楼。春节端阳夫妻携 3 个孩子回村小住，却住进了镇上的宾馆，都没有收拾一下小楼，白天就在兄弟门口打麻将，晚上一家人回到宾馆，间或开车回武汉家中。在武汉优越环境中长大的孩子，在乡下老宅找不到一丝亲近感。

不管是农村进城的孩子，还是城市出生长大的孩子，如今不约而同地嫌弃乡村，他们不再把自己当成老家的主人，而是变成了老家的客人。这是城乡差别在他们情感世界里划出的一道鸿沟。

侄子在村小学读到 3 年级，后来随家人到孝感上学，大学毕业后到我工作的城市工作。一家人在中山团聚，都有一份糊口的工作，但一家人户口都还留在村庄。以他在家乡的生活经历，我以为会成为我乡土调查的重要线索提供者，毕竟，跟他年龄相仿的一代，与我们隔着代沟，我很难走进这一代人的生活空间和内心世界，希望借助侄子帮我了解，我想，凭借现在发达的网络，侄子可能跟村里同学有 QQ 互动。然而向侄子问起他在村庄的小学同学和玩伴，他却说不出一个人的去向，没有一个人的联络方式，村庄对他而言，像一个无所谓的存在。

当新生代从情感上抛弃乡村的时候，第一代打工者还在忙着回乡盖楼，大多盖的是两间两层，这样的房子成了村庄主流，与传统的乡村平房迥然不同。一个邻居五兄弟常年在太原做送气生意，各在村庄建了一栋房子。这几年在家乡，村邻每年都有两三栋房子立起来。2011 年回家那次，两户乡邻的房子建到一起，大小和格局差不多，外墙材料和风格一样，只是阳台采用了对称布局，像是一对孪生楼。2011 年回去那次，有一家 4 兄弟中，没有建房的两兄弟还与八旬父母住在土坯老宅里。2013 年回乡，两兄弟已经拆了老宅，建起两栋新楼，同时将房子设计成南北向，与村庄传统的东西朝向极不协调，立在村中央格外突兀。

尽管中老年人对乡村爱得深沉，但乡村正在失去年轻一代，他们用拒绝乡村的漠然告诉社会：父母的故乡不是我的家。就像华侨华人的二代、三代很少认同父母之乡一样，城市化浪潮下进城的乡村孩子，恐怕再也找不到跟父母之乡的情感共鸣。

偶尔跟孩子谈起父母之乡，问孩子有没有兴趣去探究父辈的生长地，看一看父辈曾经有怎样的过去。孩子坚决地回答："那里没有我的记忆。"

村庄里有的家庭本有条件全部移居城市，但一家人却选择了分居。年逾七旬的双哥，本该四代同堂，但他一直与中风后行动不便的老伴住在村里老宅，不肯跟随儿孙一起生活，嫌跟着儿孙不自由。儿子媳妇早年到重庆做百货批发积攒下家业，在家乡县城买房安居，并帮下一代在汉正街租下铺位产销童装。就这样，一家四代人分居三地。

一位只有一个儿子的邻居老太，孤身一人住在老宅，儿孙住在自己的洋楼里。2011 年回村见到这位老太，见她身体正常。第二年，却得知老太突发疾病去世。回家听村邻讲起这位老太发病经过，那天，坐在屋前的老太突然从椅子上跌落地下，怎么也爬不起来，呻吟着向邻居方向求助。邻居发现后，将老太扶上凳子。等邻居转身走开不久，老太再次跌落地下，不久告别人世。

一个人口向城市单向流动的迁徙时代，城市生活把吃着"麦肯"喝着可乐长大的乡村新生代塑造成城里人，流浪生活把背负两代人压力的第一代打工者挤压成夹心饼干，乡居生活把留守者边缘化成时代的落伍者。三代人之间此消彼长的价值反差，将老中青三代人分化成日趋陌生的家庭组合。就像人们感叹的那样，随着乡村老宅等财产急剧贬值，乡村老人财富地位大幅下降，传统乡土社会集聚的家长权威，在现代社会财富冲击下消失殆尽。

与之相对应的是，在乡村，固守养儿防老观念的多是老一代，许多年轻人已经不肯生育二孩，甚至有人不要孩子。

正月初三在村中见到在武汉做送气生意的小军，小军身材高大瘦削，站在身边高出我半个头，长得像他的父亲。小军主动聊起村庄的变化，感叹现在生活水平的确提高了，但人与人之间不如以前亲热，尤其年轻一些的待人不热乎，倒是年长些的热情些。他不知道，结婚几年还没要孩子的他，因为曾经声称不要孩子，成为族亲议论的中心，谈起他不要孩子，直斥他“傻子”“不孝”。那天见到他，他主动挑起生孩子的话题，似乎顶不住家庭的压力，表示正在考虑要个孩子。

在村庄，三代人的隔膜以各不相同的方式呈现，有的家庭兄弟互不往来，对兄弟做什么工作漠不关心；有人五六年不跟远走他乡的同胞兄弟通一个电话，因为“没什么要说”；有的家庭春节团聚的短暂欢愉，却是一次冷战的开始。

老年人还在固守叶落归根的传统，中年人还在重复春节回乡的传统，但新生代已经在挑剔乡村，在心里掂量要不要回父辈祖辈的家。

乡土随乡村大戏一起谢幕

费孝通在《乡土中国》里这样描述乡土本色：乡土社会是一个“熟悉”的社会，没有陌生人的社会。

城市化背景下，越来越多农民进入城市工作生活，投入由陌生人组成的现代社会，乡村迅速走向凋敝，那个夜不闭户路不拾遗的乡土社会正在瓦解。

2013 年夏天回到家乡镇上，目睹两场热闹的葬礼。

那天在中学门口与老师闲聊，一个穿着白色孝服的男子径直走进学校，我疑惑学校怎么允许着白色孝服出入？校方人员不以为意：“丧家来接孩子送殡的，都已经习惯了。”

丧家住在老街，家里老人过世了，我路过时看到，丧户门前立起白底黑字的充气拱门，沉痛悼念亲人逝世。

熟悉当地红白喜事的同学告诉我，都是乐队承办。乐队兴起已有 10 年，为客人婚丧嫁娶、寿典等提供一条龙服务，包办酒席餐棚、狮子麒麟表演、唱戏之类，甚至给举办寿典的客人预备好百寿图，给请乐队的客户准备麻将桌。客人只需按价付费，不必为家中无人而操心。哪怕身在外地，需要热闹的家庭可以电话预约乐队，乐队会在客户无人在家的情况下做好一切准备。

丧礼中，乐队配备道士、吹拉弹唱人员甚至哭丧者，将丧礼布置得井井有条、隆重热闹。

那天的送殡仪式在街头上演，形如导弹车的礼弹车在前面开道，一边行走一边释放礼花；运载棺木和亲属的殡葬车紧随其后，车头挂上了“中国民政殡葬专用车”字样；送行的车辆秩序井然地一路缓行通过街道；工作人员一路向受到惊扰的邻居打拱致谢，并送上一包香烟。待车队走出街巷全部转入公路，车队便加速前行，留下一地礼花残迹和街坊邻居的议论，议论的话题多是丧户大约花了多少钱，算得上哪个层级标准。从人们的议论中，听得出对大户人家丧礼的羡慕，那是一种植根于乡人心底的攀比。

开殡葬专用车的是程湾所在行政村一对父女，就住在村口。那段时间，这家正在建一栋气派的新房，沙石占据半边道路，每次路过都要小心通行。这家父亲开的是面包车改装的殡葬车，我几次见到这辆车停在村外公路上；出嫁的女儿家开的是随行的送葬车，负责放鞭炮。送葬队还有放电子礼炮的车，伸着金黄色的炮筒，一路发出“咚咚咚”的礼炮声。

殡葬车经过民政部门授权，在当地划分了业务范围，镇域范围还有其他殡葬车。

乡村乐队就这样在相对冷清的农村，以娱人和自娱的方式，给寂寞的乡村制造快乐。

据说，春节是乐队最忙碌的时节，因为外出的人们回家团聚，此时的乡村瞬时恢复聚族而居的生活，许多家庭借着亲族团聚的机会，提前为家人举办生日宴，或举办婚礼。这时的乐队往往人员不齐，不得不从回流人员中临时拼凑，乐队价格也趁机上涨。

当“快乐”做成一门生意，乐队的竞争便在村镇之间展开，乐队广告以手书的方式登墙入室，出现在人们最容易出没的地方。通往中心集镇的必经之路，成为各种乐队广告的首选。在镇里最具历史的郎君桥，各种乐队广告遍布桥两端的屋墙、电线杆，还登上了桥中央的护栏。

在村庄斑驳的墙体上，“好运来”等乐队广告透着喜庆，簇拥着出现在村人面前。偶见乐队广告出现在农家的厕墙上，透着滑稽，引人发笑。我家老宅斑驳的南面山墙上，不知何时被人用白石灰写上了一个乐队名字和电话号码。村屋外墙就这样沦为乐队随意涂抹的小黑板，村人似乎没有提出异议，也没有刮掉这些看似不雅的墙上广告。

这样的广告并不局限于乐队，当地往返于沿海城市的长途车广告，叫卖农药化肥种子的广告，电信、移动等公司的业务广告，往往因陋就简，登上路边电线杆，登上田间地头道旁树，登上路边垃圾池，以歪歪扭扭的张贴和书写，侵入农人视线，随时随地挑逗着村人的购买欲望。

大品牌的形象广告则往往占据整面屋墙，在车流密集的大路边，以夸张的方式，炫耀着自己的实力。

城市小区的楼道里、居室门口，也被印上了诸如送气、送水、开锁、通厕等“牛皮癣”广告，往往占据门口大部分空间，似乎要挤进住户屋门，住户好像习惯了这种“侵犯”到家门口的广告。

春节回乡，风向似乎突然逆转。那天路过初中同学家门口，家中正在举办丧礼，同学穿着孝服站在门口迎客。后来，我买了花圈和鞭炮过去探望，知道同学的八旬父亲去世，算是喜丧。但感觉不到以前丧礼的热闹，大约是因为过年，丧礼有点气氛不宜。

后来在镇上和村里看到，寿礼和婚礼都没有昔日乐队参与，只有提供酒席餐棚的人出没。那天在举办婚礼的族亲家聊天，大门口的蓝色餐棚已经搭起来，提供酒席餐棚服务的人恰好来到，族亲中断谈话，与来人钻进厨房，商讨临时灶台如何架设，案桌如何摆放。

向村邻打听，办喜事怎么看不到乐队吹拉弹唱了？回答多少有些令人意外：“吵死了，要看什么演出，电视里都有。”

与乐队生意一起萧条的，是乡村喜事的自我瘦身。在族亲家看到，邻居屠户松叔从镇上赶来，送上百元礼金，族亲婉言谢绝：“除了亲戚和自家的（族亲），村里的礼一概不收，因为我们常年在外，不能还您的礼，您的心意我领了！”后来在村里几个婚礼迎客现场，得到的答复惊人一致，好像约定俗成。

记忆中，村里人家有红白喜事，各家各户都来贺喜，族亲过来帮忙迎客，厨房的活全部由族亲包揽，大家亲如一家。“讨你一杯喜酒”，是乡邻之间喜宴前的见面问候语。

后来在镇上与人聊天，一阵锣鼓声响，突然一阵兴奋。走出屋门，但见一列仪仗队走来，前头两个人扛着龙凤旗，后面走着10多个红衣红帽黑裤女子组成的仪仗队，锣鼓喧天中，一个仪仗队女子不小心滑了一跤，旁边队员急忙将她拉起。仪仗队后，一溜扎着彩带和鲜花的婚车队慢驶跟随。后来跟人聊起仪仗队，才知道如今的婚礼排场已经升格，有钱的主从县城请来仪仗队，比的是仪仗队的水平，乡村乐队已经落伍，请不起仪仗队的人家连乐队也不请了。

乡村道路就这样变成少数财大气粗的老板的舞台，将乡村乐队的落寞衬托得更加凄凉。

节后返程前，我忙着准备行囊。那天走到卫生院门口，碰到年约七旬的族兄春哥，他正匆忙赶路。问他去哪，他说去邻村看戏。邻村与镇子相距三四公里，以他七旬身体，又曾中风入院，寒冬里走着去邻村着实不易。

我提出送他过去。几番推辞，他坐上车。就这样，我无意中看了一场有些落寞的乡村大戏。

演出在村小学校舍进行。村小学已废弃，大门上方的校名已经褪色，字迹隐隐约约，校门口墙上的“接班人”宣传画还在，门口堆放着建筑用的石子。

大戏为的是庆祝应城鲁氏宗族第三次修谱，请来孝感市青年楚剧团搭台唱戏。唱戏的消息不胫而走，村人多有议论，但真正像春哥一样从外村赶去的观众很少，观众以所在村村民为主。

大戏还没开场，村民就自带凳子从村里各个路口走来，闲聊着往学校走，但似乎看不到什么年轻人。

大戏开场，有的观众还在路上不紧不慢走着。现场有点稀落，部分长条凳只坐着一个人，空着大半。没带凳子的观众也不借座，倚着水池壁站着，有人吸着烟。当天太阳很好，但寒气仍旧逼人，有人瑟缩着。

老气横秋的大戏有点让人伤感。旁边的屋墙上，各种乐队广告还在，都是几年前的杰作。

乡村里，各种喜事的确已成负担，除了不堪重负的人情账外，喜事多在室外展开，喜棚往往在家门口搭建，挡住正常通道。镇上人家喜事则当街搭棚，将道路挡住大半，车辆无法通行。

难怪乡村对乐队心生厌倦，如果在喜棚之外新增一个戏棚，大家大约只能枯坐家中听噪音了！

楚剧演员夸张的声音还在舞台上拖拉着，我却不能等春哥回程。我得赶路，跟奔波在谋生路上的打工仔打工妹一样。

村庄群雕

城市化浪潮席卷乡村，中国有史以来最大规模的人口迁徙，裹挟着昔日面朝黄土背朝天的农民，似滚滚洪流盲动入城。不同的人生际遇，不同的人生抉择，带来史无前例的命运分野，将昔日乡邻抛入迥然不同的社会阶层，在乡村的画布上绘就中国命运图，留下千回百转的命运喟叹。

空巢家庭：相距百米两位老人一周内相继自杀

舅舅家所在村庄 2014 年有三位老人自杀，原因都是疾病缠身，不肯拖累儿女，选择自我了断。一个几百人的村庄，一年里三位老人自杀，印证了人们对农村留守者晚景凄凉的想象。

舅家与我家同在一个镇上，相距 3 公里左右，按照习俗，每年大年初二，我都要去舅家拜年，村子里的许多老人都见过。

突然想起 2013 年夏天回乡，正是江汉平原农村糯稻产区插秧的时节，我回到村庄，村邻议论的热点不只是上涨的化肥农药价格和人工费，还有对两位老人“安乐死”的沉重叹息。

就在我回村的当月，一周之内，相距百米左右的两户人家，两位七旬老人相继自杀身亡。

香婆的家在旧小学旁，是拆了原来的队屋建起来的两层小楼。老伴去世后，香婆空巢独居在家多年，儿孙常年在贵州经营煤气生意，还开起了自己的煤气站，生意越做越大，无暇顾及香婆。

香婆早年患上青光眼，2012 年到医院做了手术，但依然视物模糊。不料祸不单行，香婆当年中风后半身不遂，大多数时候卧病在床，饮食起居需要邻里照顾。

见到村支书涛涛，谈起老人的自杀，他清楚地记得，2012 年夏天，香婆在邻居家闲聊时突然倒地，涛涛刚好开车路过，与村邻一起将香婆送回家，安放在竹床上休息一阵才清醒过来。香婆的儿子得到消息，火急火燎从贵州赶回，将老人送院治疗。

那一年春节，香婆刚刚享受了儿孙满堂的天伦之乐，孙子的婚礼大年初八举行，隆重而热烈，村邻对香婆孙子婚礼的描述透着羡慕，婚礼期间请来乡村乐队热闹了几天，光烟花就放了一万多块钱。

村里人对香婆自杀原因比较一致的描述是，香婆中风后，儿子委托村里另一位老太照顾老人起居，但老太的儿子不同意年约七旬的老人照顾香婆。香婆听到消息后一时想不开，喝农药自杀。

也许是孙子婚礼期间的热闹，让香婆在随后的 3 个月里更感冷清，选择了自我解脱。

村邻对香婆自杀的具体日期记忆模糊，只记得与几天后自杀的七旬木叔相差几天。木叔的儿子准确地记得父亲的忌日是旧历四月十三，即 5 月 22 日。

木叔育有两个儿子，儿孙常年在外打工。前些年，大儿子到邻镇东马坊建了房，搬离了村庄，木叔就留在村里，住在小儿子家里。几年前，木叔的老伴上吊自杀，给这个家庭蒙上了阴影。大多数时候，木叔一个人在家。

木叔的小儿子这些年一直在东北哈尔滨做泥工，每天能有约 300 元收入。当年春节后，木叔的小儿子急着与同伴外出，并买好车票，但在这节骨眼上，木叔病倒了，而且病得不轻。送到市人民医院检查，医生告知老人有心脏病和肺病，各种器官都有老龄化衰退症状，这样的病不好治。

随后的日子成为两代人的枯守，老人病病歪歪地或躺或卧，小儿子心急如焚地回应着远在哈尔滨工地的同伴召唤。最终，老人的焦虑决定了事情的走向，老人上吊自杀，步了老伴后尘。

木叔的族人对老人的选择充满感伤，称老人担心拖累儿孙，又忍受不了病痛折磨，所以开了“快车”。

据公开报道，中国平均每年约有 28 万人死于自杀，200 万人自杀未遂。2009 年，世界卫生组织的《全球性医学研究报告》指出，世界各地每年约有 100 万人死于自杀，其中约有三分之一发生在中国；中国的自杀死亡者，80%来自农村。

香婆和木叔一周内相继自杀，前两年一个老太太患上癌症，受不了病痛，也上吊自杀。接连发生的老人自杀事件，牵出村庄空巢家庭的养老困境。程湾现有 40 多个留守家庭，绝大多数是空巢家庭，21 个家庭只有老人留守，更有 6 个家庭只有一个老人枯守，沦为独居老人。对于独居老人而言，白天还可以找人闲聊化解寂寞，万籁俱寂夜深人静时却是一场炼狱，孤独、寂寞、无助、焦虑之下，如果再遭遇病痛的折磨，老人就容易走上极端自我了断，留给家人一个无法释怀的愧疚。

与村中留守老人闲聊，他们大多故土难离，不愿意到儿女谋生地增加负担，也不习惯异地他乡语言不通的隔膜。但缺少了年轻人的村庄，老人成为容易受伤的群体。

去舅家探望，一个亲戚不在屋里，向邻居七旬老太打听，老太以前见过，但那天显然没有认出我，睁着一双警惕的眼睛看着我，没有作声。我讨个没趣，转身走开，恰亲戚闻讯走来，热情招呼我。邻居老太见了，面露喜色，立即报出了我母亲的名字，不好意思地向我表示歉意：“怕遇到骗子，以前就有人来骗钱。”

与村主任毛毛说起老人，他说起 2012 年的一场骗局。从邻县云梦过来一伙人，共有 5 个人，开着一辆面包车，一路骗过来。到了村里首先找干部，他们记录有村干部的电话，还出示工商营业执照，然后挨家挨户分发一张商业联盟卡，每家收 30 块钱，说是在全国各地都能用，在镇上商行买东西也能便宜，4 块钱的东西凭卡只要 2 块钱。村干部感觉不对劲，向警方报了案，但村里已有 6 家被骗。后来，这伙人在邻村行骗时被抓，被发现已经骗了 3 天，受骗者达到 200 多人。以前，程湾还有一位老人被骗走 400 块钱，骗子是在村里做工的人，称要换零钱给亲戚家送礼，用假钞换走真钞。

那天在邻居香伯母家闲聊，她的五个儿子都在外做小生意，她和老伴留守。说起村里的事，她说，年年冬月都有好吃懒做的人偷鸡，贼人有时撬开门进来，有时揭了瓦翻进来，有时打个墙洞进来，有时将门上锁链剪断。晚上进了屋，用袋子封住鸡笼口，用手电对着鸡只照，鸡就又不动又不叫了，贼人再把鸡赶进袋子里偷走。这些人平时不偷，专拣冬月间偷，因为平时偷了卖不出去，还要喂食。

村庄里，不少家庭有条件带老人一起生活，但一些老人自己选择留守。留心观察，这些老人选择留守的一个重要原因是，他们保持的很多生活习惯与孩子南辕北辙。

程湾与中心集镇只有一公里多路程，村口建有全镇唯一的液化气站，在燃气灶具早已普及的当下，想象中村庄炊烟缭绕的景象已经不再。

意想不到的是，行走在村庄内，许多家庭前场后院仍然堆满麦草和油菜秸秆，有的家庭门口廊檐堆满柴禾。

走进村邻家中厨房，惊讶地发现，多数老人在使用一种三脚架支撑的钢灶，以木材为燃料，炒菜做饭时，炊烟和油烟混杂着弥漫在厨房内，向窗口和门口方向飘散。留心观察，钢灶下积了厚厚一层灰末，钢灶上方墙面被熏得油黑发光。传统土灶也没闲着，这种土灶有烟囱直排屋外，千百年来制造着炊烟缭绕的乡村景观。如今，村庄里留守人口太少，老人做饭往往因陋就简，主要采用钢灶。城市家庭必备的燃气灶，在许多家庭也有配备，但往往被老人闲置。有的老人直言“不会使用煤气灶”。

年迈的老人说起钢灶和土灶，往往不忘感慨一句“烧出的饭真香”！他们埋在心里的另一句话是“柴草不用钱”！

村庄炊烟缭绕背后，是杂草树木的野蛮生长。疯长的杂草树木，给村邻提供了取之不尽的燃料，年迈的村邻足不出村，就可以就近砍伐疯长的道旁树木杂草，顺便疏通村庄通道，一举两得。村邻收割稻谷留下的部分稻草，收割小麦留下的部分麦草，收割菜籽和棉花留下的部分秸秆，也被保存下来，不再在田间地头付之一炬白白浪费。

当许多人为昔日炊烟缭绕的乡村生活不再而惋惜时，程湾留守老人以最后的炊烟，留住了久远的乡村记忆，也留给我们一段文明感伤。

留守老人极度节俭的生活方式，令人心生敬意。多数家庭仍旧使用茅坑，茅坑与房子分立，并相隔一段距离，不管是盛夏酷暑还是寒冬腊月，都得走出屋门如厕。有洗手间的家庭，往往在洗手间有序摆放大盆小盆和水桶，洗过脸的水再用来洗泥鞋等，最后用来冲厕。

走在村庄里，一个个曾经身强体壮者老态尽显，往往表现得动作迟缓，有的老人干脆卧病在床。当这些曾经熟悉的长者，仅仅几年时间之后，就以颤巍巍的姿态出现在面前，往往让人不忍相信。

春节回家见到村里的留守老人，大多等来了儿孙短暂欢聚，但拜年高峰一过，老人又恢复了形单影只。

老耕家：人工再上涨种粮可能不赚钱

2013 年 12 月在北京青年报跟班学习期间，随记者罗京运赴河南商丘民权县寻访“井底人”全友芝，调查得知当地土地流转给其他村民和大耕家的价格是，每亩年租金 500 公斤小麦，相当于 1100 ~ 1200 元。

回到昔日水稻一年两熟外加一季油菜的江汉平原老家乡村，这里的气候、水源等条件比河南优越得多，但多年前改成糯稻一年一熟，土地流转的价格只有商丘的零头，每亩年租金 100 ~ 200 元，更多土地送给村邻免费耕种。

从一年两熟外加一季油菜到一年一季糯稻，家乡没有了过去“双抢”的劳碌，土地半年时间荒芜着，看着有些心疼。但家乡人无心恢复一年两熟，因为一季糯稻的收成比两季稻少不了多少，更重要的原因是，家乡已经没有多少劳力了，农忙时节大多要请人，人工费则涨到了不堪承受的高位，请人栽一天秧的普通价格是 140 块，外加一日三餐约 30 块的伙食费，合每天 170 块，远道的还要请车接送。许多种粮大户表达了同样的担忧，如果粮食维持上一年的价格，人工费按现在的幅度再上涨的话，种粮可能就不赚钱了。

那次夏天回乡，正值家乡栽秧季节，终日行走在人烟稀少的田间地头，找不到年轻的身影，忙碌的多是些六七十岁的老人，年轻人即使回到村庄，也不肯下地劳作。

现有约 300 亩耕地的程湾，仅有 20 多个耕家，耕种 20 亩左右的大耕家不到一半，多的种了二三十亩，少的只种了两三亩口粮田。多数耕家冬季会种一点油菜，但只需满足自家食用。

年少的我们曾经在田间劳作，用略显稚嫩的肩膀，过早挑起家庭的重担，犁田、除草、打药、栽秧、割稻、碾谷。农忙时节最大的考验是挑草头，将收割的稻穗连同稻草捆扎后，用两头翘起的冲担担起，送到村口或自家的禾场，往往肩膀上磨出深深的血印，触碰一下就疼得人龇牙咧嘴。

我曾一次次与大人一道拖着板车，将收获的稻谷送到镇里的粮管所，看着面无表情、敞着衣扣的工作人员，将一把尖头圆身的锥形器具扎进粮袋，横向取出袋中粮食检验成色，评定品级。偶有粮食被判定没有晒干时，就要在粮管所里找片空地自行晒干，然后重新送检。待卖完粮食，扣除提留统筹款后已经所剩不多，到手的往往是一张延期支付的白条，回家路上不免失落。

如今再回家乡探访粮管所，斑驳空洞的门楼还在，门楼上“郎君粮棉油购销站”几个大字还清晰可辨，门楼入口坑洼不平的地面遍布积水。走进门楼，左边的仓库还在，门口堆满收集的啤酒瓶，仓库内住着人，仓库墙上手书的红字标语“真正把保护价、价外加价的好处兑现结算给农民”没有被涂掉，但已经看不到一粒粮食了。再往前走，一道铁栅栏将仓库与旧晒谷场隔开，旧晒谷场被租给人做墙材。走出粮管所看到，对面街屋背后的旧房被拆掉，矗立起 3 栋新开发的居民楼。粮管所紧邻的粮站三库门口停着一辆湖南牌大货车，搬运工正在往粮库卸货，显示这个小粮库还在使用。看得出来，粮管所的规模已经急剧萎缩，功能已经被城郊气派的国家粮库取代。

粮管所的半荒废与家乡农田的半年荒弃，中间存在着某种必然联系，横亘在中间的是不断攀升的人工价格。在村庄走访耕家发现，有劳力和无劳力的家庭，亩产相差不太大，但收入却有天壤之别。

那天路过瘸腿的华姐家整好的禾田，见到男邻居正在放线分块，几位女村邻嘻嘻哈哈说笑着栽秧，呈现的是一派乡邻互助图。因小儿麻痹症终身残疾的华姐，依靠老公一个劳力，2012 年种了 20 亩地，后来减少到 14 亩。栽秧的活只能靠族亲和村邻帮忙。

这样村邻互助的场景，在昔日村庄经常出现。忙完自家耕种的村人，会抽空帮缺少劳力的村邻，主人家免不了好酒好菜招待一番，但绝不谈钱，要不然就失了信任伤了和气。就是在这样的互帮互助中，村庄里的人越走越近。

正是收工的时候，华姐见到多年不见的我，热情地邀我到家里吃饭，热情得让我没法推辞。就这样，我同桌观察了一次饭桌上的邻里交易，打破了对村庄邻里互助的想象。

华姐以农家主妇的巧手，烹制出鸡鸭鱼肉齐全的十大碗，超过了村庄传统的“八大碗”。吃得正热闹时，华姐围着桌子给每一个栽秧的村邻送上 120 块钞票：“还是去年的价钱。”饭桌上，有村邻默默地收起钞票，有村人小声嘀咕：“是不是给少了？到别村栽秧一天是 140 块！”也有邻居坚决不肯收下这 120 块。

后来在村口见到一辆面包车，拉回几位熟悉的村里人，她们从河对岸的村庄栽秧归来。身边的村里人认出了司机，热情地上前打招呼：“拉一趟收多少钱？”司机的回答多少有些不太满足：“早接晚送，到河对岸的村子，一辆车 40 块钱。”车里的村邻报出的栽秧一天的价格是 150 块，包接送。

村邻互助收费已经多年了，受雇于人的村邻对眼下的收费标准表示满意，雇佣劳力的家庭则对人工费的上涨心存畏惧。

华姐对不断上涨的人工费颇为不满，抱怨说："整田、栽秧、收割、晒谷都要请人，甚至打药、除草也要请人，人工费成为种田的最大开支。"

她算了一笔账，2012年她家种了20亩水稻，亩产湿谷约450公斤，因为没有人手，也没有地方晒谷，直接按每50公斤120块的价格卖了湿谷，如果将谷子晒干了卖，可以卖到每50公斤170块的价格，相差50块。当年卖谷得款2.1万多块。当年请人整田花了1500块，请人栽秧花了1500块，请人收割花了1000块，请人拖运稻谷花了1000块，加起来，光人工费就花了5000多块。另外，当年买农药化肥花了2000多块，买种子花了300块。计算下来，当年种粮总开支达到8000块，种20亩水稻的收入只有1.3万块左右。

华姐说，几年前，请人栽一天秧只要四五十块工钱，两年前请人摘一天棉花的工钱也只有70块，上一年请人栽秧的工钱是120块，当年不给140块就请不到人。据说农田很多的应城杨河镇，栽一天秧的人工费甚至涨到260块。

然而，个别劳动力充裕的家庭，呈现的种粮账本则是另一番景象。

那天在田头见到海哥和妻子，他俩正在一片昔日大队禾场为棉花除草，这是海哥额外开垦出来的，村里原来的菜园里也有他种的棉花。

海哥算得上程湾最年轻的老耕家，时年50岁，1996年前曾有一段出外打工的经历，那一年正月初八，海哥与兄长和另一个邻居结伴出门，到山西一家焦化厂打工，每天工资是33块钱。同去的邻居被骗到一家小煤窑，对方承诺的工钱很高，其实不给钱。海哥觉得，一个湾子出去的人不能分开，在一起有个依靠，他们好不容易找到这位邻居。几个月后，焦化厂老化的窑要淘汰，需要开新窑，他们不能等，辗转到吉林帮人开荒种人参。他们的任务是，将一片长满草和树的森林开出来，当地叫“刨大荒”，先锯树，然后天天除草，工资是 50 块钱一天，每天早上 8 点钟出去，晚上天黑约 6 点回家，午饭随身携带，就是小麦做的饼子和一点白水，晚餐回家吃。几天后他们就不做了，对方说请不起。

发现出门在外不可靠，往往雇主承诺的工资高，实际支付的工资低，海哥转而回家安心种田。时年 22 岁的儿子，前几年到深圳的工厂打工，受不了工厂的夜班，最终回到村里，一边帮父母忙农活，一边在附近打零工。

海哥家 3 个劳动力种了 26 亩水稻，绝大多数农活自己做，实在忙不过来才请人帮忙。由于精心打理，上一年亩产达到 550 公斤左右，以每 50 公斤 170 块的价钱卖了干谷后，每亩收成 1800 块，扣除化肥、农药、种子和人工费等开销后，每亩纯收入达到 1300 块，比华姐家多了一倍多。一年下来，海哥种稻的实际收入可以达到 3.3 万多块。海哥家养了一头耕牛，自己整田、栽秧，实在忙不过来才请人。海哥说，如果全部自己做不请人的话，每亩田能赚 1500 块。

海哥农闲时间也没闲着，平时到邻近的长江埠办事处一个小型货场做装卸工，一个电话过来他就急匆匆赶过去。装卸的价钱都是明码实价，背一吨货 5.5 块，卸一车皮肥料约 330 块，一般七八个人去卸 3 车皮货，一个人一次能有 130 ~ 140 块的收入，工资当场结清。

缺少劳力的乡村正在老去，与村里一些年长的耕家聊天，大多想少种一点地，感叹已经干不动了。而年轻人看不上一亩地 1000 多块的年收入，宁愿到工厂每个月收两三千块工资，在他们眼里，种田是吃力不讨好的活，只有进不了城的老人才守在地里。

在年轻一代袖手旁观的家乡，将来谁来当农民，正在成为老耕家抛给社会的一个严肃命题。

留守孩子：学生只有高峰期五分之一

那年夏天在老家，从镇中心小学附近回村，见到村里的想叔，挎着一个菜篮子匆匆回村，他刚给老伴珍婶送东西过去。珍婶在镇上租房陪读，照顾 3 个孙辈读书。

这是一幅独特的“村庄陪读图”：年近七旬的想叔老两口带着 3 个孙辈共 5 口人留守，大儿子在我工作的中山与人合办工厂，唯一的孩子在武汉市做手机生意，2014 年春节回乡举办了婚礼；小儿子在贵阳做送煤气生意多年，3 个孩子都留在老家上学，大的是个女孩，当时正读初二；小的是一对双胞胎男孩，正在上小学。家里离小学约两三公里，上学和放学路上要经过铁路道班，还要经过人车混杂的中心集镇，如果选择走读，就要家人接送。但学校中午只有一个半小时休息时间，来回接送时间太紧张，也不安全，于是老两口选择了分居，由珍婶在小学附近租房陪读，想叔留在村里侍弄田园，但要自己埋锅造饭。到了周末，珍婶带着孙辈回到村里，才算实现了这个留守家庭的团圆。就这样，一个特殊的留守家庭，在留守的日子里，仍旧聚少离多。

端午假期，在想叔家见到他们和两个双胞胎孙子，当天想叔的大女儿和女婿也来到了。我提出给他们家拍个合影，双胞胎孩子不情不愿地离开房间里的电视，站到阳光下。我发现，两个孩子一高一矮，相差很大，长相也迥然不同。后来跟他们家人聊起来，原来，小时候两个孩子被分开养，一个留在老家，一个与姐姐跟父母在贵州生活，后来送回家读书，双胞胎因此长相不一样。

暑假到了，想叔老两口再次选择分居，这一次分居的距离更远。珍婶带着双胞胎孙子远赴千公里外的贵阳，让孙子与他们的爸妈团聚，这是孩子除春节之外最快乐的时光。即将升读初三的孙女因为需要暑期补课，不能随弟弟赴贵阳与家人团聚，只能由想叔陪伴在家。

一些孩子进城读中学，部分家长随着孩子一道进城陪读。

那天在当年村里的会计兆哥家门口见到他，他正在门口侍弄菜园，他的孙子有幸考进了孝感高中，跟他随便聊起儿孙近况。第二天想找他深聊时，只见到他外出插秧归来的老伴，告知他又去了孝感陪读。原来，孙子上高中后，他就到学校附近租了房子陪读，每天照顾孙子饮食起居，间或回村看看老伴。

晚上在老校长和叔家聊天，已经是 9 点多钟，突然，两个骑自行车的女孩推车进来，是和叔两个上中学的孙女，上完晚自修回来，两个孙女每天自己骑车往返。

程湾及所在行政村因为离镇上中学比较近，上中学的孩子大多自己骑车上学；小学因为距离最远，大多需要家长接送，个别家长选择租房陪读；幼儿园就在中学隔壁，离村不远，有孩子上幼儿园的，大多选择坐园车，其他则自己接送，不少人专门配备了接送孩子的电动车。

打听到幼儿园园车接送的时间，那天，我赶了个大早，7 点钟左右赶到接送孩子的旧小学。这里是村庄的中心，程湾的 3 个孩子由奶奶送来，另有隔壁湾子的 4 个孩子在此等候，7 个孩子嬉闹着。7 时 13 分，贴着镇上幼儿园标志的面包车开到这里，掉了个头，7 个孩子在家人护送下上车；下午 4 点 30 分，园车准时开回原地，家人将孩子接回。程湾不坐校车的两个孩子则由家人送到幼儿园。程湾每个上学日重复这样的一幕。孩子坐校车的家庭，支付的车费是每月各 100 元。

那天在村里一户人家见到 3 个孩子，其中两个是上小学的表姐弟，都是老人的儿女的孩子，另一个是早上坐校车的一个孩子，由奶奶带着过来找玩伴。房前屋后到处是草地和菜园，旁边是几口荒弃的池塘，3 个孩子在门前枣树下追逐着，草丛里有点阴森，大约是担心孙辈离开视线，两个奶奶警惕地盯着孙辈，不时提醒跑远了的孙辈回来。

据当时统计，程湾有 20 个孩子在当地镇上就读中小学和幼儿园，包括初中 8 个、小学 7 个、幼儿园 5 个，其中 3 个孩子因为家庭迁出村庄住进镇里，每天就近走读上学。

村里现有两个孩子曾在父母工作的城市就读，后来转回当地就读小学。一些孩子在当地就读一段时间后，父母有了条件，就将孩子接到工作的地方就读。

与当年的小学老师一道怀旧，多是对学校撤并、孩子外流的感伤。还在我们上小学的 20 世纪 70 年代，与我同班的程湾同学就有 12 个，如今，程湾在镇里读小学的也只剩下 7 个。

程湾所在的行政村村办小学，以前学生规模长期稳定在 200 人上下，最高峰时连学前班超过 300 人。现在整个行政村留在镇里接受义务教育的孩子，加上幼儿园的孩子，大约只有 60 多个。自然村程湾人口规模占到整个行政村的 1/3，程湾留在镇里接受义务教育和幼儿教育的孩子，所占比例大体吻合。

学生数锐减在镇中学得到佐证。镇里原来办的片区中学在撤点并校中都废弃了，只留下唯一的镇办初中。那天在镇办中学门口见到同学和学校负责人，闲聊中得知，当时该中学只剩下 614 个学生，只有高峰期的 1/5。学校高峰时期有约 3000 个学生，每个年级有 12 个班，每个班学生达到 80 多个。随后春节回乡再次见到学校负责人，问他现在有多少在校学生，他说只有 500 出头。这个数字比上次少了约 100 人，我把疑惑抛给他，他说上一年已不到 600 个学生。

那天闲逛到中心小学门口，恰遇小学老师的儿子结婚，当晚在学校饭堂摆酒，我受邀入席，同桌的多是当年的老师，学校校长则是当年的中学同学。聊起小学教育，他们说，撤点并校后当地除镇中心小学外，只留下三所村小和一个教学点，学生都很少。当时中心小学只有 14 个班 850 名学生，其中 3 年级和 6 年级有 3 个班，其余年级各有两个班。小学的学生规模，与初中的情况大体相当。

到城区见到市教育局一位退休干部，他退休前负责义务教育工作，曾长期担任一个镇的教育组长，他列出了曾工作的那个镇的一组学生数据，20 世纪 90 年代高峰时，该镇中小学生数过万，如今全镇中小学生不到 2000 人，不到高峰期的 1/5。

撤点并校中，应城市撤并了镇区范围内的所有高中，只留下城区 4 所普通高中；撤并了镇区范围内的片区中学；小学生和幼儿园孩子也向镇区集中，只保留部分偏远地方的教学点。有些事与愿违的是，当地孩子没有同步向中心校集中，不少在外经商务工的家长选择将孩子带在身边就近入学，令家乡学生连年减少。

2012 年暑假，在家乡邻镇中学任教的一个中学同学，找到我工作的地方谋职，他带来的信息让人有些意外。他说，所在学校动员像他这样 40 多岁的老师自谋生路，给学校减负。这所学校几年前在校生 2500 人左右时，有约 130 名教师，当年剩下 1200 名学生，比几年前减少一半多，教师人数却没有变化。如果几年前的教师配置合理，意味着当年教师过剩一半。

在老家期间，到城区学校见中学时代的同学，许多同学已成为人师表的老师，有的是学校领导，聊起学校的招生形势，多少有些忧心忡忡。一方面学生人数不断减少，另一方面老师人数稳中有增，师资力量相对过剩，教师待遇相对偏低。

熟悉教育情况的老师告诉我，户籍人口 68 万多的应城市，2013 年参加中考的学生只有 3800 多人，而户籍人口少 10 多万的邻县云梦，中考学生达到 7800 多，反倒比应城多了一倍。对于应城市而言，即使 3800 名中考生全部入读当地普通高中，3 年后参加当地高考的学生也只有 3000 多人。参与当地高考组织工作的一位一中老师说，应城市当年参加高考的学生数也只有 3000 多一点。

根据可比对数据，我查阅 2011 年地方统计公报数据发现，应城市户籍人口 67.86 万，小学在校生 23903 人，占户籍人口的 3.52%。以 2011 年年末中国内地总人口 134735 万计，小学生达 9926.4 万人，占总人口比例为 7.37%。这意味着，当年应城市小学在校生数占户籍人口比例比全国水平少了一半多，只达到全国水平的 47.76%。若按户籍人口推算，应城市当年过半小学生外出求学。

外出求学的学生，一部分到了父母谋生地，一部分被望子成龙、望女成凤的家长送到了教育条件更好的武汉市、孝感市及周边城市。

毫无疑问，撤点并校并没有培养起家乡的教育凝聚力，反而助长了家乡孩子的撤离，越来越多家长将孩子带在身边，那是他们多方权衡后的审慎抉择。乡村也在多数孩子离开后迅速走向凋敝。

在美国工作生活近 40 年的华侨杨贵平调查国内撤点并校之痛后曾经感言：“一个村没有了学校，没有了孩子，没有了年轻的父母，也就渐渐走向了衰亡。”

跳“农门”族：最后悔的是花钱买了户口

几年前，侄子考入中南民族大学工商学院市场营销专业专科，我有些失望，后来发现当地农村高考生，绝大多数上的是这类专科大学，因为学习成绩不理想，但扩招背景下的大学招生门槛很低，多数高考生可以借高考跳出“农门”，迁户入城。

侄子兴冲冲拿了录取通知书找到掌管行政村大印的村委会主任毛毛，要求开具证明迁转户口。毛毛请他想清楚，到底要不要将户口转走。毛毛告诉他，村里很多学生大学毕业后，户口打回了镇里，但恢复不了农村户口，后悔死了。

年纪尚轻的侄子没了主意，打电话找我商量。我能理解这“后悔”背后的内涵，对于农村孩子来说，通过考学进城，很长时间里差不多是农村孩子跳出农门的唯一通道，我们就曾在跳农门的励志声中寒窗苦读。可如今，找不到户口接收单位的大学毕业生，户口都被打回原籍，但在落后的内地乡镇，一纸非农户口不能带给他们城市人的社会保障，却将他们在农村的土地等权益剥夺殆尽，更现实的是，享受不到农村人口的计划生育政策，一旦生育二胎就面临非农人口计生“罚款”，额度比农村人口高约一倍。

侄子最终放弃了迁户入城，大学毕业前就到南方工作，如今户口还留在村里。

那次夏天回乡调查，家乡大学生的户口问题成为绕不开的结，到底有多少大学生选择农转非？又有多少农转非大学生户口打回原籍？

见到村干部，我就抛出了心中的疑团。村干部对村里大学生户口的记忆并不清晰，但知道变化发生在 2000 年大学生“不包分配、竞争上岗、择优录用”新机制全面出台之后，从那时候开始，不断有大学毕业生户口打回原籍，统一落户在郎君社区东街 7 号，那里是搬迁前的镇政府所在地。现有 1400 多人的行政村，100 多个跳出“农门”的大学生户口打回了镇里，占了考学迁户的绝大多数，近几年户口打回原籍的比例越来越高。后来许多人想通过关系恢复农村户口，非转农跳回“农门”，主要原因是害怕计划生育超生“罚款”城乡差。在当地，一个城镇户口者超生二胎“罚款”的公开价约为 8 万元。就像全国许多地方发生的非转农尴尬一样，那是一个难以逾越的制度性障碍，非转农的成功率微乎其微，偶有非转农成功者，也多是权力操弄下的违规操作。实在交不出超生的社会抚养费，往往难以给孩子上户口，整个行政村当时还有 10 多个孩子因此没有上户口，成为城市角落里的黑户。

村主任毛毛说，有了这些大学生的教训，这些年见到前来办理考学迁户的学生，都会善意提醒他们“不要后悔”。

村干部无法准确统计村里历年考取大学的人数，却知道村里考上大学者多数选择不迁户口，只有考上名牌大学才选择迁户。倒是考上大学者多数会通过村里开具家庭困难证明，以便办理助学贷款，申请大学困难生补助，村干部通过盖章大约能了解村里升读大学的情况。

村干部说，行政村早些年考取大学的多一些，这几年每年能有四五个孩子考进大学，选择迁户到校的不到一半。程湾这几年每年能有一两个孩子考取大学。

当年，我考取大学时，家人在村里摆了酒席，还请来镇里的放映队，在家门前禾场放了电影。那个时候，孩子上大学，是一件值得全村庆贺的事情，考上大学是孩子有出息的标志。可如今，考上大学甚至成为家庭另一场考验的开始，高额的学费和生活费往往令家长焦头烂额。

与考上大学多数不迁户相伴而生的是，孩子考上大学不再是一件多荣耀的事，如今基本已经没有家庭为孩子考上大学摆庆功宴。更多孩子初中毕业甚至初中不毕业，就随家人或同伴出外打工挣钱，村里选择升读高中的孩子不到1/3。村主任毛毛说起自己的儿子初中没毕业，多少有些遗憾："儿子升初三那年，我到学校给他报了名，但他说什么也不愿意去学校，宁愿出去打工。"

这些年，村庄里少了大学生出人头地改变命运的榜样，倒是经常有泥工月薪过万、经商者年收一二十万之类的信息，令许多成绩欠佳的孩子失去了求学的动力。

家乡人从农转非到非转农的大逆转，在以户籍藩篱为代表的中国城乡二元结构下，让人窥见了农村学子的户籍尴尬。他们期待一纸城市户口，以享受城市居民的户籍红利，但大中城市往往拒他们于千里之外。

20世纪90年代末，族亲明姐的大儿子小伟还在家乡读书，小伟爸爸在村里当支部书记，市里给优秀村干部子女奖励农转非指标，小伟因此花了不多的成本转了户口。后来费尽九牛二虎之力，通过投亲靠友，将户口转到重庆永川，考上成都信息工程学院后迁户成都，毕业后户口打回重庆永川，打工地则选定我工作的城市中山。

前几年，小伟在广东到了谈婚论嫁的年龄，在中山买了房子，操办了婚事，小伟很快有了女儿，小伟也通过自己的努力获得了积分入户资格。

积分期间，为了户口和计生证的事，小两口在双方户籍地折腾来折腾去，好不容易办好了证明。待积分达到入户条件后，需要中山有关方面出具证明，让小伟夫妇持证明回户籍地再开计生证明。小伟到了计生办，工作人员态度冷淡，小伟一气之下放弃了积分入户。他回顾起到计生办的遭遇，气就不打一处来："计生办接待人员当面抱怨说，都是这些外地人让他们年终奖都没了，外地人计划生育真难搞。"

小伟说，想过几年再生一个孩子，打听了工作地计生"罚款"，要17万多，实在交不起，还不如老家农村户口的人，像他这种情况，不用罚款就可以生二胎，就是罚款也只要3万块钱左右。

小伟的户籍遭遇，让我想起老校长和叔家的户籍遭遇。1992年镇里征用村里土地补偿部分农转非指标，和叔的二儿子和三儿子获得指标转了户口，是当年的幸运儿。回家跟和叔谈起当年的户口，和叔一开口就让我吃了一惊："最后悔的事情，是花钱为孩子买了户口。"

退休多年的和叔，如今与老伴在家陪护3个孙辈，最小的孙子2011年出生。就是这个孙子的计划生育问题，让他操碎了心。

当年，因为家里被占田地较多，和叔的两个儿子办了农转非，开始时交了6000块钱，后来每个户口退了500块钱，两个儿子迁户实际花了5000块钱。三儿子的户口压根就没派上用场，初中毕业就出外打工。有了户口的二儿子倒是进了邻镇一家工厂，后来通过所在工厂保送进了武汉理工大学学习机械，毕业后回厂工作了两年，因工厂效益不佳外出打工。

二儿子生下第二个孩子后，烦恼就接踵而来。二儿子头胎生的是女儿，生第二个孩子时，女儿已过10岁，如果是农村户口，就符合计划生育政策，不用罚款。但花了钱农转非的二儿子如今反倒变成了超生户，按照当地政策，需要缴纳社会抚养费近8万元。

有了儿子农转非的教训，和叔说什么也不愿意为孙子办理城镇户口，他多方托人，希望将儿子非转农，经过两个多月的奔走，花了五六千块钱的代价，才让二儿子跳回“农门”。好心的族亲劝和叔将儿孙户口迁到城里，并愿意提供帮助，但和叔谢绝了。

城乡分割的二元户口登记制度，被认为是横亘在中国城市化进程中的最大障碍，尤其是大中城市设置的高考和中考户籍障碍，令众多进城务工经商者找不到身份认同，得不到城市公平的公共服务和社会保障，孩子的公平教育权从一开始就不存在，拆除户籍藩篱的呼声日益高涨。在北上广深，外来人员子女中考和高考新政，一直是一个牵动许多人神经的热门话题，在户籍生和非户籍生之间各执一词，改革也一步三回头。

如今，中小城市入户限制逐步放开，但我在程湾看到的、听到的是，多数人对入户中小城镇没有多少兴趣，对于他们来说，大中城市才是他们的谋生地。当地就流传着“宁要武汉一张床，不要应城一间房”的说法，许多人在省城武汉打工经商，或到沿海经济发达地区谋生，但买房入户是一个难圆的梦。一些小有积蓄的村邻，在当地县城买房落户，多是为了让后代在城市接受义务教育，享受优质教育资源。如果留在乡镇生活，城镇户口似乎弊大于利，甚至看不到城镇户口的优越性。

乡情圈：第二故乡的聚散离合

就像20世纪90年代北京著名的“浙江村”大红门一样，我工作的中山市临近中国家电重镇容桂镇的黄圃大岑村，受惠于顺德家电产业外溢效应和湖北人聚集效应，形成远近闻名的“湖北村”，一个仅有3600多本地人口的村，短短10多年时间里拥进300多家生产厨卫电器为主的企业和2万多外来工，大多是湖北人。以这个村为圆心，方圆10多公里范围内，积聚了六七百家湖北人创办的家电类企业，三四万湖北人在此扎堆，又因为以我家乡人口为主，形成最具代表性的乡情圈。程湾及所属行政村有几个人在这里办起工厂，更多人相约来这里为同乡的工厂打工。

20世纪90年代，我曾到大岑村采访，这是一个被容桂水道隔绝在中山陆地之外的“飞地”，呈现的是一派桑基鱼塘景象，因为道路不通，看不到工业。但因为紧邻格兰仕、万家乐、万和、科龙、容声、华宝等鼎鼎有名的家电巨头扎堆的容桂，随着贯通全村的成业大道修通，与顺德容桂、中山黄圃贯通，顺德家电企业大规模向这里转移。如今的大岑遍地厂房，湖北人以几倍于本地人的规模，将这个家电专业村改造成“湖北村”。

一年暑假，同学的太太到同学的工厂为一班孩子补习英语，工厂老板曾经是老师，与同学多年同窗，老板的孩子当年大学毕业后正在准备托福考试，周边几个同学受邀到大岑附近相聚，我邀上3个在此办厂的同村人相见，这是同村人在这里的第一次团圆。其中一个是邻居，据说以前曾借住我家老宅，前些年在太原做煤气生意，后来舅舅在这里办起了工厂，他将太原的煤气生意转手后，来到舅舅的工厂合伙，不久分开单干。另一个村邻与人合伙办的灶具厂，我几年前就去过，他的大外甥在工厂当主管，后来工厂搬了一次家。

同乡他乡相见，连续三天车轮战，乡亲轮流做东，陪同的客人不断变化，永远不变的是乡音，还有透着豪情的大碗喝酒，酒席散后来到当地会展中心旁的卡拉OK纵情高歌，深夜还被热情裹挟着来到大岑烟雾缭绕的烧烤档大快朵颐，晚上就醉卧在当地最豪华的酒店里。最夸张的是最后一天，邻村的中学同学恰好来到，他同村的族亲大宴宾客，我们村也有老板受邀作陪，席开4围，大多是邻村的老板，不少人是村庄的亲戚，在座的老板组合起来就是一个完整的家电产业链，有生产家电大小配件的，有生产包装印刷材料的，有生产大小品牌家电的，一张桌子上的老板，差不多能完成一台灶具的拼装。乡亲的成功故事听得人耳热心跳。

一个老板与同乡合作，刚刚以每亩80多万元的价格买下120亩地，正在建设大规模厂房。邻村人徐春华创办的好迪电器的广告代言人，是大红大紫的影星章子怡。与大岑乡情圈的联系多了，关于乡情圈的信息不断传来，却是乡亲在第二故乡的聚散离合，乡情碰撞的结果，既有乡情燃烧的称兄道弟，又有同床异梦后的割袍断义。

2013年9月的广东还异常闷热，阳光灼烤得行人有些目眩。

在深圳开网吧的邻居肖平一个电话打给我，说在大岑一家电器厂打工的老表的儿子发生工伤，打包作业时为躲避突如其来的铲车，腿肚被撕裂，伤及骨头，到当地镇医院后上了夹板，肖平的老表闻讯后千里迢迢赶来，检查发现儿子的夹板没上好，儿子的伤也需要两三个月才能恢复。厂方支付了首期 800 元治疗费后，厂长提出再给 6000 元“了断”，伤者方对这一处理难以接受。

令人纠结的是，事发工厂老板、工厂厂长和伤者都来自老家所在镇，三家相距只有几公里，老板的堂妹还嫁到了伤者所在村，相互之间知根知底，当地不少同乡由亲戚和熟人介绍，进入这家厂打工。一次不期而至的工伤，把这些打断骨头连着筋的乡亲抛进了颇为尴尬的境地，不得不寻求人保部门公断。

家乡人在千公里之外的这类“碰撞”，既让人感到意外，又多少有些难以避免。因为老板和工人之间，多是同乡关系甚至亲戚关系。

春节期间回家，一席酒宴后与一位村邻聊起来，他的儿子就在身边。他告诉我一家三口都在大岑打工，都是老婆村里人办的工厂，老板家跟老婆还是族亲。这位村邻说起工作，突然捋起衣袖，亮出手臂上一条长长的疤痕，那是上一年在厂里留下的，缝了 8 针。事发后找厂方，但厂方不肯承担医药费和误工费。开具医院证明后找到当地人保部门，也得不到认定，得不到一点补偿。

回村见到同行政村人大兵，说起村里在大岑的一个老板，是我在大岑见过的。大兵告诉我，这个村邻因为赌博输掉了几十万，扔了工厂，欠下一大笔债，把老家的房子也卖了，还欠着自己 40 万，跑到贵州做老本行卖煤气去了。后来去大岑跟同乡聊起这位老板，他们对赌博并不吃惊，说前一天晚上一个同乡输了 60 多万。

在大岑一带，乡亲因乡情而聚，却并非铁板一块，中间的争拗令人五味杂陈。

有同乡创业时肝胆相照，两肋插刀，双方分工合作，将企业资产做到了亿万水平。家大业大后，分家随之而来，但因为同业竞争，一方有了挖墙脚之嫌，双方从此结怨，互不往来。有些尴尬的是，双方的厂房仍然在一起，分别拥有厂房的两边，中间通道共用，双方的办公室在楼上楼下。为了避免不期而遇，双方出入办公室时间好像形成默契，很少在工厂门口碰头。

2013 年，一位要好的老板，拿着家乡城市政府批复的组建中山市应城商会的公函，还有民政部门的批复，找到我供职的媒体，我带着办理了公告刊登手续，老板告诉我商会成立的日子应该很快，届时请我现场见证。随后，我约请几位同乡陪同这位老板，畅谈商会组建后的同乡协作，期待像温州商会一样建设一个应商之家。随后很长一段时间，我等待着商会正式成立的日子，却一直得不到消息。向乡情圈老板打听，得知商会低调运作，成立大会低调召开，部分老板不肯加入，仍在自己的生意圈自得其乐。

我知道，借着亲情构建的亲情圈，借着乡情构建的乡情圈，正随着家乡人在异地他乡的生意聚集和工作聚集，以亲带亲、乡带乡、友带友的形式，在第二故乡形成新的村落。

我曾长时间在大岑村的主干道成业大道上停留。早上起来，站在微雨的街头，成群结队的摩托车大军往来穿梭，不时出现家乡小城多见的太阳雨伞。许多穿着工装的单车族，一只手撑着伞，一只手扶着龙头，在画着黄实线的大路中间随意穿行，单车与单车不时迎面驶过，遇到熟人了夸张地问一声好，像极了家乡杂乱无章的乡镇街景。道路两边，烧烤档的卷闸门关着，店门口到绿化树之间的空间里扯起蓝、红、白相间的大幅雨篷，或支一个太阳伞。雨棚下，小吃摊贴着店门或靠近大路边摆着，旁边摆着折叠式简易桌和廉价塑料凳，叫卖家乡的热干面、豆皮、面窝，一群群穿着浅蓝等各色工装的上班族，坐在低矮的板凳上咀嚼着家乡美味，家乡的气息和着乡音扑面而来。入夜，成业大道的烧烤档簇拥着挤上人行道，生鲜的肉串和烧烤炉当街摆放，烤肉的香味和着油烟味直冲口鼻，三五成群的客人光着膀子喝着啤酒吆五喝六，间或有啤酒瓶摔裂的声音传来，夹杂着家乡的粗口。

到大岑看望同村的乡亲，穿过窄窄的小巷，迎面走来一些打着赤膊，趿着拖鞋的工人，提着水桶，往公共浴室冲凉。到了同乡住的地方，同乡扯着嗓子喊一声，隔壁楼就有同乡应答着。这是一方鸠占鹊巢式的乡情空间，房东走进来，反倒像外来的客人。同乡就在廉价租来的村落里，相互关爱着，也不时猜忌着，上演着他乡的乡情故事。

他乡的乡情圈看起来很美，走近了看，却有鸡毛蒜皮的琐碎，甚至同一片天空下老死不相往来的怨艾。回乡见到一户族亲，族亲一家人和亲戚二三十人在一个城市，做同样生意，都是亲带亲过去的，但兄弟如今形同陌路。

这像极了昔日乡村的邻里，亲热时亲如一家，得罪后水火难容，只是，第二故乡乡情圈的聚散离合，多了利益的纠葛和人情的算计。

新女性：乡村女性的变化

学姐家跟我是一个房头的，至今来往密切，学姐嫁到了紧邻郎君镇的长江埠农村。自从学姐出嫁后，我们就很少见面。学姐的大儿子都快30岁了，她自己也已年届五旬，我很想见见她。

夏天回乡那次，由学姐家人引路，10分钟时间，我们的车就停在了学姐家门口。这样算起来，我跟学姐就隔着10分钟距离。

学姐的房子并不在村里，而是建在村外路边，门前停着她家的白色鄂A牌照旅行车，一台空调室外机挂在两个窗户之间触手可及的位置，隔壁就是她家经营10多年的砖厂，房子是2001年承包砖厂后兴建的，看得出家境还算殷实。

与学姐老公和小儿子见过后，学姐一脸愁容抱怨："今年打乱仗，不是这事就是那事。"

我感觉那天去得不是时候，赶上了学姐家正烦恼的时候，但也勾起了我的好奇，向他们探问究竟，却意外地走进了一个家庭的隐秘处。

随后，我在学姐小儿子的QQ上看到了这样的签名：为什么我每天都过得好压抑啊！这个签名从当年4月12日就挂在那里，一直没有更新。我问他们4月份发生了什么事？学姐一家人的情绪激动起来，说起了事情的原委。原来，砖厂经营遇到了难题，大儿子两口子要放下砖厂去新疆开店。

当天在学姐家唯独没见到她的大儿子一家三口，他们到武汉玩去了，专门带孩子游了极地世界等景点。这是这个三口之家的第一次分离前夕，表达的是小两口对孩子的不舍。6 天之后，小两口将年仅 3 岁的儿子留在老家，投奔老表所在的新疆伊犁，一个月后开起了自己的店子，经营瓷砖。

过去，学姐家的砖厂由大儿子两口子打理，但当年开开停停的砖厂，因市场不景，砖价下跌，走到亏损状态，已经不足以支撑这个家。学姐说，考虑到孙子已经上幼儿园，决定让大儿子夫妻到新疆开店，重新开辟一片天地，砖厂交由尚未结婚的小儿子小波打理。

随后，这个分居两地的家庭开始了长达几个月的网上互动，互动的主角是学姐在伊犁的儿媳小美和留守的小儿子小波，话题的核心是留守孩子。透过小美与小叔子小波的网上互动，我窥见了一个乡村新女性的样板。

一次，小叔子发出一组侄子生活照后，小美复过来：第一次离开 ** 这么长时间，除了思念还是思念！好想快点结束母子分离的日子！

小美透过网络对孩子说：我们都要幸福下去，要赚很多的幸福，过最好的生活哦！

当年 11 月，小两口终于耐不住对孩子的思念，将孩子接到了冰天雪地的伊犁，春节前，一家三口又千里迢迢坐火车回家团圆。

新年到了，小美在空间里自我打气：早安，2014！一切必须好起来！

孩子的 4 岁生日到了，小美两口子为孩子理了个阴阳头，前面长发遮住前额，后面刮成光头，孩子睁着大眼睛一脸天真，小两口亲着孩子拍了许多照片发到空间，感叹“这个生日很快乐”。

空间里，小美张扬、活泼甚至有些孩子气的表现，彻底颠覆了我印象中的乡村女性形象。

在老人困守的乡村，很少见到电脑，手机也不多见。但春节回到村里，在外打工的女子回到村庄，手头经常握着智能手机，不断将小家庭的乡村奇遇摄入镜头，忙着与朋友分享，一个“我回来了”之类没有信息含量的“说说”，往往引来一串热络的问候，主人不厌其烦地回复着朋友的祝福。

在对程湾的记忆中，乡村女性是被名誉捆绑的一群，感情内敛，绝不张扬，一旦被人议论，自觉名声不好，就可能寻死觅活。20 世纪七八十年代，我在程湾居住的时间里，粗略算起来，村里竟然发生了 10 起自杀事件，包括 5 位未婚女子以投水和喝农药的方式自杀，其中 3 位因为遭遇订婚对象反悔，一位被村干部强奸后蒙羞自尽，一位被嫂子辱骂后自尽。另有一位遭订婚对象冷落后离家出走，至今杳无音讯，村邻大多认定她凶多吉少。

人员自由流动受到限制的中国传统乡土社会，是一个典型的熟人社会，村庄里互相知根知底，名誉好坏深刻影响年轻男女的感情婚姻。在程湾，就有不少男性年轻时犯下错误娶不上媳妇，女子名誉受损后被迫远嫁他乡的事例。未婚年轻女性因情自尽，是封闭型乡土社会的极端反应，鲁迅笔下批判过这种封建礼教杀人。

时至今日，与人口自由流动相伴的是，年轻男女不再受乡土社会的束缚，感情和婚姻圈随工作环境而变，在程湾，离婚在新生代中变得越来越常见，但已经听不到年轻人因为情变自寻短见。

与做过乡镇党委副书记、现任应城市方志办负责人的王峰聊天，他对乡村女性的变化如数家珍。王峰说，当地乡村传统婚姻是，高稳定、低质量、凑合型。改革开放后择偶范围越来越广，据 20 世纪 80 年代统计，85%婚姻没有出县，65%没有出镇，10%没有出村。现在基本没有不出村的婚姻，跨县婚姻达到40%，还出现了一些涉外婚姻。

在村庄，难以触碰的尴尬话题是离婚，一不小心就可能碰到对方的痛处。与村邻聊天，不经意间发现不少人有二次婚姻经历，2012年在沈阳一处工地坠亡的木兰，事发之后牵出两任妻子儿女分配赔偿金的难题，之后其妻儿与村庄断了联系。

昔日村庄，离婚是一件羞于启齿的事。如今，没有人对乡邻的离婚再娶再嫁感到意外，甚至乡邻离婚已久，仍浑然不觉。透析村里人离婚的原因，多是一方在外出轨，或双方性格不合、追求各异，偶有因家庭贫困不辞而别的极端个案。

与离婚增加同时发生的是，村里人的婚嫁趋于短平快，往往在媒人说合后迅速举办婚礼。分析认为，婚礼仓促举行的原因，一是因为双方家人亲朋难以团聚，只有春节比较集中。更重要的是，如今年轻人订亲流行送聘礼，当地农村聘礼一般在3万~5万元，多的有几十万元，许多家庭，尤其是男方，担心订了亲送完礼后，女孩突然变脸，花出去的彩礼打了水漂，往往要求订亲后尽快结婚。

春节期间到武汉看望邻居，他刚刚回村参加过族亲的寿礼，回到武汉后被告知，另一个族亲的孩子临时决定结婚，他又冒雨赶回村里参加婚礼。

与老一代养儿防老的观念不同，家乡新生代尤其是有一定学历的新生代，不少人选择只要一个孩子甚至不要孩子，任老人如何“现场督战”，儿女也不为所动。城里人欢呼雀跃的“单独二孩”政策，似乎激荡不起他们的热情。村里人戏言“当地农村计划生育已进入自觉阶段”，年轻人给出的主要理由是“养不活两个孩子，希望让孩子过得好一点”。

毫无疑问，时下乡村女性是被城市化改变的一代，也是被娇惯的一代，都市生活熏陶出的潮流，和着低学历下的盲从，往往生出我们难以理解的怪诞。

二姐的三个子女生养了 5 个孩子，最大的 2003 年出生，最小的 2013 年出生，令人不敢相信的是，二姐的儿媳和女儿全部选择了剖宫产。向更多的村里人打听，答案出乎意料，年轻妈妈绝大多数选择了剖宫产，彻底颠覆了村里老一代妇女几乎 100%自然分娩的传统。

带着疑问求教于从当地中医院下海的妇产科医生铭姐，如今到沿海地区做妇产科医生的她，对家乡畸高的剖宫产率也感到担心。她说，从自己工作许多年的家乡中医院匡算的数据看，剖宫产率占比超过 8 成，远远超出全国 40%多的水平。这种趋势始于 2000 年左右，呈逐年攀升趋势。不久前这所医院统计，有个月为 300 多个产妇接生，只有不到 30 个顺产。分析得出的主要理由是产妇“怕疼”，女方家庭选择剖宫产多一点，主要是心疼女儿，医生感受到的是年轻女性的“娇气”。铭姐也不否认有医生为剖宫产推波助澜，一般建议产妇安全起见，选择剖宫产。铭姐说，遇到自己的好朋友家人生产时，会想方设法说服对方自然分娩，但会全程陪护确保万无一失。

按照当地医院当时收费标准，顺产收费约 1400 ~ 1500 元，剖宫产收费约 4800 ~ 5000 元，是顺产收费的 3 倍多，比较之下就知，收费高低不是当地产妇选择剖宫产的理由，原因只能归咎于产妇及家人的轻率和盲从。

社会变了，家乡的女性跟着在变，变出了个性，变出了自由，也变出了万花筒般的命运。

求职族：从民工“揾工难”到大学生就业难

早年到珠三角的人多有这样的经历，家里经常成为家乡人找工作的驿站，找到工作了皆大欢喜，找不到工作就怀着歉意送点路费，家庭矛盾不时因不期而至的亲朋而起，寄居的求职族成为引爆家庭矛盾的火药桶。

那个年代，南下民工被蔑称为“捞仔”“捞妹”，许多人因身份证、务工证等证件不全沦为盲流，往往“揾工”不易，感叹“揾食”艰难，先期到广东立足者往往成为引路人，被家乡求职者寄予厚望。

我离开家乡南下后甚少回乡，与家乡的联系多与求职族有关，曾有过一年接受 20 多人前来或请托找工作的记忆，曾在租屋三人共挤一床，但鲜有帮助找工作成功的例子。最尴尬的一次，那是 1999 年国庆节前后，收到一个亲戚措辞严厉的来信，责问我“两封信不知收到没有，不至于不理不问吧”，末了，亲戚的愤怒跃然纸上：“在老乡的帮助下，都已有了一份下等工作，但还是可生存的，如果把希望寄托在你们身上……”

这更像一封绝交书，我知道自己深深地伤害了这位亲戚。那个年代，要为亲朋找份工作谈何容易！但自己不该在无力帮助亲戚后没有回复。那封信之后，他再没有一点消息。

这封信一直存在我心底，挥之不去，每每有人托找工作，我就将这封信从心底翻寻出来，警醒自己一定要尊重那些危难时刻求助的人。

当年南飞一个月后首次回家，邻居小木和另一个男孩就闻讯来到我在孝感的工作单位，当天我陪父母回到老家，次日回到孝感时，小木和那个男孩仍在等我，准备等我一起去南方。两天后，我到武汉乘车返粤时，小木和那个男孩已经等在武汉。对小木在广东找工作的历程，我记忆模糊，印象里没有帮他找到工作，后来他跟着同村人到深圳的电子厂打工，换过一些单位，后来去了贵州六盘水，靠做灶具和送气生意扎下根来。

最近因为乡土调查，与远在六盘水的小木取得联系，聊起当年找工作和这些年创业的历程，生出许多感慨。小木说，那是些不堪回首的往事，当年在外面混得没有办法了，也挣不到钱才到六盘水，刚到六盘水的时候是去赶乡场，卖一些小百货，也做过饮食，搞过路边烧烤。家里最先到六盘水的是侄女，一家人一个带一个，自己和大侄儿往返六盘水几次才固定下来，中间在六盘水赚不到钱，又回到深圳打工，一年后返回六盘水，后来开始做厨房电器，才稳定下来。

如今，小木在六盘水结了婚，生下女儿，买了房，买了车，生意也开始转型，准备往建材方面发展。通过他的 QQ 空间看到，他经营的欧派厨卫电器洁具店有 40 平方米，摆满广东欧派、广州樱花等品牌厨房电器，还有部分洁具、水管建材，正中立着一块“六盘水湖北商会会员单位”牌匾，门口停着免费送货售后服务车和私家车，让人感受得到他的成功。小木说，他所在商会和贵州一家银行成立了一个基金会，他是股东之一，银行给商会发放基金款（贷款）5000 万元，自己的房子、车和店铺都做了风险抵押。小木打算过段时间把家电生意扩大些。

在我的车库里，有一个亲戚 1999 年留下的真皮行李箱，是为亲友找工作的证据。这个亲戚没有要求取回行李箱，也没有留下联系方式，我们一直没有打开过这个行李箱，就这么放着。

这个亲戚唤作小康。还在1997年的时候，小康的父亲从重庆万县来电，其时他在万县开店，希望我帮小康找份工作，随后小康寄来简历。一个多月后，小康与父亲一道来到我工作的中山，我发动几个朋友多方联系，但都没有回音。几天后，小康赶赴湖北宜昌，他的同学帮他找到宜昌寿险公司的工作。然而，不久之后，小康的父亲电告我，小康的工作不满意，仍希望我帮小康找一份工作。当初同学为小康找的工作，其实就是一份保险公司业务员的工作，许多人做不长久。第二年盛夏，小康再次来到中山，我介绍他进了宝玛仕，一家当年因企业转制品牌卖了1200万元的公司，我因报道与公司老总相识，于是借着工作之便将小康“塞”了进去，安排了仓管员的工作。

这份工作做了一年，有一天，小康带着行李箱前来告辞，他要去武汉跟同学一起开电脑公司，这是当年热门的行业，就这样，这个行李箱留在了我的车库里，小康走后再没有与我联系。

李昌平的《我向总理说实话》2002年出版前后，江汉平原家乡民工外出成潮，2003年孙志刚事件成为盲流遭虐待的标志性事件，找工作需要借助关系，大学生进工厂也不容易。有些庆幸的是，当年，太太在一家外资线路板厂负责人事，掌握了公司招聘的第一手信息，十多个亲友通过太太介绍进了这家工厂，族亲明姐的女儿小莉就是那时进入这家厂的。

小莉早在上世纪90年代就读了声称包分配的师范学校，毕业后被安排到地方小学当起代课教师，后来自学取得了大学文凭，每个月工资却只有两三百元，不到公办老师的一半，一代就是几年。当地每年都给他们这类代课老师考公办老师的机会，但永远是僧多粥少。小莉很早就动了辞职南下的念头，但我一直不敢应承，毕竟老师是一份体面的工作，而自己想介绍一份工厂工作都为难。

2002 年暑假过后，小莉眼看转正机会越来越渺茫，下决心南下广东。太太安排小莉进了厂，做了仓管员，小莉陪伴这家厂走到了 3 年后关门清算。但她与线路板行业的缘分才刚刚开始。2005 年工厂关门后，她经介绍到了江门一家熟悉的线路板厂工作，两年后转投佛山一家线路板厂，在这里认识了后来的老公，一个熟悉线路板厂全部技术的老技工。婚后，小两口与另 3 位合作伙伴一起开了一家线路板厂，后来合伙人有的退出，他们撑了下来。如今，他们的工厂面积超千平方米，有 50 多个工人，生产的是具有较高技术含量的双面线路板。

而今，招工的门槛没有了，我已经几年没有迎来家乡民工求职者，却不断有大学毕业的亲友发来求职简历，或者携带厚厚的简历前来求职。

在我的电脑里，还存着不少亲朋的简历，大多是大学毕业新生的第一份简历，经过了求职者的精心修饰，有的是厚厚的一叠，有的只有薄薄的一页，每一份简历里都藏着一份求职的故事，也藏着我的失落，因为，我实在没有能力为他们找一份体面的工作。

几位在武汉读完大学的亲朋，毕业前最大的愿望是留在武汉，但得到的薪酬待遇让人难以相信，能够接纳他们的单位，只能提供每月1200元的工资，而且不包食宿。这份待遇，在武汉可能租不起房，吃不饱饭，只能希望单位离学校近一点，他们可以借离校前的时间，继续享用学校的廉价食宿。但能够找到的单位都离学校很远，最终只能放弃在武汉求职。

待遇较好的单位，往往是一场百里挑一的人生赛跑，我这些沾亲带故的亲朋，一次次在希望之后跌入失望。翻看他们的简历，多是一些不入流的专科院校，仅有的 3 年学制里，最后一年多是放羊式的自谋职业。

一位族亲的女儿，从一家师范学院 CZ 动漫专业专科毕业后，带着一份工作经历空白的简历找到我，也就是说，她在一年时间里找不到一家满意的实习单位，短时间的实习不足以留在她的简历里，我感到一份难以言说的沉重。

果然，帮她找工作的过程处处碰壁，跟她的专业相关的广告、策划、营销类公司，一听她的院校和专业就摇头婉拒，连面试的机会都不给。我终于理解，大学毕业的她，为什么在省会武汉找不到一张属于自己的办公桌。最后，能够接纳她的是一些商场超市的售货员岗位，但这是一份需要两班倒，需要上班时间一站就是几个小时的工作，最严酷的是上班不能用电话。果然，这份工作只做了两天，她连工资都没收就辞工不干了。

许多时候，面对这些简历，我都不免感叹，难道读书真的无用吗？在村庄，我看到一个个小学不曾毕业的村邻，靠着亲带亲的小生意，一家人一年能挣一二十万，而当下企业开给许多大学生的月薪是一两千块钱。

我一直不相信大学生不如农民工，这些年里，看到很多大学生从基层干起，就像小莉一样，最终找到了自己的人生价值。其实，命运的缰绳就握在自己手上，需要的是一份坚守和责任。

总想对请托于我的求职族说声抱歉，那是一份不堪承受的信任。

城市化路径

有的人审时度势快人一步，有的人凭借执着修成正果，有的人歪打正着赌赢明天，有的人借道婚姻一步入城，更多人借着亲带亲、乡带乡、友带友抱团进城。城市化道路上，洗脚上田的农民以各自不同的方式追逐成功，进城安居乐业成为村庄成功的标志，引来昔日村邻竞相效仿。

端阳：一个汉正街之家的命运沉浮

端阳是我家后门邻居，又是我小学同学，1995年年初到素有“天下第一街”之誉的汉正街小商品市场开店后，村庄里关于他发迹的传言不绝于耳，但他似乎信守财不外露，生意信息对村里人守口如瓶，留下的多是村邻的猜测。

这些年，端阳把一家人带到汉正街，成为汉正街之家。从他进入汉正街起，我就没再见过他，只是偶尔见到他的母亲和兄弟。他母亲去世后，一家人差不多告别村庄。春节回村再见到他，他为族亲的七十大寿而回。说起要采访他的创业生涯，他意外地同意使用真名和店名，我不禁对村邻的议论起了怀疑，也许他们只想知道端阳挣了多少钱，而我抛给端阳的命题是汉正街的酸甜苦辣，或许，这触动了端阳内心深处柔软的一面。

我们谈话的地点选在了汉正街。

正月初八早上，天下着细雨，我开着车，按照端阳的电话指引，导航到多福路汉正街，导航提示抵达目的地，迎面一栋金正茂中国服装商贸城，立在多福路与汉正街交叉口左侧，建筑比较新，在周边一群旧楼中比较抢眼。广场前一片房子被拆除后，围蔽成工地，招牌显示地铁六号线站正在施工。这里算得上如今汉正街的门脸。

端阳在路口迎上我，指挥我在刚才见到的商贸城旁边一栋楼停下，他的住宅就在楼上。车位有点窄，两边都是商铺，楼上是住宅。因为节日期间商户还没开门，市场有些冷清，进门时保安也没拦我们。早知道汉正街不让机动车出入，这也是汉正街“扁担”盛行的原因。几年前，汉正街上一个五旬“扁担”之死，曾引起社会对这一群体的特别关注。

当天端阳的小车也停在这里，问他平时也将车停在这里吗？他告知平时这里根本没法停车，因为大楼没有地下车库，车辆只能日晒雨淋。他的车停在市场外边路口的地下车库里，月租高达 700 元。

端阳带着我走过大楼转角，右前方就是进来前看到的商贸城，商贸城左侧是汉正街中心商城，商贸城背后一条仅有几米宽的路正是汉正街老街。

转到商贸城正门，偌大的广场边停着一辆警车，旁边有一个带雨棚的过路人行通道出入口，看得出，这里是汉正街的一个中心点。商贸城的红色立体字立在大楼中间顶端，下面是一块几层楼高的方形电子显示屏，底端一个大大的开放式入口，入口商铺呈弧形连通路边商铺，端阳的商铺就在弧形商铺与平行商铺交会处，属于商贸城的门脸。商铺门口“擒鹤男装”四个黑底白色立体字，比周边的商铺招牌字都大，招牌下端出人意外地打上了端阳的手机号码。

这样的黄金铺位，面积 40 多平方，价格一定不低。端阳报出的价格是年租金 40 万元。我咂舌：“这么高的租金怎么不直接买下来？”端阳不假思索：“值六七百万，哪里买得起。”端阳用手指一指隔壁的中心商城说，倒是在那里面买了一个铺，2002 年买的，只花了 41 万块钱，一直用来出租，本金早就赚回来了，年租金高的时候达到 10 万块，现在降到 4 万块。

端阳以前的铺子就在商贸城隔壁的街铺里，与新铺相距 100 米左右，是相对的两间铺，前一个做了 8 年，后一个做了 7 年。之前那间铺比现在的铺子深，面积更大，约有 60 平方米，但因为比较旧，租金只有 24 万元，相当于现在铺位的一半多一点。

端阳带我走进他的家，从他家窗口望向街面，对面楼上“汉正街中心商城”的“正”字脱落很久，一直没有补上，看得出中心商城有些年月，他买的铺子就在这座中心商城内。也就是说，他买下后出租的铺子、租赁经营着的铺子和住的房子，分在紧邻的 3 栋商城里。端阳说，楼与楼之间有雨棚相接，遇到大雨，不用带伞就可以穿梭于三个地方。

从家里的窗户望出去，看得到端阳在汉正街最早的铺位所在街道，但隔着几公里距离，没办法看到铺子。说起早期创业的经历，端阳起了感慨：“经历谈起来蛮坎坷！”

1995 年正月间，端阳与在家乡应城市卖服装的同行携手闯汉正街，端阳仅占 1/8 铺位，第一年就打了败仗，部分同伴没有坚持下来，端阳也差一点卷了铺盖。

那一年，端阳凭着几年积攒下来的 3 万多元钱，向外家借了 10 多万元，参照执行当年基金会的 3 分息，即年息达到 36%，铺子正月十八开张，当年铺位简陋，都不做装修，像工厂小作坊一样，打回货就开卖。那时租铺子没有合同，法制意识淡薄，租金随行就市，随时有商户退租，随时有商户进来接手。商户往往一两批货不行了，就退出市场。

他们的铺位有 3 米多宽，10 多米深，面积 40 多平方。分成前后 4 块，一个月对调一次前后位置。端阳与最初的搭档合伙半年，共同经营 1/4 铺位，共同承担四五万元年租。后来搭档退出，他独自揽下这 1/4 铺位。不料，那一年经济不好，天气很热，而汉正街服装商户主要靠下半年秋冬装生意，结果做亏了，自己的本钱亏得差不多了，积压几百件棉衣。最困难时，他将自己的一半铺位以 1.5 万元低价租给别人，后来嫌便宜了，决定不租，还是拿回来自己做。

那时汇款不通，全部是现金生意，需要回来拿现金去福建石狮打货。生意不顺，加上来回辗转，他一度萌生退意。

转机出现在第二年的三四月份，端阳到广州选购一批 T 恤，当年 T 恤刚刚兴起，基本上是仿造香港过来的。端阳选中了一个小品牌，具体名字已经不记得了。但对那个幸运款记忆深刻，那是一款底下提花，身子白色，领子呈红、绿、蓝等不同颜色的 T 恤，上市后大受欢迎，一天销售几百件，一个夏天下来，这个款式销售了几万件，每件衣服的批发价是 17 ~ 18 元，每件赚 2.5 元，利润超过 10%。别的款式销售量合起来不到这个款式的一半。这一年上半年，端阳就赚了 10 多万元。

像许多家庭的经商之路一样，端阳在汉正街扎根后，他的家人开始向汉正街聚集。他的店里常年有四五名店员，其中两人看店，两人捆扎，吃住都在店里，男店员晚上睡在店里，女店员晚上睡在仓库边上。店里随时要雇请“扁担”卸货送货，家里还要人洗衣做饭送饭，负责一家人和店员一日三餐。家人往往成为最早也最信得过的员工，一旦熟悉汉正街的生意门道，瞅准机会就自立门户。端阳的小弟和外甥都在汉正街开过店，他的小弟跟两个外甥合伙，在中心商城开过两年店，但坚持不下去。外甥的店曾开在端阳家铺子斜对面，做了四五年，最终放弃了。

不再开店的家人亲戚，或者在端阳店里打工，或者在汉正街上做拖运工，或者在端阳家里负责做饭做家务。夏天回家那次遇到端阳的大姐，她刚刚从端阳家回到家乡镇上，因为添了孙子，她一边照顾孙子，一边种着兄弟留下的责任田。之前，她在端阳家做了两年饭。

如今，端阳的两个兄弟都是汉正街上的拖运工，大兄弟用的是板车，个子瘦小但特别能吃苦，干起活来不要命，曾经累得胃出血，做了手术，在汉正街赢得了“拖王”之誉。他的小兄弟用的是麻木车，开店失败后专心做拖运工。两个兄弟初到汉正街时，吃住在端阳家，兼给端阳的铺子运货，后来都离开端阳单干，偶尔也帮端阳家运货，一年下来，一家一年能赚上 10 万元。

如今的端阳，算得上汉正街的实力型商家。他说，从 2000 年开始，生意逐年上升，到 2002 年买下中心商城一间商铺，2004 年买下商城一套住房后，生意基本进入了不用本钱的阶段，部分企业主动寻求合作，企业货款大多售后结算。

但在端阳眼里，自己如今做的并不是一个稳赚不赔的生意。他分析说，目前服装全行业过剩，赊销成为行业明规则，已持续七八年，服装生产厂向布料厂赊货，批发商向服装生产厂赊货，零售商向批发商赊货。批发商对零售商实行退货制，等于赊账代卖，销售不好的货全额退回。而厂家只接受第一批货退货，之后，批发商一旦选定了款式品种，就要承担全部风险。有时，批发商还要承受零售商逃债。端阳分析，零售商逃债一般有三种原因，一是遭遇恶性竞争，亏损之后还不起货款；二是吃喝嫖赌输光货款；三是赚到钱后不安心本业，跨界投资亏掉货款。有的批发商被一个零售商逃掉 10 多万元，端阳至今还有部分货款收不回来。

端阳感慨，做服装靠的就是眼光，靠自己判断，研究市场和选择产品成为一个技术活，如选择的货适合哪些人穿，适合在城市还是农村销售，都需要调研。他发现，地级市往往要求越时尚越好，县城多要求适度时尚，镇里则越大众越好。有时选对一个品种就成功了，判断失误就会遭遇大量退货，只能以跳楼价处理，一旦看错了市场和品种，可能马上就垮了。

2014 年春节前后，端阳一直为冬天积压的 3000 多件夹克衫发愁，这些货占据了全部三个仓库，占压货款约 50 万元。尽管他之前选对了一款活套棉衣，但选择的20多个棉衣品种，除那个畅销款外，其他品种款式全部滞销，销量加起来也不敌一个畅销品种。

在外人眼里，汉正街是商机和财富的代名词，但久居其中的端阳夫妇却并不轻松，他们说，每天感觉到无形的压力，像有鞭子在抽打自己，逼着自己去做事，往往店里生意正好，突然一个客户拿来一堆退货，扔下货就走，一下就把心情搞坏了。批发商还要面对众多零售商，讨债成为一大难题，往往是生意不难讨债难，有的账一欠就是几年，春节则成为讨债季。

对于汉正街的商户来说，时间就是金钱，但换个角度看，他们除了春节几天假期外，其实没有休息时间。看看端阳夫妇的作息时间表，每天清早5点多必须起床，整理晚上到的货，分送到仓库或门市部，这些货需要核对单子、点清数量，不能交给员工处理，必须自己亲力亲为。门市部的价格随行就市，同样的商品，价格因人而异，必须自己守在店里。等到晚上五六点下班回家，一天劳碌过后已是筋疲力尽，根本无力也无心出外应酬交际。

当天与端阳的车一前一后冒雨回村，他和妻子要回家赶赴族亲一场婚礼。出城时，任我的导航一路提示线路错误，端阳的车一刻没有犹豫。车到孝感地段，高速路因雨雾封闭，改走国道转汉宜公路，车近家乡邻镇东马坊，遇到前面堵车，不待后车堵上来，端阳立即掉头，拐道从道桥镇经长江埠回村，其果断很像小时的他。记得小时候有段时间摇单双（一种类似摇色子的游戏）赌纸甚至赌钱，端阳多数时候是庄家，即使手头输得精光，他也次次揭盅，不惜一次次欠下赌债。也许是天生的果敢，加上适度的赌性，让他在汉正街找到了生意的奥秘。

小海：从小货郎到“西南日化王”

1969 年出生的小海，目送自己的 20 多辆货车从公司仓库驶出，奔赴市内各大商场超市 3000 多个网点配货，不时会想起 30 多年前手提肩扛的货郎经历，感慨出道时小商品论个卖的艰辛。

小海是我的表侄儿，如今在重庆拥有一家日用品公司，代理区域市场上 10 个著名日化品牌，部分品牌做到重庆第一甚至西南第一，堪称“西南日化王”。

小海跟随父亲出道时，还是个少不更事的 15 岁孩子。

30 多年前的 1979 年，两件轰动一时的事件，将湖北和四川重庆（1997 年重庆升格为直辖市）联系到一起。一是，从襄樊到重庆的襄渝铁路全线通车，沟通了我国西南和中南的铁路网，从九省通衢的武汉出发，经汉丹线转襄渝线可直达重庆等西南地区。二是，武汉汉正街小商品市场重新恢复、开放。具有 500 多年历史、早在明朝万历年间就形成市镇的汉正街，“文革”期间曾一度停歇。汉正街的恢复，成为十一届三中全会后的标志性事件。后来，《人民日报》于 1982 年 8 月 28 日发表评论《汉正街小商品市场的经验值得重视》，让汉正街名正言顺地成为小商品市场的代表之地。

小海的父亲，就是我的大表哥，是早期行走襄渝线的货郎之一，将汉正街小商品销往西南农村市场。如今，在重庆乃至西南市场，鄂商占据文化用品、日化用品等批发市场大半壁江山。在以同乡聚集为特征的西南市场，重庆永川区早期的批发一条街玉南商业街，八九成商户都是小海的老乡，多数来自应城郎君镇。

出道前，小海还是一个初二学生，初中还没毕业，家庭的一个决定就改变了他的人生轨迹：跟着大人当货郎。

于是，当年的货郎队伍出现了这样的一幕：一个稚气未脱的少年，跟着大人到汉正街打货，前胸后背驮着的两个大包，比他的体重轻不了多少，里面塞满打火机、纽扣等小百货。少年辗转登上武汉开往永川的列车，经过一天一夜的旅行，疲惫不堪地抵达目的地，但真正的考验才刚刚开始。

货郎的销售对象是乡村集市摊贩。当地流行赶集，并延续至今，每个乡镇具体的赶集日期不一样，按照 147、258 和 369 的排序规律，邻近的几个乡镇设定集市和赶集日子，逢 10 则不设集市。货郎需要牢记相关集市的开市规律，每天大清早，背上沉重的行囊，搭乘汽车赶到集市，沿途吆喝叫卖。一次进货后，往往要半个月左右时间，辗转 10 多个集市，才能将货品卖完。然后，火急火燎赶到汉正街，开始新一轮循环。

1988 年对于小海一家来说是一场噩梦。那一年，许多地方兴起倒卖国库券的生意，人们从乡村收购不能套现的国库券后，拿到城市里卖给证券公司，从中赚取差价。小海拿着家里多年货郎生意的积蓄，还借了几千块钱债务，回家乡收购国库券，到永川卖给证券公司，几个来回下来收获不错。那一年 8 月 26 日，这是一个小海永远不能忘记的日子，他像往常一样到村庄旁边的东马坊闹市收购国库券，正待满载而归时，突然被一班执法者围住，不由分说就将装满国库券的袋子收走，连数字都不予点算。那一次，与小海一样被收缴国库券的小贩很多，小海是被收缴最多的小贩，被收缴了价值 2 万多元的国库券，包括多年积攒的本钱、做国库券生意的盈利、借来的本钱，都被一网打尽，家里为此欠下八九千元债务。他的父亲没了继续做小百货的本钱，只能回到村里闲着，想方设法筹措做小百货的本钱。

小海最初的采购地是汉正街，后来发现货源大多来自义乌，在义乌进货更便宜，就将采购点转到义乌，在火车上的时间更长，一个单程就是 36 小时。随着进货量增加，小海转而在义乌设点，通过托运向永川发货，经常一次发十大包左右货物。

常年的货郎生涯让小海摸出了规律，他发现，最好的客户是那些半死不活的供销社，这些供销社因为传统进货渠道要经过一二级批发环节，调拨价较高，后来改从个体户手中进货，进货价可以便宜 30%左右。这些供销社进货量大，价格也比较高，利润空间更大。

他还发现，开拓市场中要不断发掘新品种，寻找新商机，往往是前期和后期不容易赚钱，只有中期最容易赚钱，因为前期对新产品市场不太了解，带有赌的成分，品种赌对了就能赚，赌错了就不赚钱甚至赔钱；到了后期，由于跟进者多了，大家相互压价竞争，越来越难赚钱。因此，要时刻紧盯市场，及时发现市场需要的新产品。

1991 年是小海一家从行商到坐商的转折年。长期行商的经历，让他们摸清了当地市场规律，熟悉了小商品市场渠道，具备了坐地行商的条件，于是决定在永川转型做坐商。

当年，市内有一条自发形成的马路市场，就是后来的玉南商业街，摊贩沿街摆卖，逐步成行成市，面对镇区商贩经营批发。每天大清早，小海将大包货物拖进商业街，将一个铁架子摆在路边，将样品取出后，每样一点摆放在铁架上。天晚了，街道上行人逐渐散去，小海又将样品一件件收起来，收起铁架子，满身疲惫地回到住处。后来当地将马路市场改建成专门的商业街，小海进入经营，至今，小海创业初期的铺位还在，没有对外出租，他的妹妹至今坚守在这条街上。

这是一个没有门槛的生意，一个人做开后，就将家人、亲戚带去，没有本钱就先打工，有了本钱就找个地方和某个品种自立门户。如今，小海一家 4 个兄弟姐妹及族亲共 30 多人在重庆做小百货和日化等批发生意，户口大多迁到了当地。

2000 年，永川的生意已没有拓展空间，小海一家酝酿向外拓展，就像昔日家庭田地不足需要有人外出拓展一样。但在老大还是老二走出去的问题上，一家人产生分歧，他的父亲希望性格外向的小海留在身边，守住多年打拼出来的根据地，让老成持重的老大出去闯一闯。但老大对进军重庆市区信心不足，小海则更希望去重庆市区发展。最终决定，小海自立门户。

这一年，5 个有志于到重庆市区发展的合作伙伴走到了一起，包括小海和他后来的太太，共同出资组建公司，各占 20%股份，重点经营日化产品，依托重庆的市场辐射力，帮助更多著名日化品牌开拓重庆乃至西南市场。4 年之后，公司股东自立门户，小海与太太于 2004 年 4 月退出公司，次年注册现在的公司。

2005 年，重庆晨报以一篇《3 万湖北人重庆淘金》，将鄂商推到聚光灯下。在这篇引起重庆业界一片惊呼的专访中，代表湖北在渝商人的小海成为重点受访对象。文章讲述了他靠 400 多元起家，从走街串巷货郎到百万富翁的经历，他向记者剖析湖北商人生意经："宁愿降价先卖出去，要的就是薄利多销。像我卖洗衣粉，一件（10 公斤）卖出去才赚 5 角钱，但销量做大了。"

小海的公司把利润率降到了最低，也把公司的业务做到了最大。目前，他的公司代理单个日化品牌的年投入基本在300万元左右，每个品牌销售额在千万元上下，总销售量过亿。

小海给自己的最新定位是做投资商，45岁退居二线。其实，这样的转型45岁前已经展开。公司采用事业部制，每个品牌组建一个运营公司，拨付一定资金运营品牌，内部选拔产生职业经理人，每个职业经理人负责一个品牌运营，带资入股，除个人薪酬外，完成年度利润目标后按投资比例分成，一个营运经理的年收入超过10万元。除工资外，职业经理人在4年里每年取得该品牌运营公司10%股份，即4年后小海的股份减少到60%，职业经理人的股份达到40%。4年里，小海将每年退出的10%本金用来代理新品牌，不断扩大公司代理品牌队伍。小海说："给职业经理人股份，就是要充分满足他们的心理，帮助他们实现当老板的梦想，有了股份激励，他们就会全身心投入这个品牌。"

事业部制2011年推出，2012年公司总销售额增长38%，2013年增幅达到25%，2014年逆势增长13%。目前公司正以自己成熟的商业模式，在地级市加快布点，希望建设覆盖重庆全境的物流配送网络。

听小海讲生意经，很难相信他是一个初中没毕业的辍学生。商海打拼之余，他是MBA的优秀学员，在他的手机里，保存了马云、柳传志等众多商界精英的演讲。在他的微信里，成功学、管理学箴言占据相当一部分，像是说给自己听的，又像是自己的人生感悟。

有一个细节让人陷入沉思，在他的公司里，没有一个亲戚朋友。这几年，他的几个表侄儿和外甥大学毕业后遭遇找工难，要求到他的公司工作，但他宁愿帮助他们培训后就业，或者想方设法托人介绍工作，也不肯破例。他说："一个100多人的公司，已经实施了职业经理人制，如果亲戚朋友进来，将带来很强的随意性，有制度也执行不下去，公司不好管理。"

小海因为代理广东品牌，每年参加公司经销商大会，我们年年在广东见面，他喜欢跟我这个他心目中的文化人思想碰撞。我们之间有这样一段对话：

我：你从 15 岁时开始出道，从小货郎起步，又愁买，又愁卖，有没有厌倦的时候？

小海：到现在也厌倦，想 45 岁退居二线就是因为厌倦。但生意早期为了生计必须做，再苦再累也要做；市场成熟后，做了很多年的生意舍不得丢。

我：跟你一样做货郎的乡亲还有很多，大多退出了，你靠什么坚持下来？

小海：永远不要将商业想得那么悲哀，人的力量是无穷的，希望属于阳光、有理想、有冲劲的人，智慧和勤奋是第一位的，成功的秘诀是坚持加坚持，还要有方法。

我：许多人商海沉浮几起几落，但你的生意似乎一路成功。除了早期的挫折，你后来有没有失败的例子？

小海：失败的例子很多，现在都有。比如，上世纪 90 年代我做洗衣浆，这是固体的肥皂之后出现的新产品，但颗粒的洗衣粉其实已经取而代之，而洗衣浆用起来不方便，得不到市场认可，最后不得不赔钱退出。买东西首先要评估，要进行市场调研，如果盲目接品牌，肯定失败。

我：你的市场已经成熟，能够引领市场，是否应该代理更多品牌，迅速将企业做大？

小海：代理商接什么品牌需要慎重，永远只能快人半步，快人一步就可能失败，因为刚开始时消费观念懵懵懂懂，市场看不清。就是做开的品牌，也可能有衰退的时候，如某洗衣粉现在卖得很好，但第一年顶峰过后逐年下滑，如果不研究，不扭转局面，就会永远下滑，就会失败。

华生：开飞机的他开着小车回乡

正月十二，飞行员华生开着私家车，与太太一道回到家乡。他是某航空公司武汉公司机长、资深飞行员。

华生比我年龄稍大，20 世纪 80 年代，华生 17 岁时通过招飞体检入伍，转业后于 2000 年通过民航招聘，成为一名民航飞行员。

站在面前的华生，满头黑发自然前倾，上身穿深蓝毛领呢大衣，系着一条红白蓝相间的条纹围巾，肩背真皮男士公文包，右耳上挂一个蓝牙耳机，双眼炯炯有神。华生还是原来的模样，只是添了中年人的成熟稳重，眼角隐隐约约现出鱼尾纹。

“昨天刚刚飞过你工作的城市。”

华生带来的信息让我愣了一下，正疑惑自己工作的广东中山市没有机场，突然醒悟过来：他的航线经过中山。

原来，整个春节华生都在飞，回乡前一天刚刚完成从武汉到深圳、海口的飞行，途经中山。当天利用休息日回乡探亲，顺便参加朋友家的宴席。

春节期间，我通过村里人找到华生的联系方式，加了他的微信。他从微信中得知我和家人从广东回到家乡过年，执意要来家看看我父亲，说我父亲是他的救命恩人。

那已经是40多年前的事了，当年只有三四岁的华生在村口靠近队屋的塘边玩耍，不小心掉进塘里。危急时刻，当时只有31岁的父亲正好路过，听到呼救，顾不得脱掉长裤就跳进塘里救人，慌乱之中，水性不好的父亲两条腿蹬进了一个裤管，差点自顾不暇，所幸最终将一条腿挣脱出来，救下小华生性命。

见到我父亲，华生情不自禁地说起往事："这些年都在找您，一直想看望您，但村里都说不知道您住在哪，后来听说您去了广东，这次知道您回了老家，一定要过来看看您。"

许多年里，华生一次次开着小车回乡，他的几个姐姐和妹妹还住在家乡。4年前，他在这里送走了自己的父亲。如今，他家的泥坯房已经变成一片废墟，只剩下屋前右侧砖砌的厨房。三间泥坯房是被华生扒掉的，因为房屋歪斜，不能住人，担心房子倒塌砸到人。站在华生家老宅废墟前，还能看到部分残墙，后墙仅有的一段红砖墙还立在那里，厨房门外一个废弃的石臼已有年月，是以前研磨稻谷用的，已经很多年派不上用场了。大约因为石臼太重，没有人搬走。扒掉泥坯房后，华生买下了隔壁亲叔叔家的房子，他的叔叔一家住到了镇上，后来举家进了城。华生父亲去世后，华生在县城买了一套房，将母亲安置到城里。如今，老家房子大门口贴着鲜红的对联，"大财小财满门财 天福地福全家福"，透着农人的新年愿望，房前被丝网围住的空地上种满蔬菜，但家里暂时没人，据说华生的妹妹曾住在这里。

上一次见到华生也是在老家，那已是20多年前，我还在家乡所在城市孝感市机关工作。夏天，华生带着妻子和孩子回家看望家人。得知华生从部队回来探亲，我迫不及待地赶去他们家。

对华生的好奇，一方面因为他和我是20世纪80年代程湾走出的仅有的两个大学生，另一方面因为他的职业。他第二次参加高校招飞体检时脱颖而出，成为航空学院学员，当上空军飞行员，是村庄的骄傲。

中学时代的我也曾参加招飞体检，通过在校内进行的初检后，进入了在县城进行的复检。当年我们把招飞入伍当作高考之外的另一条跳“农门”捷径，关于飞行员的选拔条件和待遇，村庄里有一些神乎其神的议论，许多人说，招飞体检要坐一种转椅，转椅越转越快，考核受检者抗翻转能力，多数受检者过不了这一关。当上飞行员后的待遇则充满想象力，迁户口粮油关系、转业后安排工作自不待言，传说飞行员回乡只吃自带的安全食物，喝自带的水，飞行员的婚姻也由国家包办，说起来颇令人羡慕。

当天在华生家门口见到他，他和太太正在竹床上坐着乘凉，孩子在身边玩耍。我试着向他抛出一个好奇已久的问题：“你们的婚姻是组织安排的吗?”得到的答复是否定的，他觉得这种说法有些荒诞。

时至今日，人们对飞行员的好奇还在延续。从微信上看到他转发的一条提醒：开车前几分钟千万要开窗。我将他转发的微信拿给上车就开空调的儿子看，儿子拿过我的手机给华生幽了一默：“我儿子问你开飞机前几分钟开窗吗?”在我们的想象里，飞机窗户是封闭的，因为高空开窗意味着自取灭亡。没想到华生复过来的微信是“也开窗”，令儿子惊奇不已。华生后来专门微信说明：“落地飞机停止关车才能开窗。”

家乡人见了华生，话题总是不由自主地转向空中飞行，抛出的话题充满好奇：需要用肉眼观察飞行吗？开飞机危不危险？

华生的叙述，为家乡人打开了一个陌生的航空世界。

华生告诉我们，靠肉眼飞行太累，当年在部队时开的教练机和战斗机就是这种飞机，起飞前，要事先在地面研究地图，将大的地标记清楚，按照时间飞到目标区域后，要看到地标。现在开的民航飞机比以前不知先进多少倍，有 6 个计算机，起飞前人工输入目的地，听从总控中心指挥，上到巡航高度后就不用管它，不需要靠肉眼飞行，高空飞行时基本看不到地上。飞行员要留意有没有变化，有没有异常，处理特殊情况，如果仪表坏了，就要靠硬功夫，人工飞回来。出现仪表故障时，并不是所有仪表坏了，而是某个方面坏了，就要从计算机上将相关部分脱开，这一项需要人工监控着飞，其他部分还是计算机监控着飞。不过，民航飞机还是非常安全的，一般出不了事，只要飞机有动力，发动机在转就不怕。

按照民航局规定，飞行员 3 个月飞行时间不能超过 270 小时，一个星期飞行时间不能超过 35 小时，一周至少连续 48 小时休息。

影视剧中，飞机上经常有领航员这一角色。但华生告诉我们，目前国内民航飞机一般配备一名机长，一名副驾驶。因为飞行员奇缺，飞行员 60 岁退休后根据身体情况可返聘 3 年。

当年，华生和同村不同湾的同学运生都通过招飞体检成为飞行员，一个村出了 2 个飞行员，也算一桩奇事。与原村小学校长和叔聊天，他不无遗憾地说起旧事："我 1964 年验上飞行员，社会调查时，被婆婆（应城方言称奶奶为婆婆）一句话说掉了，婆婆不想我去当兵。"

华生在唐山某部服役的日子，我曾与华生的父亲文哥聊天，时任生产队队长的文哥，描绘儿子华生的理想时，曾不无自豪地说，他的理想是飞上祖国蓝天。

从空军飞行员到民航飞行员，对华生来说是一场考验。20 世纪 80 年代的飞行学院学生，大多英语基础差，华生接受民航选聘考试前，需要攻克英语关，读懂厚厚的一大本英文说明书。大半年时间里，华生重回课堂补习英语，更深地体会了知识的重要。

华生有一个令他自豪的儿子。2011 年，儿子从武汉大学电气工程系研究生毕业，在某大型央企的招聘中，从10万报考者中脱颖而出，第一轮进入6000人大名单，笔试后进入40人复试名单，最终与另4人一道被选中。目前，华生的儿子在职攻读博士。华生说起儿子，不胜感慨："那次招聘很公平公正，我们找不到关系，很多人找关系也进不去。"

春节回村，华生与村支部书记涛涛交流的主要问题还是教育："我们这里最大的问题是不注重教育，村里很多人没意识到这个问题，父辈落在家里，后代也落在家里，只能永远受穷，有的孩子初中不毕业就出外打工。"之前，华生曾在武汉召集同乡商议，希望筹集一部分资金，资助家乡上不起学的学生读完大学。

在乡村记忆中，印象非常深刻的一次是，一帮大人和孩子在河边洗澡，与对岸村庄同样在此洗澡的一大帮人起了冲突，眼看就要打起来，当时还在上高中的华生站到两村人中间，安抚双方以和为贵，化解了一场剑拔弩张的纷争。那一次，我很好奇，许多大人在现场，站出来的为什么是个还在读书的学生？

如今，华生的心还系着村庄。华生诚恳地告诉我，计划飞到60岁，退休后准备回到家乡，为村里做点力所能及的事情。

军军：入伍落空的 18 岁青年离家出走

正月初五，邻居军军驾驶他的白色卡罗拉小车，出现在我家位于镇上的新屋前，这是他的第二辆车，2012 年买的，换下了前几年的二手车。这些年，他差不多年年回乡过年，每次都开着小车。站在面前的他，上身穿一件黑色皮夹克，头发整洁，面容白净，神态自若。

我的脑海中不由自主地闪现出军军 18 岁时的影子。我到广东那一年，失踪大半年的他，从南海市（今佛山南海区）一个建筑工地来到我当时工作的东莞市，满脸倦容，头发凌乱，身上留有石灰水泥浸染后洗不净的痕迹，迫切地希望我帮他找一份工作。

那个时代的广东，找一份工厂的工作并非易事，多数企业招工通过内部介绍，亲戚带亲戚，老乡带老乡，街头充斥盲流。当年，朋友打工的饭馆就曾接待过一个自称内地学校校长的求职者，该求职者到广东后用光盘缠，也没有找到工作，但又不甘心灰溜溜地回去。找到小饭馆时，只要求有个吃饭睡觉的地方，可以不要工资。

农历 1993 年，对于我和他而言，都是多事之秋。腊月二十二，即 1994 年 2 月 4 日，我放弃家乡城市机关工作赴粤，在广东过了第一个春节。军军则比我早两个月到广东，跟我不一样的是，他是背着家里负气出走的。12 月的广东，给军军留下最深记忆的是纪念毛泽东 100 周年诞辰的浓厚气氛。

军军的出走，是当年村庄的一件大事。当年 18 岁的军军，在秋季征兵中，过五关斩六将，先后闯过体检关、政审关，家里为他的应征入伍找过关系，得到的答复是八九不离十，小伙子对即将穿上军装充满期待，但最终名单里没有他。那是一个应征入伍可能改写命运的年代，有人把入伍当作除考学之外的第二条跳“农门”通道，程湾就有人入伍后提干，后来转到武汉公安部门吃上皇粮。

军军的父亲至今还清楚地记得当年与女婿一道赴广州寻子的细节。

在村里小店见到军军爸，跟他聊起军军，话题倒回到当年。军军爸清楚地记得，当年军军离家出走后，找遍了所有亲戚朋友，没有任何音讯，直到收到他从广东寄回的一封信，才知道他去了广东。那封信上没有邮寄人地址，信纸上滴落着眼泪，军军在信中说，身上只剩下几块钱，但不混出人样绝不回去。这意味着，发出这封信时，军军吃住的钱都没有了。

这封信让军军家喜忧参半，庆幸的是，知道了儿子的去向，忧的是，“弹尽粮绝”的儿子在举目无亲的广州如何生存？一家人紧急商量对策，一致决定立即去广州找人。军军爸是寻子的第一人选；军军妈需要留家照料两个年纪尚小的儿子，不能同往；当老师的女婿自告奋勇随军军爸赴广州寻人。两个人当天踏上往广州的火车。

到了广州，到处都见得到寻人启事，广州站乱得很，有很多流浪者，光天化日之下看到有人抢东西，抢到手后只要钱，没用的东西随手扔掉。

两人在车站和立交桥下到处贴寻人启事，并现场制作寻人启事牌，军军爸在前胸后背挂着大大的寻人启事牌，在大街小巷走，见到人就指着照片问有没有见到这个人。

在广州时，两人住在三元里一家旅社，一个人一天 40 块钱，贵得很。入住时，两人没有身份证，只有户口本，旅店说户口本不行。他们告诉店方是来找孩子的，旅店可能接待过太多找孩子的人，听过他们来意后，同意他们住下，随口问他们找的是男孩还是女孩。知道他们找的是男孩后，店方人员安慰他们说，是男孩就不怕，如果是女孩就危险了，女孩容易被人拐骗。

两人在广州找了 9 天，带去的钱快用完了，再不回去就没路费了。

军军爸哪里晓得，那时军军已不在广州，而是去了南海。这是后来军军回来后说起才知道的。

我到广东后，军军父母托我在广东帮忙寻找军军。那个时代，内地农村家庭还没有电话，信息传递靠电报和书信，在人流如潮的广东，要寻找一个没有地址的流浪者谈何容易。

5 月份，好消息终于传来，军军家人收到他从南海桂城叠北区新约村寄回的 200 元钱，也就是说，寻找军军的范围缩小到了一个村，找到军军的机会很大。军军家人在来信中说，军军妈“都急疯了”，托我到南海找军军。

接到来信的第二天一大早，我就迫不及待地赶赴南海，先到广州火车站，转乘去佛山的车，然后搭乘摩托车去新约村，找到村长王忠，说明情况。王忠告诉我，当地和附近有不少工地，军军应该在某个工地。王忠在佛山大学化学系就读的女儿王梅带着我找到村里的工地，还找到邻村工地，但打听之后毫无线索，就像大海捞针。不过，工人告诉我们，工人经常到村口的洪辉小卖部买东西。于是，我们找到这家小卖部，临时找来白纸和笔墨，书写一张寻人启事张贴在店门口显眼处，请军军及知情者与我联系。同时委托王梅问问当地派出所和村里。当天下午，我带着失望离开了南海。

3个月后，我终于跟军军联系上，请他到东莞找工作。到这时，我才知道，军军的包工头卷走了全组30人的两三个月工资，这个组负责的是混凝土项目。这样的遭遇军军曾多次遇到，之前军军跟着一个惠州老板，也被卷走全组工资。

听军军的讲述，终于知道了出走大半年里军军的流动轨迹。

军军到广州后，手上的钱很快没有了，在广州找不到工作，他看到有人在火车站举牌招工，就上了车，到南海建筑工地做小工，但工地经常发生包工头不给工钱的事情，因为不断有小工从火车站被拉过来，工头不愁没有人手。工地上有很多小包工头，往往一个项目分成很多组，每组30人，包给一个工头。

大半年的遭遇，让军军意识到，火车站的举牌招聘者存在欺骗，长期在工地做小工也没有前途。更严峻的是，在工地上收不到信，跟家里只能单线联系，必须找到一个稳定的工作，改变这种漂泊无定的生活。这时他已知道我找他的消息，便到了我工作的地方。

军军到我当时工作的东莞后，我给他的第一个建议是，马上回家一次，让家人心中的大石落下，然后到东莞找一份工厂的工作，离开没有发展前途的建筑工地。

几天后，军军踏上回家的路，这时距离他出走已经有整整8个月。

回村后的军军向家人和村邻讲述了到广东的更多细节。在广州滞留期间，晚上就睡在天桥下，有小偷过来搜口袋，把他弄醒了，因为身上没钱，他也不怕，告诉对方“你搜吧，反正没钱”。

军军在建筑工地做小工时，身上留下了不少伤疤。军军爸说起来心疼不已：“他挽起裤腿给我们看，腿上到处是钢筋戳伤后留下的疤痕。”

再次回到广东，军军先是在虎门镇口工业区联艺塑胶制品有限公司工作，一个月后，我介绍他进入位于东莞塘厦镇龙背岭的金格电子厂，从此进入电子行业。半年后，军军跟随老乡跳槽到生产电话机的塘厦138工业区华阳电子厂，从此进入通信行业。军军念念不忘的是老乡的帮助，这家工厂当时生产电话机，如果能学好技术通过考试，就可以升任组长。老乡帮他找来技术书籍让他自学。为了不影响工友休息，军军经常躲在被子里学习。功夫不负有心人，军军最终通过工厂考试，走上组长岗位。

之后，军军跳槽到深圳龙岗一带电子厂工作，换过八九家企业，职位不断晋升，出任过几家小型电子厂的厂长，一步步做到经理等岗位，现任深圳一家电子企业销售经理，月收入达到2万元。在妻子老家所在的武汉市江夏区买了房子，并有意在深圳买房安家。

军军聊起这些年的经历，很感慨那次转型，让自己进入电子行业，最终选定通信行业，从电话到手机，见证了传统电话和数字电话的兴衰，如今正在经历智能机的波云诡谲。进入通信行业后，他将两个兄弟带到身边，大弟弟目前在一家手机公司做硬件工程师，月薪8000元左右。小弟弟学会手机维修以后，先是回家乡开起手机维修店，后来追随亲姐姐到西藏林芝，在一家手机店里租下维修柜台。

2002年军军收获了属于自己的爱情，当时他在深圳一家电子公司任品质副经理，妻子任质检文员。结婚两年后有了孩子，妻子就没再上班，专职在家抚养孩子，两个孩子一直在深圳生活。两个弟弟也已结婚生子，大弟弟的孩子在深圳一家公办学校就读，只有小弟弟的儿子留在家乡读书。

春节回村怀旧，走进当年生产队的禾场，忽然瞥见禾场中央躺着一个碾滚，这是过去村庄碾谷麦用的，如今乡村都用收割机，碾滚已经用不上，被闲置了。走近了看，惊讶地发现，碾滚上刻着军军三兄弟的名字，清楚地记录了碾滚的主人。碾滚上，军军三兄弟抱成一团，恰似这些年三兄弟相扶相携。

夏平：农家小屋藏职业期货投资者

夏平是村里有代表性的读书人，1990 年，夏平成了村庄第一个考进地区重点高中孝感高中的幸运儿，当年，大学还没有扩招，高考竞争异常激烈，考上孝感高中意味着基本迈进了大学的门槛。1993 年，夏平不出所料考上了大学，是 5 年制的同济大学分校湖北郧阳医学院，他对这一结果不太满意。

令村里人意外的是，夏平没有读完大学，上了两年半学就弃学南下进了工厂，把到手的金饭碗自己砸碎了，令人百思不得其解。

夏平所在工厂与我工作的中山近在咫尺，就在我工作过的东莞，但因为没有电话号码，到广东后一直没有见面。

夏天回乡那次，我打定主意要向他们家打听他的情况，解开他 1996 年放弃大学学业之谜。六一前夕，我从寄居的镇上走小路回村，这是我小时候经常走的路，我家菜园就在这条路上。见到夏平家坟地边有乡亲在锄地，我拐道过去。

坟地旁的水田边，有一个黑瘦的老人，戴一顶草帽，肩上扛着一把铁锹，明显是在田头管水的。黑瘦的脸庞，有些沉郁，目光定定地看着我，将铁锹放下来，想招呼，但没有出声。我一眼没有认出来，礼貌地问候一声："您好！"他迎过来，扬起脸，这时，我看到一张熟悉的脸，他是夏平他爸，只是比以前瘦了许多，黑得轮廓不太分明。向他打听夏平近况，他的回答让我半天怔在那，不知该怎么安慰他。

夏平就在家里，已一年多了，上一年春节一家三口回乡过年，夏平妻子突然发病，诊断为脑瘤，治疗大半年，前后花了 70 万元，还是没有救过来。妻子去世前，夏平就把上小学的孩子转回家乡，再没出去。

夏平妻子的坟就在旁边，我静静地走过去。坟前立了一块墓碑，墓碑前修了一块长方形水泥地，坟前看不到常见的杂草，坟前空旷地撒上了沙子，防止杂草生长。墓碑两旁斜插着两枝红白绿相间的塑料花，明显被精心打理过。

碑上记载，夏平妻子生于一九七七年，卒于二〇一二年八月二十二日，也就是说，她在 35 岁的青春年华离世。墓碑立于一个多月前的清明节。

匆忙告别夏平爸，赶到夏平家。他正在陪着客人，是他在东莞的 3 个同事，都回了老家工作，其中一个是回到陕西两年多的前保安队长，另外两个是回到应城工作的技术工，他们得知夏平妻子去世的消息后，相约来到夏平家里，前一天刚去上过坟。

夏平说起妻子的病逝，声音里带着疲惫和无奈。他和妻子是东莞长安镇港资冠宏电子厂的同事，在工厂恋爱结婚，孩子 2003 年出生。

前一年春节回乡过年，夏平妻子突感头痛，当时以为是感冒，结果年二十九除夕日，送到市人民医院做 CT 检查，诊断为恶性脑瘤。夏平不愿意接受这样的结果，当即拨打在武汉同济医院的同学电话，那是他大学的同宿舍同学，但联系不上，他留了言，请同学回话。幸运的是，同学的电话很快就回过来，让他第二天也就是大年初一去找他，安排住进医院。正月初一，他带着妻子直奔同济，当时正是春节假期，如果不是因为同学，就要等到初四住院。院方会诊后决定，年初八第一台手术就为夏平妻子做，切除组织培养。一周后结果出来，夏平妻子患的是最高级别的胶质母细胞瘤 4 级。学医的夏平知道，这种病治不好，医生预计的生存期是 8 个月，术后好的话还能活两三年，这个预计后来不幸而言中。

妻子手术后开始放疗化疗，在东莞长安二小 4 年级上学的孩子该开学了，夏平想把孩子转回家乡小学，但上了几天后，孩子不愿意留在乡下，哭着要回东莞。病床上的妻子不愿意委屈孩子，执意要夏平带着孩子回东莞，要他照顾好孩子。夏平含着泪答应了，将妻子托付给在武汉打工的姐照顾，带着孩子回到东莞上学。

治疗期间，夏平多次坐高铁赶回武汉看望妻子，在妻子和孩子之间奔来忙去。但化疗最后一个疗程还没做，夏平妻子的病就复发了，尽管医生还没说，但学临床医疗的他心里知道复发了，他找到同济医院上一届神经外科的同学，同学看了结果后说复发了。他又跑到省人民医院，换一个医院看，被告知早就复发了，如果要治疗的话要再次手术，但不能保证效果，可能伤口未愈合就又开始了。

征询医生意见后，夏平将妻子转到应城市人民医院，住到同学的科室里。暑期孩子放假后，夏平将孩子转回老家，自此离开东莞。夏平每天陪护在妻子身边，直到妻子去世。夏平清楚地记得，妻子去世的日期是 10 月 7 日，也就是墓碑上注明的旧历八月二十二日。

妻子去世后，夏平没有再出去工作，我以为他还沉浸在丧妻的痛苦中，担心他的生计。不料，夏平告诉我，他早在 2009 年就不上班了，专职投资期货至今，自从转回老家后，期货操作改到了家里。

夏平的期货操作间就在自己的卧房里，床头靠窗位置摆着一张深色大办公台，桌面放着一个大大的显示屏，旁边还摆着一台手提电脑，两台电脑都开着，点击鼠标，屏幕上的多彩 K 线图顿时亮了，夏平手写的

4 张白色便笺贴在屏幕左下角，就这样，夏平在他的乡间卧室里，每天通过电脑盯着期货内盘行情。

夏平说，自己只做内盘期货，只做自己熟悉的股指、橡胶、PTA 三个品种，熟悉这几个品种的走势和特性，做超短线。以前容易动手，后来吸取教训，多看少动，等熟悉的形态出现，一定要有把握才下单，一天抓住一个盈利机会，盈利目标达到就罢手，最多一天做三四单，有时一天一单都不做。他告知，开始时赔过一些，现在每个月有盈利。

我很好奇，学医的夏平，没有做医生，放弃学业进了工厂，走上管理层，怎么又转型做了职业期货投资者。

夏平告诉我，2005 年开始投资股票，赶上一大波行情。2008 年后股市不行了，要等来一波行情不容易，要靠天吃饭。但接触期货后发现跟股市不同，涨跌都可以操作，他说喜欢做自己能控制的事。

2009 年，夏平不再做股票，当年 3 月辞职，没有再工作，而是专职做期货投资。因为做股票有点底子，辞职前公司不景气，没前途。他说，做股票后对期货产生兴趣，因为感觉中国股市不成熟，盈利机会越来越少，想做期货业。他买来很多金融期货方面的书，恶补相关知识，精力不亚于上大学，终有所悟。夏平坦言，期货投资这个职业会一直做下去。

夏平说他一直对经济感兴趣，受白手起家的故事影响，高考时第一志愿报的是中南财大，想做企业家。

从夏平期货操作中的超凡冷静看，他是一个自制力超强的人，但他当年却以放弃已经两年半的大学学业的代价，南下打工，表现了一个乡村走出来的青年少有的冲动。我终于向他抛出了构思很久的问题，这样的性格转变因何而起？当年为何义无反顾离校出走？

夏平以平静的语气，叙述了他在工厂 13 年的岁月。

1993 年入学的夏平，本该 1998 年毕业，但 1996 年 4 月，夏平离校出走了。离校出走半年后，他同宿舍的另一个洪姓同学也到了同一家工厂，做了几年仓管员。

夏平走的时候很冲动，没跟家里商量，几个月都没联系，只是给家里写了一封信，说家里条件所限，自己兴趣不在医学，出走不是为了享受，只是为家里考虑，想早点出去挣钱帮补家里，担心读书出来没有大的发展空间。

当年，家里为了给夏平筹学费，向人借了钱，甚至借了加息钱。夏平说，回家往往碰到要账的，过年更不用说，哪有心思上学！

说起兄长姐妹，夏平眼角有眼泪溢出。他说，当年为我上大学，妹妹初中没有毕业就去武汉打工，后来因为姨妈在新疆建设兵团，妹妹投奔姨妈到了新疆喀什；姐姐也去了武汉打工，一直留在那里；哥哥因为超生，家里房子被砸，一家人全去了新疆，送煤气等，什么生意都做过。后来哥哥和妹妹家户口都迁到新疆，妹妹在那里找了男朋友结婚，现在哥哥开鞋店，孩子或开鞋店，或读大学。哥哥和妹妹多年难得回家团聚一次，一则因为路途遥远，二则因为生意太忙走不开。

夏平反复强调，当年离校出走不是随便决定的，但的确没有目标，就是想到广东去。他在地图上找到长安镇，看到这是全国百强镇，去了以后没有跟任何人联系。

他进的第一家厂是台资勇荣鞋厂，但上了一个夜班就出来了。他经过面试，进入车间做大底，当晚上夜班，次日早上下班时班长要他搞卫生，机器下面有很多油，要他拿着抹布钻到机器底下抹。他感觉很苛刻，不干了。在厂里住了两三天，他不敢出去，因为出去就不能再进去，出去就只能住旅店，但他手头没多少钱。

他拿着高中毕业证和英语四级证，找了几天，但很难找到工作。5月份的广东天气很热，手头又没钱了，吃饭成了问题，没钱住旅店。好在有一天遇到一个老乡，是住店时认识的，曾借给对方 100 元。他找到这位老乡求助，老乡的堂哥在伟球厂，帮忙找了个朋友住了一晚上，15 块钱一晚上那种，但从表情上看得出别人不高兴。老乡堂哥的姨妹所在的港资冠宏电子厂当时正招保安，要退伍军人，没有退伍军人身份的夏平硬着头皮去应聘，身高一关没问题。轮到军体素质环节，夏平告知在大学军训过，招聘人员让他走队列。就这样，夏平进厂做了保安。

该厂保安施行两班倒，每月工资 480 元，包吃住。夏平觉得保安跟自己的理想有很大差距，想边做边换工作，但保安工作时间太长，没有休息日，又有夜班，没有时间出去找工作。做了一年多，碰到管行政的经理对他很赏识，升任保安班长，工资一下子涨到近 1000 元。2000 年又升任保安主管，达到 4 级，待遇较好。

2002 年，夏平升任总务主管，管饭堂、宿舍、保安。

2005 年，夏平升任行政副经理，行政上的事情，除了人力资源部外，包括车队，都是他管，月薪达到 1 万元，还有年终奖。

在村里，夏平带人进厂的事曾经引起轰动，许多年轻人就是通过他南下广东，成为村庄早期的外出打工者。夏平所在的工厂 1995 年开分厂，规模扩大，不断招人，招工不容易，鼓励职员带人过去。到厂不久的夏平把消息告诉家人，让转告乡里，1997 年回来带过去一批 10 多人，后来有些亲戚和乡邻自己过去。许多人去广东后先找到夏平，进这个厂，然后换工作。最集中时，他们厂里大约有他介绍的 20 人左右。

回乡后的夏平生活简单、充实、有规律，每天早上起来跑步，晚饭后散步，自称没有不适应感。他说，工作日很快过去，周六周日出去逛，陪孩子去武汉比较多，在城市久了，在家反而觉得清静。

经历了那么多的人生波折，夏平如今变成一个沉稳的中年男人，内敛、含蓄而深沉。我在心里祈愿，他的人生从此走上坦途。

肖平：把网吧开到深圳北站附近

老家屋后邻居肖平家算是村里的书香之家，一家三兄弟都上了大学，兜兜转转，最终在深圳聚首，成为村里的深圳之家。

老大肖平和老二都是20世纪90年代大学毕业的。肖平毕业后曾到广东打工，后来进入家乡税务局当上公务员，30多岁时却从税务局提前退休，辗转到深圳开网吧，开有4间网吧，后来将生意扩展到经营电信营业厅。

老二大学毕业后进入啤酒行业，2014年3月份，被公司从武汉华润调到了深圳华润，学发酵工程的他技术了得，被公司委以重任，公司专门提供每月3000元租房补贴。

老三2010年从武汉大学分校毕业，学的是软件和编程，毕业后直接去了深圳，现在在一家公司做无线路由，月薪7000块，年终还有几万块钱奖金。肖平说，曾经动员老三跟自己一样做网吧，被一口回绝。肖平家老三比他小18岁，相差几代人。

春节回乡见到肖平，他热情地邀我到他城里的家里做客，进的是税务局宿舍，原来，肖平从税务局提前退休后将房子留了下来，成为他这段人生经历的最好见证。

从农家出来的孩子，毅然抛弃家乡机关的工作，与我当年离职南下颇有几分相似，只是，肖平与我走的是不一样的路，他瞅准了商路。

肖平的网吧开在寸土寸金的深圳北站旁边，是我没有预料到的。2011 年 6 月 22 日试运营的深圳北站，号称是当前建设占地最多、建筑面积最大、接驳功能最为齐全的特大型综合交通枢纽，他把网吧开在这一带，需要一定胆魄，好奇心驱使我赴深圳探营。

2012 年正月初四，我携家人到深圳探望朋友，午餐后转道去肖平的住处。车子开到一个居民区路边停下，肖平已经等在路边。走过人行道，进到小区入口，迎面一栋贴着蓝、绿、白多色马赛克的旧楼下，一道深蓝色卷闸门中间开了一道小门，金属门框有些陈旧，门口外露的下水管道上贴着一个白纸黑字的“招网管”广告，门口停放着一辆自行车，摆着一张黄色椅子，这就是肖平的第一家网吧。肖平带我们走了进去，进门右侧摆着路由器、显示器等，方形屋子里中间摆着面对面的两行电脑，两边贴墙各摆着一排电脑，每个位置以隔板隔开，隔板上标注着序号。正对大门有一扇门，是一间房，守夜者住在这里。可能因为是春节，网吧里人不多，也看不到工作人员模样的人走动。肖平说：“这几天网吧没人，工作人员都回去了，我在这看着，晚上就在这睡觉。”

随后，肖平带我们来到靠近路口的另一栋楼前，房子外墙变成了黄色大块马赛克，比刚才的网吧新了不少，卷闸门换作下半部蓝色、上半部黄色，中间洞开的门看不到门框，右边墙上贴着白纸黑字的“招网管”广告，左边立着一个有红色警灯的灯箱，上书“网络出租屋”，标注了编号和报警电话，里面的格局跟刚才的网吧差不多。

肖平说，这两个网吧不完全规范，都只有 100 多平方，真正有规模的是位于深圳北站附近的大网吧，是四个人合伙开的，每人投资 30 多万元，但真正能赚钱的还是这两个小网吧，生意最好时，一个小网吧一个月能赚 1.8 万块钱，现在只能赚几千块钱。

正说着话，肖平的妻子从侧边走过来，边走边抱怨肖平大年初四打了儿子。儿子没跟在她身边。肖平指给我们看他们的租屋，就在网吧所在楼的二楼。肖平的儿子当年在家乡县城上初二，妻子一直在家专职照顾儿子。年前，母子俩从家乡千里迢迢来到深圳团聚，已经买好初七回程的车票，因为初九学校该开学了。

随后，肖平带我们来到不远处的深圳北站。春节的深圳北站广场，桃花、菊花盛开。走进去，客流有点稀疏，这是深圳春节特有的冷清。

穿过等候大厅，出了车站，径直往肖平的大网吧去。拐过一个街角，来到一个小区，天已经暗了，街灯亮起来，小区内大部分店铺卷闸门关着，只有为数不多的几个霓虹灯亮着。到了肖平的网吧附近停下，肖平指着右手边巷子里的一个抢眼的灯箱说，那是竞争对手的网吧，双方正在打价格战，比着看谁先死。

那家网吧与肖平的网吧只隔着百多米距离，比他的网吧经营面积大一倍。我们跟着走进肖平的网吧，霓虹灯箱装饰的大门口，“三剑侠连锁网吧”横在头顶，竖在两侧，从哪个角度都可以看到，并提示客人“请上二楼”，门前台阶口霓虹灯箱内侧“网吧入口”几个字，大得有点夸张，与店招的字号基本相同。走上宽大的台阶，每一级台阶立面，贴着蓝底白字的“三剑侠连锁网吧欢迎您的光临　请上二楼”。

网吧内灯光昏暗，客人比小网吧多，服务台前比较宽松，背后墙上挂着营业执照和网络文化经营许可证，贴墙摆了一台立式冰柜，放着各种饮料，旁边贴墙挂着一溜零食，一行“深圳市快车道科技有限公司”，提示人们这是一家有名头的公司。旁边的“收费一览表”透着价格战味道，标注的价格是会员卡每小时 1 元，充值 100 元折扣后每小时 0.8 元，下面特别标注“充值 100 送 20 元”，这与之前在小网吧了解到的每小时

2元到2.5元的价格，打了对折还多。肖平说，旁边竞争对手的网吧跟这里价格一样，双方现在都不赚钱。

我对网吧的经营缺少认知，但对肖平他们的非理性竞争有些揪心。

2014年春节，肖平告诉我，他们的“三剑侠”与竞争对手合并了，“三剑侠”关闭，对方网吧保留，有326台电脑，由肖平一方经营，对方占6成股份。

肖平带来的第二个信息是，他与另外四个人用130万元新买了一个网吧，在龙华民治最热闹的地方，经营面积比“三剑侠”小，但配置很高端，电脑和电脑椅都是一流配置，走的是高端路线，每小时收费达到6元。

肖平的网吧事业还在延续，勾起了我对肖平网吧旧事的回忆。

我去肖平处的当年暑假，肖平妈来了一次我们在中山的家，她是到肖平处后转道来看望我父母的，带来了一些关于肖平投资的信息。

之前，肖平的投资多面出击，除了网吧外，还从事股票和期货投资，向他在家乡做建材门市部的姐萍儿借了一些钱，还从他妈那借了几万块钱。

大约担心肖平的投资有风险，尤其是当年股票期货投资亏了一些钱，肖平妈专程到深圳实地考察，就是想亲眼看一看肖平的网吧生意如何。对于肖平妈来说，肖平借的钱像是天文数字，尤其自己借出的几万块钱，是她在武汉卖菜几年的积蓄。

年近七旬的肖平妈和老伴，在武汉青山区大洲村一带城乡接合部卖菜十多年，特别是小儿子读大学那四年，他们靠着卖菜的收入，供应小儿子每年2万块左右学费和生活费。

春节期间，肖平一家回了老家，为肖平爸举办了七十大寿，当晚的烟花点亮了村庄的夜空。之前，我专程赶回去道贺，给他们家拍了一张全家福，拍全家福前，家人特地要求我给肖平爸拍了个人特写照，感觉得到，肖平爸反应有些迟钝，对于家人的想法似乎猜出了几分，讪笑着坐到凳子上，想笑，又突然收住。

想起网吧，总不由自主地想到那些深陷网瘾的问题少年和他们焦虑的父母。再次跟肖平谈起网吧生意，问起他如何避免未成年人进入，他言之凿凿地说，穿校服的学生坚决不让进，见到未成年人模样的人就检查身份证，不让未成年人进网吧是底线。

2014 年 4 月 1 日，肖平位于深圳民治的新店开张，这一次做的不再是网吧，而是电信营业厅。肖平说这是自己生意转型的代表作。他从电信部门取得授权，与另两个合作伙伴开了这家店，经营面积有 30 多平方米，当地电信直营的营业厅经营项目这里都有。在民治，像他这样获授权的营业厅还有 3 家。

肖平说有意淡出网吧，因为忙不过来，准备继续拓展授权的电信营业厅，专心经营电信业务。

大尧兄弟：从搬运工到家电代理商

正月初一深夜回到镇上新屋，第二天匆忙回村，走到小学校长和叔家，一辆崭新的紫银色越野车停在门口，心中一阵欣喜："和叔的儿子回来了。"那次夏天回乡，我与当年的老师和叔有过几次深度对话，知道他的三个儿子在云南代理广东康宝电器品牌，一直想见见他们。

三兄弟以大尧、小尧、三尧相称，代理家电的领军人物是大尧，20多年里，三兄弟分分合合，最终走到一起，绝大多数时间为康宝服务，几年前接手康宝云南代理，在云南国美、苏宁拥有30多个该品牌的专柜，他们的专柜占据厨卫类主要位置，经营消毒柜、微波炉、电磁炉、烟机等品种。

当天，和叔一家人坐在门口闲聊，我用眼睛搜寻一遍，小尧、三尧都在，唯独不见大尧。当天家里来客催我回去，不能跟两兄弟多聊，问明他们返程的日期和近日安排，约定他们初六等我。

初六那天上午，我如约来到，两兄弟等在家里。谈话的主要对象是三尧，小尧坐在一边，不时补充几句。

寒暄过后，话题还没展开，三尧接到一个电话，是一个客户打来的，求购几台消毒柜，并要求特别优惠。三尧向我示意："哥，请等一下。"

然后告诉对方："请等一分钟，我先问一下大哥。"随后，三尧一个电话打过去，接电话的是大尧的孩子，三尧也不客套，直奔主题："叫你爸接电话，有事找他。"待大尧接过电话，三尧报出产品型号，然后连珠炮般抛出几个问题："还有没有货？有几台？原价多少？"得到满意的答复后，三尧一个电话回拨给客户，告诉对方可以开单、送货，打八折。最后，一个电话打给公司业务员，吩咐给客户办手续。

我知道了大尧不能回家过年的原因，春节期间国美、苏宁营业，他们公司就不能停顿，公司的仓储等关键信息都掌握在他手里。

记忆中，大尧当年初中毕业后没有继续升学，早早地踏上了社会。但后来何以进入了家电领域，并带领三兄弟接下了康宝云南代理？

两兄弟的叙述，让我看到了一个农村青年从搬运工到品牌代理的坎坷经历。

1988 年，17 岁的大尧没能继续升学，到表哥在邻镇东马坊挂牌"广播电视有限公司"的门店，学习电视机维修，可一年下来，大尧似乎没学到什么东西。不久，大尧离家出走了，没有跟家里打一个招呼，一家人四处寻找。最终，当校长的和叔猜出了大儿子的心思，儿子还在上学时就喜欢鼓捣家电，前不久姑父带大儿子去武汉一家家电维修技术学校玩过，他可能去了那里。果然，他们在这所学校找到了大尧。半年之后，他拿到了电工二级证。

学艺成功的大尧跟着村里的搬运队进了武汉王家墩机场，做的是搬运工，搬运队归属于省五金交电化公司，每天搬运的是铁丝、钉子、冰箱、洗衣机、明矾、碱等五交化产品。一位堂哥在搬运队任职，看他身材单薄，食堂正好缺人，就把他从一线撤下来，让他做了厨师，每天买菜做饭。

转机出现在两年之后，当年空调消费热初起，五交化公司售后服务部需要人手，专门做空调等售后服务，大尧的一纸电工二级证派上用场，公司把他从仓库调到售后服务部，他由此成为空调安装工，开始家电生涯。那时是 1992 年左右。

第二年，三尧长大成人，没有继续升学，到武汉当了保安，隶属于保安服务公司，分配过好几个地方上班。有一段时间，三尧在长江二桥工地钢材仓库当保安，上一天休一天，休息时，三尧到大尧的公司玩。当时正是 5 月份，大尧忙着安装空调，忙不过来，三尧休息时就去帮手。当年空调消费大热，安装空调需要排队，安装工由公司委派，不收底薪，不签合同，安装工自己收取安装费。

三尧对去省政府家属区为三户家庭装空调那次经历记忆深刻。那次，客人让他们“打的”来回，还请他们兄弟吃了一顿大餐，点了 6 个菜，抽的是当时流行的阿诗玛、红塔山，还付给他们 600 块钱安装费。两位农村进城的青年受到如此礼遇，同事惊讶：“你们还坐了的士?”他们第一次体会到了城市的温暖。后来售后服务中遇到客户刁难时，总不由自主地想起这次经历。

离开保安岗位，三尧重复了大哥的人生轨迹，去了大哥曾经服务的搬运队。三兄弟中，只有老二小尧读了大学，学的是与家电及市场不相干的汽车专业。

五交化公司的经历，让大尧跟家电业有了接触。1993 年，广东康宝，就是后来三兄弟在云南代理的品牌，筹建驻武汉办事处，来自广东的何姓经理找到了熟悉武汉的大尧，特邀他加盟，大尧成了公司业务员，经常跟着这位经理到处跑。

一次酒桌上的超常发挥，让经理对身材瘦削的大尧刮目相看。那年年底，大尧跟着经理到襄樊催收 2 万块钱货款，襄樊工贸老板酒桌摆擂：喝一缸子酒给 1 万块。舍命陪君子的大尧自告奋勇，一连喝下 2 缸子酒，大约有 1 斤多。

在康宝驻武汉办事处站稳脚跟的大尧，将三尧带进了公司。一年后的 1998 年，两兄弟一起退出该公司。

1999 年昆明世界园艺博览会前，离开康宝的大尧与妻子到昆明开了一家副食店。有一天，康宝武汉办事处何经理在街头碰到大尧妻子，原来，他被公司派到昆明办事处，负责开拓西南市场，身份变成了总监。这次机缘巧合，让曾经感情深厚的他们再次走到了一起。何总监盛情邀请大尧回去继续做康宝。由此，大尧开始在昆明的家电生涯，主要负责售后服务，前 3 年做云南、贵州、四川等西南市场，后来专注于云南市场。

2005 年，大尧买了一台昌河面包车，专门用于配送，这是大尧的第一辆车。他从配送中摸索销售技巧，发现了这个行业的前途。

性格略显内向的小尧从武汉汽车工业大学（现武汉理工大学）毕业后，辗转打工，后来到广州打工 3 年，2003 年跟着大哥进了云南康宝代理商公司。

三尧则在康宝云南和康宝武汉代理商公司几进几出，中间尝试过工厂打工、市场卖鸟等多种职业，一度被亲戚骗到桂林一家从事旅游传销的组织。说起那几年的辗转，三尧一度哽咽，让人感受得出，那是一段不堪回首的岁月。2008 年到武汉长利玻璃厂开叉车的近 3 年，老板不愿换新叉车，旧叉车经常熄火，油路断掉后，叉车不时冲到玻璃上，稍不小心就伤人。2010 年冬天，他帮班长抬玻璃，玻璃板发生溜滑，将他的右手腕划伤，缝了 8 针，至今留下一道伤疤。事发后，叉车队长反倒责怪他不该放下本职帮人抬玻璃。助人为乐反遭批评，令他心灰意冷，感觉企业缺少人情味，不久离开这家厂。

2011 年，大尧正式接手康宝品牌云南代理，三兄弟到昆明大聚会，开启了三兄弟联手开拓云南市场的人生新一页。

大尧在云南康宝代理商公司的最初10年，品牌代理商换了几个，厂家直营也换了几个。最终，老资格的大尧临危受命。如今，国美、苏宁的店开到哪，三兄弟的店就开到哪，没有国美、苏宁的地方则由二级代理负责。三兄弟的市场重点在昆明市内，并拓展到大理、曲靖等地。三尧说，如果要拿下云南全省，还要投资100多万元，但他们目前没有资金实力。

几年的代理商经历，让三兄弟体会了家电业的荣辱。与三兄弟的父亲和叔交流时，和叔一句话深深地触动了我，他说："家电卖场压款很厉害，公司没钱进货，要向武汉的朋友借贷，大尧天天愁钱，人老完了。"

在大尧家人的描述中，家电代理商是一个成本大利润小的职业，占压货款多，管的人多。以前几个代理商做不下去，都是因为经营压力太大，各大卖场对几任代理商不太信任，却信任大尧。三兄弟代理康宝品牌后，雇佣专职促销员16人、兼职促销员10多人，一个月发工资就要10多万元，资金成为公司最大的困扰。

他们算了一笔账，国美、苏宁每年要求所有专柜装修一次，选择在销售淡季装修，一个专柜的装修费和进场费就在约2万元，他们的品牌在云南国美、苏宁店都有专柜，30多个专柜一年的装修费和进场费就要60多万元。如果能省下这一大笔开支，就等于公司有这一块盈利。

他们抱怨，苏宁以前对代理商进行月结，现在改为3个月结一次，还不给现金，只给承兑汇票，直接打到厂里，代理商拿不出钱来，大笔资金被占压。对于他们来说，打江山难，守江山更难。

习华：13万买中拆迁房赚了近百万

习华是我家前门邻居，与我同龄，是我从小学开始的同学。

习华家的老宅与我家只隔着两三米距离，从我家老宅南厢房窗户望出去，可以看进他家老宅后厢房，有时隔着窗户说话。

习华家的泥坯老宅早已不存，只有一栋后来建起的一层砖瓦房立在老宅前面的禾场上。这栋砖瓦房算得上村庄被抛弃的一个标志。

这几年回村，我一次次走进这幢房子，还曾登上房顶远看我家周边房屋。

这幢房子外墙上的水泥沙石大部分脱落了，露出大片斑斑驳驳的红砖。门窗早已不存，从大门里长出的一棵海碗口粗大树，斜伸到屋外，穿过屋檐刺向天空；一棵海碗口粗的树从北厢房斜插出来，贴着墙向上生长；最离谱的是一棵海碗口粗的树，在墙壁里生根，贴着屋檐的墙壁横着长出来，到外檐后拐头向上，并分出枝丫；房子里多处长出树木，在四处穿孔的屋子里寻找阳光；后门口一棵大树将门封住，进出需绕过这棵大树。

习华的故事，大多跟房子相关。

早在我离开村庄前，习华位于我家老宅的这幢一层砖瓦房就建起来了，是习华用当年做小货郎赚来的第一桶金修建的。当年因为资金不足，房子只建了一层，就住进去了，一切都因陋就简。

几年后，我已经离开家乡南飞。那一年，春节回到家乡，恰逢习华家在镇上建房。那天在工地，见到习华父亲正在工地看管建筑材料，可并没有见到习华。聊天中，知道了习华建房的更多信息。原来，习华靠当年贩卖金银赚到的第二桶金，回到村庄，在旧房上加盖第二层，不曾想，房子砖墙还没有砌完，预制板还没有买回来，突然遇到连场风雨，加盖的砖墙被风雨摧垮了。

眼看着旧房子基础不牢，习华一狠心，转头到镇上花几百块钱受让了一块宅基地，盖起一栋一间两层的楼房。这栋楼位于市场中间的一条街上，村庄里那些年几户家庭在那里建起了规格相近的房子。

当年，习华在镇上的房子盖到一半，没钱了，找到外家救急，借了一些钱，总算把房子盖起来了，从此，一家人离开村庄，住到了镇上。

建房后，习华在外家帮助下，到武汉开起小店，后来转投送气营生至今。

回到村庄，习华成了村庄议论的焦点，却是因为房子，说法五花八门，基本事实是，习华在汉口买了一套旧房子，遇到拆迁，补偿了一套安置房，还得到了补偿款，发了一笔大财。

正月初一晚上回到镇上新屋，习华夫妇已经等候在那里，见了面，习华妻子感叹："老冇会到你，老在讨你的信。"习华妻子说的是实话，自从离开家乡南飞后，我一直没再见过习华，印象里只见过习华的女儿，那个孩子身体有点弱。

聊起孩子，习华说女儿已经出嫁了，儿子2013年到北京附近当兵，准备复员后到武汉交通集团培训学校花2万块钱学驾驶，学成后可以迁户武汉。他们在武汉有了房子，迁户应该是顺理成章的事。只是，习华的儿子我一直没有见过。

话题不由自主地转到房子，终于知道了刁华的买房故事，是与武汉“地王”的一次美丽邂逅，带着生意人的精明。

刁华的房子跟2013年9月12日拍出的武汉“地王”有关。那一天，在港上市的越秀地产，以总价90.1亿元拍下武汉市精武路地块，楼面价高达12617元/平方米，创下武汉的总价及单价双料“地王”。精武路地块位于解放大道、新华路、精武四路、精武东路、江汉北路和精武一路围合的区域，是汉口黄金地段的“中心”。

该地块拍卖前已整体拆迁完毕，地面基本平整。刁华是该地块的拆迁户之一。

刁华的房子是在拆迁前一年秋天买入的，只有28平方米，位于一楼，是刁华用13万元买下的。长期在武汉做小生意的刁华，从武汉“满城挖”中看到商机，他看到许多客户在城中村改造中一次收获多套安置房，从中得到启发，一直留心城中村的旧房子，机会终于来了。

买下旧房子不久，精武路地块拆迁改造的信息隐隐传来，刁华在旧房子里动起了心思。首先，门面房与商住房的价值相差很大，这套旧房本来是住人的，刁华临时将这里改造成门面，作为经营地址，办理了燃气经营许可证和工商营业执照，刁华说，办营业执照花了200多块钱，后来光凭这个营业执照就赔了2万多块钱。另外，刁华在房子里搭建了一个1.2米的阁楼，后来为这个房子增加不少面积和补偿。此外，刁华将房子旁边一块宽1米多、深5米的杂乱空间清理出来，搭建了一个厕所，后来这个厕所赔了5万多块钱。

刁华说起当初的抢建工程，面露得意之色：“这套房子本来只能赔十七八万，后来赔到了38万。”刁华的补偿中，还包括每平方米6000多元的房屋拆迁补偿、2万元的民政补助等。安置房在拆迁两年后才建成，习华收取了两年多房屋过渡费，标准是每平方米6元，还收取了每平方米500元装修补偿。

更大的补偿是一套八九十平方米的安置房，位于三环以内，购买单价是2988元/平方米，习华为此支付了25万元房款，目前，这套房的市场价大约每平方米9000多元，总市值八九十万元。2013年，习华装修后住进了安置房。我帮他算了一笔账，光一套旧房子就给他换来了近百万元收入。

习华的投资并不止于这套房子，几年前，位于盘龙城经济开发区的五洲国际建材城开发建设，习华投资130多万元，以每平方米1.6万余元的优惠价，购买了一个80平方米的商铺。按照规定，商铺前5年由开发商统一对外招租，习华收取7%的年租金，租金按季节收取。据资料显示，五洲国际建材城占地超千亩，是“天下第一街”汉正街整体搬迁工程的一部分，全部建成后，将成为华中第一大建材总部基地。

习华把商铺投资作为投资理财的一种形式。他感慨：“商铺是一种资产，不搞点固定收入怎么行？钱存到银行有什么用？”

习华在武汉的送气生意做了10多年，自从武汉市对燃气行业规范经营后，他就严格按照政策要求规范经营，证照齐全，营业、办公隔开，吃住与经营场所分开，搬进安置房后，他们多数时间仍住在出租屋里。

习华以进城农民的身份，靠着10多年的送气营生，在武汉攒下了自己的家业，也练就了敏锐的市场嗅觉。

聊起投资，习华突然抛给我一个难以作答的问题：“现在国家房地产行情好不好？”不等我回答，习华就说出了自己的投资决策，他说，最近想把商铺卖掉，因为担心房价下跌，想先套现。习华做的另一个决定是，把自己经营多年的店子转给族亲，回家先休整一段时间，因为身体有些不如从前，想换一个生意。

习华对武汉市场的分析着实吓了我一跳，我有些没想到的是，习华在送气之余，一直在观察市场。他说，自己当初买下精武路的旧房子，每平方米只有4000多块钱，买下这个地块的越秀地产，开发的房子单价都达到两三万块，是原来的几倍。现在武汉市城中村改造遍地开花，安置房非常多，很多家庭原来的房子有几百平方米，拆迁后得到多套安置房，不少家庭一个人得到100平方米左右的安置房，一家人有四五套房的不少。他在生意地汉阳看到，一些房子拆迁后停下来，安置房往往延期交楼，感觉国家建设资金不是蛮到位，地方上都在举债搞建设，但投资的开发商并不多，担心市场行情出现拐点，所以想先套现，看看市场风向。

春节前村庄集资捐资修路，习华放下生意回到村里，带头捐资修通程湾主干道，全程监督施工。主干路始于村口，终于习华家门口，像在诉说着什么。

春伯母：被女儿婚姻改变的家庭命运

我家贴墙邻居春伯母的小女儿四林患脑瘤去世了，在 38 岁的年龄，留下一个 10 多岁的女孩。到春伯母的小叔子家里闲聊，得知四林 2013 年 3 月去世，我大感意外。那个整天在眼前蹦蹦跳跳、无忧无虑的漂亮女孩，留在我记忆里的还是那张白皙的脸、那双水汪汪的大眼睛。

邻居春伯母的泥坯老宅早已坍塌，老宅内外绿树成荫，将残垣断壁遮住，踩着齐人高的野草往里走，寻不出一丝过去的痕迹。但春伯母一家的影子在记忆中苏生起来，格外真切。

春伯母属于乡村里的女能人，曾长时间在行政村担任妇联主任，回家说起旧事，春伯母说，我父母的婚事，就是她与我的舅母撮合的。当年，她与我的舅母同样担任村妇联主任，因工作相识，做了牵线人。

小时的记忆中，春伯母每次见了我，都是透着热乎劲的赞赏，留给我许多温暖的记忆。有一阵子，她把虎头虎脑、不断帮着家里做家务的我唤作样板戏里的英雄“雷钢”，每次见到了，都要招呼一声“雷钢回来了”。

春伯母育有 4 个女儿，分别唤作大林、二林、三林、四林，最终没有盼来儿子，4 个女儿个个生得花朵一般，像开在我家隔壁的 4 枝花。

春伯母的大女儿上过共大（江西共产主义劳动大学）。到了谈婚论嫁的年龄，订了一门亲事，对象是一个高大、英俊、文质彬彬的美男子，看得人羡慕不已。

不久，大林却嫁给了一个武汉人，扮演了负心人的角色，当年曾惹来许多议论，那是 1981 年，做媒的是大林的堂伯。

大林的堂伯当年从武汉市下放回村，在村里的碾米厂工作，大约是回城心切，也对乡村深恶痛绝，他希望春伯母将女儿嫁到汉口，借着婚姻跳出“农门”，这是当年乡村梦寐以求的事情，只是缺少牵线搭桥的人。

毁了婚约后，大林嫁进武汉一个三代七口之家，丈夫因小时高烧留下后遗症，其貌不扬，腿部有点缺憾。这是当年城乡之间奇妙的婚姻搭配，城市男略有不足，农村女貌若天仙，城市男多因为找对象不易，农村女则想借着婚姻进城。这段当年备受争议的婚姻，后来改变了这个家庭的命运。

改革开放之初，我的大姐曾与大林的两个妹妹及部分村里人，到汉正街批发布匹，然后行走省内外乡村叫卖，往返时都到大林家和大林堂伯家歇脚，有时当天来回，进货后在这里稍作停留就去赶火车；赶不及当天的车，就在这里住一个晚上。大林老公一家当年挤在一房一厅的老房子里，条件窘迫，但大林夫家待人随和，尽管家中拥挤不堪，但对农村来的穷亲戚、穷邻居并不嫌弃。据大姐回忆，大林夫家住的是老房子，就在汉口新华路一个巷子里，是那种老式的 5 层楼，楼内没有厕所，住户每天早上要穿过巷子，到很远的地方去倒马桶。他们家住在三楼，做饭就在走廊里，马桶藏在一个矮小的空间里。因为房子里实在太挤，大林的床就摆在大门口，头朝着大门口睡。一个角落里摆着一张简易床，头顶被斜面挡住，借住的客人要钻进去睡觉。

大林老公有四弟兄，绝大多数时间里，老二和老三都住着单位的集体宿舍。

我没有去过大林家，记忆中，大林一家三口每年夏天都要到乡下住几天。黄昏时分，两家的竹床摆在各自门口，隔着一二十米距离，互相对望着算是招呼。夏天乡村人纳凉，多数时候光着膀子，大林一家白皙的肌肤，与我们太阳炙烤后黝黑的头脸，形成强烈的城乡反差。看着大林的女儿打扮得花枝招展，再看看自己身上的土布衣服，总不由自主地生出羡慕。

后来的日子，大林的三个妹妹陆续到了武汉谋生，最小的妹妹四林技校毕业后没有在家乡就业，直接去了武汉。四姐妹在武汉安家后，春伯母前些年也被女儿接到了武汉，与家乡彻底告别，任老宅倒塌成废墟。

2005 年春节，我们一家人回了一次老家，与春伯母和她的二女儿二林见过一面，那时，春伯母只有这一个女儿还留在村里，但二女婿常年在武汉做装修。那一年，二林说起她的儿子正在一所邮电学校就读。回乡期间在村委会停留，看到光荣榜上贴着二林儿子的大头像，与他爸有几分神似，他 2012 年从云南边防武警部队复员，在部队入了党。

那次见过春伯母和二林之后，一直没能再见她们家人。得到四林去世的消息，想到春伯母白发人送黑发人，心中的悲伤可以想见，很想去看望她，但一直没有成行。

春节回乡，正月初四，大姐告诉我刚刚在街上见到二林，知道三姐妹和春伯母因家事一起回来了。当天中午，我迫不及待地载上老母亲，直奔二林在村里的家。

二林见了我母亲，一眼就认出了她身上的棉袄，是我母亲 2005 年春节回乡那次执意找二林缝制的。二林早年学了裁缝手艺，在村里的学艺者中出类拔萃，做的衣服特别合身，我母亲自从找她做过衣服后，似乎就认定了她，那次从广东回乡，还不忘找她做一件棉袄。

当天见到春伯母，我盼望的惊喜表情和热情赞赏没有出现，站在面前的春伯母瘦骨嶙峋，神情有些呆滞，多数时候，眼睛怔怔地盯着一个方向，若有所思，似乎还沉浸在丧女的悲痛之中。我请她站在门口光亮处，给她拍一张大头像。她努力挤出一脸笑容，很快又僵住了。毕竟已经 78 岁高龄，丧女的痛苦刻在她的脸上。之前就听村邻说，自从小女儿去世后，春伯母一夜之间憔悴了许多。

话题不由自主地转到四林。2013 年春节前，四林有一段时间出现头疼症状，像是感冒，人不舒服，鼻子也红了。四林一边上班一边治疗，开始时医生当作感冒治，后来当作鼻炎治，但总不见好。

正月间，四林的病情恶化，出现呕吐，送到协和医院检查，医生安排第二天做脑部 CT。当天晚上，四林的病就发作了，小便失调，讲不出话，长时间昏迷。二林将妹妹背到医院，做了脑部 CT 检查，结果却如晴空霹雳，四林患的是胶质瘤，这是一种恶性脑瘤。医院很快为四林做了开颅手术，取出一大块骨头，但肿瘤不能取出来。病床上的四林，心跳、血压正常，用眼睛四处搜寻亲人，就是讲不出话来，因为脑瘤压迫神经发不了声。不到一个月，四林就告不治。

治疗中，医生曾对四林家人说“她的压力非常大”。几位姐姐忆起四林，都说她可能生活压力太大，但一直不对人说。四姐妹中，只有四林如今还在武汉租房住。老公家在嘉鱼簰洲湾，就是 1998 年 8 月 1 日晚江堤溃口，成为“一九九八抗洪”伤痛标志的簰洲湾。她们的族亲说，四林治病花去不少钱，主要是大姐大林出的，四林家没有多少积蓄。

从三姐妹的叙述中，我大略知道她们这些年的生活轨迹。大林的工厂后来不景气，她已经多年不上班，自己找些事做。女儿婚后曾跟他们一起住在旧房子里，后来分了房子，就在附近，新房给了女儿。春伯母则多年在几个女儿家辗转，后来在大林家附近弄了个房子住下。

那天见到大林时，她刚刚起来，还没有漱洗，头发有些蓬松，脸上略显憔悴，可能是前一晚熬夜的缘故。她告诉我，女儿已经过30岁，也有了孩子，正在带孩子。

二林的大女儿很早就到大林家附近的汉正街打工，后来嫁给在汉正街开店的云梦籍老公，老公以前在家乡开有手套厂，后来到汉正街找门面批发，生意成功后把家安在武汉，儿子在武汉读书。二林很长时间里跟大女儿生活在一起，带外孙女，做做家务。有一段时间还出去做家政工。二林老公近几年在武汉以木工、装潢为主，一天能有200多块钱收入，在武汉花四五十万元买了房子，一家人都上了武汉户口，在武汉安家落户。儿子复员后，到汉正街给大姐的店开商务车。

三林操一口流利的武汉话，头发卷曲着，戴一副粉红色手套，是典型的武汉潮妈。三林是最早随大林到武汉打工的姐妹，从小饭馆做起，现在在汉正街附近六渡桥经营灯具。三林的老公是武汉人，在武汉市一中后门建有私房，门口有家歌舞厅，家中有房屋出租，生活比较富足。三林的孩子已经20多岁，从旅游学校毕业后，在一家旅行社做导游。三林一直操心孩子的婚事，但孩子似乎并不担心。三林说，好像武汉的年轻人谈朋友都很晚，跟孩子说起谈朋友的事，孩子总是说自己还这么小。

离开春伯母一家时，她们送到车旁边，昔日的旧事总也说不完。偶有村庄的年轻人经过，并不招呼，许多人已经认不出来了。

城乡碰撞

城乡二元结构是一道鸿沟，将人们分隔在城乡两个世界，新中国成立后的很长一段时间里，城里人与乡下人缺少交集。一次由乡入城的人口大迁徙，以城乡并轨运行，将农民与生俱来的乡土习惯和陈旧观念带入城市，演绎出城乡命运大碰撞，上演的一幕幕人间悲剧令人唏嘘。

木兰：从沈阳工地九楼摔下获赔 30 万

2012 年 9 月 29 日晚，沈阳某工地打来电话，程湾建筑小工、55 岁的木兰从 9 楼摔下。

打电话的是同村不同湾的建筑小工老九，与木兰同在一个工地干活，事发后，因为不知道木兰家人的电话，老九先将电话打给自己家里，让家人火速找到木兰家人，请他们前去处理。

那边十万火急，这边却犯难了：该由谁出面处理呢？木兰父母已经不在人世，两任妻子都已离异，带着孩子离开程湾，户口都已不在当地，后妻和孩子的户口还是当月迁出程湾的。只有两个侄子户口在当地，其中一个侄子在外地做生意不能及时赶回。

在程湾，木兰算是一个悲情人物。20 世纪 80 年代，木兰的 3 个孩子随插秧的大人到河边玩耍，一双儿女不幸溺亡，只有一个女儿幸免于难。后来，木兰与程湾的另一个男子拐卖另一个村的妇女，半路脱逃者报案后，同伙被抓，木兰闻讯后潜逃，最终走投无路投案自首，被判处几年徒刑，老婆带着女儿和腹中的儿子离家出走，木兰就这样妻离子散。

出狱后的木兰娶了后妻，后妻带来了两个儿子，尽管没有领取结婚证，但夫妻俩勤扒苦做，在村里盖起了楼房。可惜好景不长，木兰游手好闲的毛病又犯了，经常长时间不归家。后妻一气之下带着孩子离他而去。近些年，孩子大了，到南方打工去了，后妻还留在武汉，他们偶尔在武汉见面。就在木兰摔死前不久，后妻将自己及孩子的户口迁离了程湾。

后妻得知木兰摔伤的消息后，筹集了 1 万块钱，准备带着孩子赴沈阳救人。

前妻的女儿买好机票准备飞赴沈阳。

情况反馈到沈阳方面，要求这边赶快去人，但要认定身份，让有血缘关系的亲属出面处理，持当地公安部门开具的死者家属身份证明前来。

紧急磋商后决定，由村委会主任毛毛出面，陪同木兰侄子和侄女婿赴沈阳处理。

就这样，毛毛作为村委会代表，参与了木兰坠亡事件处理全过程，见证了两度赔偿之争。

那次夏天回到村里，我迫切地想知道木兰之死的前前后后，约请毛毛详谈。在家乡镇上一家小饭馆，与几个熟人边吃早餐边闲聊，七嘴八舌议论木兰的遭遇，唏嘘之声不绝。毛毛的叙述，完整呈现了木兰坠亡事件处理全过程。

木兰出事后，沈阳方面要求这边去人处理，木兰的家属找我们出面。

说服了木兰的两任妻子和孩子们，让他们等沈阳赔偿事宜处理完后，直接到程湾处理后事。

当时还是国庆假期，村里通过镇里协调，派出所和镇领导加班出具了木兰全家的户籍证明和我的职务证明。办好手续后，2 号下午，我代表村里，跟木兰的侄子和侄女婿赶到天河机场，搭乘当晚航班飞沈阳，晚上 11 点多到达，被接到沈阳宾馆，和大公司王经理、项目周老板及几个陪同人员一起吃宵夜。

一起做工的人说，木兰摔死后惨不忍睹，浑身上下血淋淋的，像中了炸弹又在血浆里滚过一样。他们向老板提出，要将死者尸体清洗干净，让家属来到后，看着心里好受一点。老板很配合，安排给死者换了衣服，送到火化场太平室。

当晚吃宵夜时，我向公司提出第一步要求，首先要谈死因，说清楚事情的来龙去脉，给一个说法，让来的家属相信，我也好回去向镇领导、派出所和村民作汇报。解决这个问题后再协商赔偿事宜。

第二天，按照约定，准时在胜利宾馆进行磋商，解释死因。随后，我们要求看看工地和事发现场，看看死者模样。在太平室看到死者头部有一个洞，说是被钢筋插过去的，大概是被 25 毫米的钢筋扎出来的。工地很大，大约有 1 平方公里，比我们村还大。

第三天开始谈赔偿，我们提出赔偿 100 万，但公司说，如果公了，即使公司赔八九十万，家属最多也只能得到 30 万。以前摔死一个人，见公后定下赔偿 60 万，但赔了几年，先给 30 万，再一年给个几万。这次不如一次过，双方私了。如果一定要经过安监局，老板亏得多，你们自己也得不到多少。

洽谈时，我一人面对一桌人，喉咙都嘶哑了。对方都是大学生，并不像强龙或地头蛇。但双方谈不拢。这一天谈翻了，第二天他们找什么人来？都是大高个，剃着大平头，戴着大项链。

我们不敢再坚持下去了，听一起做工的人说，木兰死前几天不正常，死前一天下午收工时，一拨人在前面先走，木兰留在后面打扫卫生，但他突然跑到这拨人前面去了，他应该是翻窗抄近道走的。出事前十多天，木兰的第二任老婆刚刚把户口迁走了，对木兰打击很大，出事前一天，他给第二任老婆打了电话，可能谈不拢，心里不舒服。出事前，工友看到他坐在没有护栏的 9 楼窗户边摆着腿，他是打扫卫生的，跑到窗子上干什么？工友怀疑木兰摔死，自己可能也有责任。

老板也还够意思，每天三餐陪同。事情处理完毕后，按照我们的风俗习惯，公司去了 20 多人告别，表达怀念之情。

7 号赔偿款额定了，30 万，死者侄子要求付现钱。当时正是十一假期，车票难买，老板给我们送了票，买好 8 日晚从沈阳到孝感的慢车票，需要两天两夜才能到达。由于连日奔波劳累，车上味道难闻，我在路上病了，闻着油腻味就难受，第二天早上到天津后决定换乘飞机回来。我们一行抱着骨灰回来，坐火车和飞机时安检不让带，我向他们说明死者死因，确保没有违禁品。安检对我们表示同情，要求我们将骨灰盒包好，确保不出意外。

要说建筑工地出事多不多，我们还没离开沈阳，公司工地上就又摔死一个，是从吊篮上摔下来的。公司王总说工地上摔死了 5 个。

我们村在外搞建筑的不少于 100 人，都是亲戚介绍一起出去的，很少有欠薪的情况，以前没出过什么大事，但受伤的事情还是有。几年前，我哥在东北工地摔断腿，当时，他在地下开车，看到吊篮卡住了，用脚去蹬，脚被卡住了，随着机械倒拉上去，腿被绞断。因为和包工头在一起做了十多年，所以协商得蛮好，解决了医疗费，又给了一万多补偿费。我哥治好伤腿后又做了一年，感觉身体不行，就没再做。现在年纪大了，在家都不能种田了。

回到村里后，木兰前妻的女儿女婿和后妻已经到了村里，对赔偿款的分配问题分歧很大，前妻的女儿女婿说与木兰有血缘关系，是法定受益人；后妻说村里的房子是自己用几万块钱盖起来的，关系不好都是因为木兰不成器；木兰侄子则一口咬定木兰两任妻子都跟老家没有什么关系了。我跟木兰前妻的女儿说，你妈带你离开 20 多年，跟你爸没有任何来往。有血缘没亲情，你对你爸尽到责任了吗？孝敬老人了吗？认不认得老爸的模样？你家房子朝哪个方向？你不能只讲法律，还要讲亲情、友情。

后来几方协商后约定，热热闹闹给木兰办个葬礼，不收客人礼金，葬礼开销连同到沈阳的开销剔除后，剩下的赔偿款和木兰遗留下来的房子一起分成三份，两任妻子和侄子各得一份。最后，除掉葬礼和赴沈阳的开销共10万后，剩下20万和房子这样分配：后妻得了7万，前妻得了7万，两个侄子得到房子和剩下的6万，不知道两个侄子怎么分。

那次从老家回到广东不到3个月，9月9日，毛毛给我打电话说，村里一个建筑工在广东一个工地上与另一方发生冲突，正在打牌时，被对方上来10个人打了，被打瘫了，生命有危险，已经输氧2天，政府方面已经出面，家人当天动身赴广东。

春节回乡，见到木兰的侄子，谈起木兰的死，他却已记不起出事公司的名字，也不记得出事的楼盘。在沈阳处理事故一个星期，他甚至没有向对方索取一张名片，也没有记下对方的任何信息。

再回老家，仅有那幢空着的房子和那方不起眼的坟茔，证明木兰的存在。

新生：一家三口三年走不出传销梦

这是一个特殊的传销之家，母亲是程湾外嫁女，背后连着一个 20 人左右的传销亲族网。

从 2010 年 6 月起，一家三口在亲戚蛊惑下分两次走入云南曲靖同一传销网，又在 2013 年分两次走出传销，总共投入 10 万元，多数亲朋继续留在里面，自家的传销资格仍被亲戚代管着，一直相信靠传销分红可能一夜成功。

孩子是这个家庭的中心，也是传销梦的代言人，且以“新生”称他，我试图通过他解读传销世界的精神胜利法：

是什么让这个传销家庭如此痴迷？

为什么走出传销后也不说后悔？

传销者背后有怎样的心理隐秘？

走进传销

我：你们一家什么时候走进传销的？

新生：2010 年 6 月份我和我妈先去，我爸过完年去。当时去的人蛮多，但多数没有留下来。

我：传销之前，你们家在贵州做送气生意，一年能赚 10 万块钱，为什么还选择传销？

新生：我亲叔叔叫我们去的，他是 2009 年年底去的，他去得最早，说是赚了很多钱。我们相信他不会害我们。

我：你叔叔带了多少人去？有多少是亲戚？

新生：我叔叔现在有 40 多个下线，其中大约 20 个是族亲，但大都不是很亲，多是一个房头的，平时有走动。

我：5 年只发展了这么多下线，是不是很难说服人去？

新生：就说 2011 年吧，包括我们和我叔叔，叫了 120 ~ 130 人去，留下来 20%左右，我们打电话后，不答应去的人很多。到现在，这条线还有 30 多人在，他们绝对都在打电话叫人，还在不断邀人。

我：你们这个传销怎么收费？你们家共投入多少？

新生：底线是 3800 块，这是一份的钱，买 10 份只收 33500 块。我们一家各买了 10 份，一共交了 10 万块，还返还了 2 万块。

我：传销是金字塔形的，你叔叔有 40 多个下线，做到经理级了，能拿多少钱？

新生：叔叔到目前已经有大几万块钱收入，都用了，毕竟消耗太大了。金字塔形我也晓得，顶端永远在拿钱。但现在有改观，是一个等腰梯形，上面是平的，不是尖顶的。

我：你们的分红或者说业务提成是按什么标准收的？

新生：不是业务提成，而是一个循环，今天干这个事，明天就不归我干；今天这个钱该我拿，明天这个钱该他拿。目前不想过多谈这事。

项目常改名

我：你们做的这个传销叫什么名字？

新生：经常换名字，跟你这样讲吧，每隔一段时间就调换，就是为了逃避监管。到我走时还没有定性，有时跟人介绍叫资本运作，有时跟人介绍叫西部大开发项目系统工程，有时跟人介绍叫万商西进工程。

我：你最早去的时候项目叫什么名？公司叫什么名？

新生：那时叫连锁销售、连锁经营，没有公司，有公司也是虚构的。目前公司不在正式运作轨道，没有与原来的公司挂钩，也查不到。他们说跟一些大公司合作，但真正是不是我不知道。

我：你们这个公司或者说这个项目到底有多大？比如有多少人？有多大业绩？

新生：这个我们不知道，但待了3年多，知道这个项目对西部有帮助，地方对我们也很重视，我们住的全部是廉租房，规模很大，房屋构造一样，内部结构也差不多一样，层数也统一，不能随便说是谁建的。

我：传销的很多欺骗手法是一样的，比如有人以前在湖南衡阳做传销时，花了钱进去就发一套价值500块钱的服装。你们也有吗？

新生：3个月之内发服装，说白了，跟我们去的时候套路一模一样。我就是不甘心，回来后还不甘心。有一个疑问，外界对传销误解很多，我有蛮多资料没拿回来，但电脑里存了几份资料，你帮我看看，这些人是不是真的？我们百度不能确认。

我：这些非常容易证明是假的，你不能证明是真的，为什么要相信呢！我再问你，你们参与的项目有营业执照吗？

新生：营业执照没有，但他有个说法。

被抓三次

我：许多传销组织被抓后摧毁，人员被抓后被遣散，你们不担心被抓吗？

新生：我被抓进去过3次。第一次，派出所的人亲口对我说，50多人进去了。我们被要求配合一下。他们说当地百姓报案，举报我们在这里做传销，必须把我们弄进来。进去每次时间都不长，第三次大约进去了2个小时，最长的是第二次，不超过24小时。

我：最长的那次为什么进去？

新生：我妈搞经理晚会，她有三四十人，要主办经理晚会，我跟我妈一起参加。那次一起被抓进去的有300多人。

我：你妈都50多岁了，也被关进去了吗？

新生：我妈没关进去，警方说50多岁的人，带孩子的，就不进去了。

我：你跟300多个人关在一起吗？你怎么知道有这么多人？

新生：关我们的派出所装不下，又安排一批到火车站那儿的一个派出所。我们关在里面，有10多个房，一个房关10多个人，因为关不下，一些人还站外面。他们说，这么多人赶快处理了，让他们回去，不要把声势搞大了。有一个40多岁的老乡，我跟他很好的，警察点他进去问话，他坚持说是做生意的，强调了几次。

我：最后一次被抓是哪一年？

新生：三次进去都是同一年，2012年。

选择离开

我：你们什么时候出来的？出来之后做什么？

新生：2013年元旦，我爸先出来，跟着亲戚送气去了。我和我妈2013年国庆节后出来，好像是8号出来的，我到亲戚在广东的公司打工。我妈出来后回家了，她年纪大了，做不了什么，否则也想出去找点事做。

我：据说传销组织内部控制很严，没有自由，你怎么出来的？

新生：我们在里面是自由的，时间长了，想走就可以走。不瞒你说，我还在里面，目前资格保住了，人不在那，但资格还在那，到时该打钱还是打给我，当然前提是必须做成功。因为我为人还蛮好，蛮年轻，他们让我先出来，让我不用管，不操任何心。现在我就想把自己的事情做好，其他事想都不想。

我：也就是说你还在做传销？谁为你保留资格？

新生：我叔叔还在里面，前段时间给我叔叔电话，他说那里的事情不用我担心，让我安安心心把自己的事情处理好就行了，那里的资格帮我保住了，但不会再让我过去，说有什么事情他担着，以前的事情没有办法，自己走错了路，把我们带进去了。

我：你叔叔认识到错了，但是为什么不出来？不能出来吗？

新生：他不能出来，不是被人控制，而是还有那些下线在那，他要走了，这些人会找他算账。

我：是什么原因让你选择离开？最触动你的是什么？

新生：在里面有的人说赚到钱了，我没看到。考虑到自身问题，能力不够，在那里没有能力做好，外界对这事看法又不那么好，看不到希望，成功有难度。人都为将来打算，在里面待太久了，没办法规划，连打工都不如。最后走出来是冲着伯父的一句话，他一直劝我出来，我说在那里可以学到很多东西，伯父说，重新走向社会，在社会上运用这些知识，可以一边学一边挣钱。别人的话打动不了我，就这句话打动了我，点到了我心里，所以走出来了。

不能说后悔

我：你在里面耽误了 3 年，把最好的青春浪费在传销了，现在出来了，到底怎么看做过的事情？你后悔吗？

新生：不好怎么说，不能说后悔，他们还在里面，这个不能点破。比如说，我投资做什么生意，赚钱了当然说好，不赚钱就说不好。我不能点太透，也不想违背良心，毕竟我还有下线在里面，目前虽然不想去，但我还有份良心，有份责任。

我：做了3年都没有赚到钱，有受骗的感觉吗？

新生：做到一定级别后发现，跟原来讲的有差异，但不能说出来，说出来别人会说你傻，连那都看不懂，所以只能闷在心里。

我：有没有想法劝亲戚朋友出来？

新生：我不能这样说，如果劝他们出来，那我今年日子好过，明年他们就会回来找我，他们都是些年轻小伙子。我是明白的，他们回来绝对会让我们不好过。

我：你都从传销里出来了，以后遇到可能进入传销的，会阻止他们吗？

新生：年二十八到城里见到一个很好的朋友，他说年后要到云南去。我问他去哪里，他说去曲靖，问我熟不熟悉，我告诉他很熟悉。他说想去做餐馆，问我那里生意好不好做。我说餐馆肯定不好做。他听后犹豫了，说再考虑一下。我想提醒他，但不想拿传销出来说，那不是光荣的事情。

我：你对传销还没有死心，生活中遇到挫折的话，会不会重走老路？

新生：我都快30岁了，考虑问题会非常全面，除非无路可退，才会回老路，如果到那种绝境，那也没办法。我不想再走老路，凭现在的能力，绝对不会饿肚子。

小峰：腊月廿六天上掉下 170 万拆迁馅饼

程湾所在行政村村口有一家气站，是所属镇唯一的液化气储配站，供应 2000 多户用气。这个气站由村里的外嫁女建设并经营，占地面积八九亩，与废弃的村小学为邻。

这个气站像一个标志，代表了全村最重要的液化气生意。程湾所在村多以家族和亲戚抱团出动方式，在全国各地大中小城市城乡接合部开办燃气灶具店，兼送液化气，据估算，整个行政村约有 30%家庭从事这项营生，仅程湾就有 30 多户。

液化气经营也是应城人在外最具代表性的生意，许多地方经营液化气的多是应城人。

近些年，在外经营液化气多年的部分村里人，悄悄地在外地开起气站，给周边老乡供气。气站作为特种行业，在常人眼中是一个神秘行业，多被大企业垄断，小气站则行走在灰色地带，一个气站投资动辄两三百万元，投资者在乡下人眼中是财大势大的“大老板”。有些令人不解的是，这些经营气站者不事张扬，往往潜伏在气站背后，身份鲜为人知，村庄里多数人不知道他们的身份。

因为乡土调查的关系，我陆续接触到一些气站投资者，已知程湾人至少参与投资了3个气站，所在行政村除村口气站外，至少参与投资了6个气站。这些气站往往有三四个股东，多是靠多年经营液化气的积累，几个人合伙找一块地，开办一个液化气站，液化气往往从遥远的新疆等地进货，这样的地域跨度，听起来就让人生出敬畏之感。

我一直试图走进这个群体的隐秘世界，探究他们的生意版图，我很好奇，这些洗脚上田的村邻，如何凭借一双耕田插秧的手，撬开气站这个特种行业之门。

后来，从气站老板的言谈中知道了小气站的生存秘密。原来，许多小城市地域较大，居住分散，特别是偏远县镇，因为市场太小，入不了大中型燃气企业的法眼，却为小型气站提供了市场空隙。随着液化气在农村市场迅速推广和普及，小型气站应运而生，不少气站还是当地政府的招商引资项目，一度得到地方政府政策扶持。如今，随着农村用气市场不断成熟，用气量逐年攀升，气站投资成为一个热门生意，项目审批门槛越来越高，加之土地审批越来越严，气站逐渐成为一个竞争性行业，比拼的既有市场，也有事关气站生存的非市场因素。

2014年3月份，一个不肯公开身份的村邻，从贵州遵义给我打来电话，他想着我是媒体中人，也许认识当地媒体人士，就想通过我找到当地媒体评评理。就这样，一个气站遭遇征地拆迁的新闻，连同一群农民从送气工到气站投资者的旧闻，展现在我面前，让我窥见了一个神秘的特种行业。

打来电话的村邻是个隐形股东，代表他出任股东并打理气站的是他族里一个名叫小峰的兄弟，小峰是我的弟弟在村小学的同学。小峰在气站成为一个拥有双重身份的角色，既是名义上的股东之一，又是幕后真实股东的代言人。2007年，4个做灶具店和送气点生意的同乡，在遵义联手，开建一个气站。几年下来，4个股东各怀心事，磕磕碰碰。生意倒是不错，但总不免有散伙单干的想法。直到2014年春节前，不期而至的征地搬迁，似乎给了他们每个人另起炉灶的机遇。然而，他们的搬迁故事，却更像一个天上掉下大馅饼的悲剧。

事情要回溯到当年春节前，气站放假了，只留下一个来自邻村的万姓股东守着气站，后来聊起来才知道，万姓股东是我的初中同学。腊月二十六那天，高桥镇政府负责拆迁工作的人员突然上门，带来的信息是，该镇所属的汇川区修建泥桥至海龙公路，要征用他们的富利气站。对方开出的条件是，中审资产评估、平场整地、机器搬迁、一次性经营损失、人工工资等，合计补偿168.8万元，一个非常吉祥的数字，其中，中审资产评估792264元、平场整地213697元、机器搬迁费180000元、一次性经营损失补助440239元、人工工资一次性补助61800元。此外，若4天内自行搬迁完毕，奖励12000元，即总补偿额达到170万元。

这样的补偿金额，几乎是他们当初投资这家气站的成本。以这样的补偿，在当地租用一块同样规模的地，将气站整体搬迁过去还有结余，而且赚回了多年土地租金，是一个长远受益的买卖。何况，政府答应协助他们办理重新选址和搬迁的手续，并当场出具了汇川区人民政府致各有关行业主管部门的“证明”，证明称：因我区修建泥桥至海龙公路，在拆迁过程中与遵义市富利燃气有限责任公司达成搬迁协议，现该公司已停产搬迁，在该公司没找到新的建厂地址前，需到你处办理有关手续，望各行业主管部门支持为谢。

这份看似没有后顾之忧的馅饼，让留守万姓股东喜不自胜，当即与几个股东电话紧急磋商，决定当场签订《房屋征收安置补偿协议书》。在他们看来，这像是地方政府送的一份春节大礼。在拆迁致富频繁发生的当下，他们当时似乎把拆迁当成了一个过了这个村没有这个店的馅饼。

这家气站2007年通过遵义市规划局选址批复，当年8月9日，遵义市规划局批复给市城管局的函《关于遵义市富利燃气公司液化气储配站选址意见的复函》，明确批复该站选址高桥镇泥桥村柳溪沟废弃打石场。第二年9月26日，市城管局批复该站试运行。如果从这一日期算起，该站至拆迁之时，已运行了5年多。

查询该气站的各项批文发现，该站拥有当地消防审核和验收意见、环保部门环保审批意见和排污许可证、工商部门企业法人营业执照、城管局燃气经营许可证、质监部门气瓶充装许可证和组织机构代码证。也就是说，该站具备了经营液化气的一切条件，是一家合法合规的气站。当地工商部门核定的该气站营业期限持续到2057年；土地租赁期到2018年7月，到期顺延，但年租金5年递增一次，增加3000元。其他各项证件也都在有效期内。

如果不是春节后找不到气站落脚地的遭遇，4个股东也许不会回头检视年前签订的协议。

春节过后，4个股东如期回到遵义，谋划新的气站，在他们看来，无非就是找一块地，以当地每亩6万~7万元的价格征用下来，将气站设施安装到位，气站就可以易地开业。当年，他们就是当地政府招商引资的对象，地方政府用优惠条件将他们请进来的。然而，他们想得实在太简单了。遵义当地山地很多，土地并不金贵，他们很快跟几个村谈好征地条件，余下的工作就是找当地政府办理手续。但找到镇政府，被告知气站用地需找区政府；找到区政府，却无人受理他们的诉求。

到这时，他们才想起仔细翻阅《房屋征收安置补偿协议书》，发现在这份格式协议上，多数地方空格，只有关键的几个地方手写了约定条款。根据约定，双方选择一次性作价补偿安置还房，气站1月30日前自行搬迁完毕并将房屋腾空给政府方拆除，即除夕日前完成搬迁，气站方自行找房周转过渡，不按规定时间搬迁腾空房屋，每超一天，支付违约金100元。

这份格式协议上，第四条是甲方（政府方）用同等建筑面积住宅房安置乙方（气站方），该项全部空缺，第六条是关于乙方（气站方）自行找房周转过渡补偿的，但该项也全部空缺。

按照该协议，气站方在得到 170 万元补偿后，几乎是无条件搬离。至于气站方如何安置，能否安置，该协议里没有任何约束性条款。如果按照该协议及汇川区政府的一纸证明执行，气站易地搬迁毫无保障，由此埋下了气站无处落脚的隐患。

小峰的幕后老板看到形势不对，放下家乡的生意，专程赶到遵义，但半个多月的奔忙都是无功而返。他有些灰心，又有些不甘："春节假期人都回去过年了，政府突然拆迁，留守的股东不懂协议，凭电话沟通的信息，以为重新给我们安排个基地，我们正好征一块地，做长远打算，没想到现在被踢起了皮球，有一种被欺骗的感觉。"

他们的气站原来在遵义市政府附近，是一块宝地。如今，按照气站的特殊要求，不可能在人流密集的地方选址建站，这也是他们爽快答应气站搬离的原因：他们知道气站早晚要搬迁，当年租赁土地协议里也有政府修路时中止租赁的条款，他们只希望气站有个落脚地。他说，只需要 8 ~ 10 亩地，偏僻一点的山坡地都可以，距离汇川区和红花岗区 1 ~ 12 公里都行。

我不知道，小峰他们的气站能否易址重建，我和他们一样，期待着峰回路转的一天。

德德：忙了30年的小生意一停就是一年

正月十二那天，我在镇上新屋不远处路口等飞行员华生，车刚拐进路口，迎面一辆警车驶来，停到一家门口，车上走出两个警察，径直走向一户人家大门。我心想，不好，出事了。

华生还没到，正好有时间消磨一下，我下了车，跟着警察进去，迎面撞上的却是德德，彼此吃了一惊。

德德是程湾人，我们两家老屋之间只隔着两幢房子，相距不足百米。我知道他前些年在镇上盖了新房，湾子里的老宅久不住人，但一直不知道他镇上新房的具体位置。没想到这一次跟着警察到了他家。

听他向警察叙说原委，我知道了所为何事。原来，前一天下午，德德妻子在自家斜对面的牌场玩，中间起身去装水后，端着一杯水从两张牌桌中间穿过，邻居男子堵了通道，她侧身过去，不料邻居男子拿屁股顶撞她，她一个趔趄，致杯中水洒了出来，双方为此起了争吵，邻居男子重手打了她。

德德妻子窝在房间不肯出来，说是没脸见人。我随警察来到房门口，一眼看过去，德德妻子鼻青脸肿，一双眼睛肿胀着，称眼睛胀痛，脖颈处也有抓伤的痕迹。女儿在旁边心疼地陪着她，一连声愤愤不平："怎么这么心狠?!”

德德带着警察来到后院，指着逼仄的围墙向警察分析两家过节。原来，德德家的院墙与打人邻居的族亲家相连，之前两家因为晾衣服和挖沟起了争执，对方认为德德家过了界，后来在社区调解下，德德家退后2米筑了院墙，两家再不相争。但后来，德德家的电表被装到打人邻居家门口，被邻居砸了，两家的怨结似乎越结越深。

警察吩咐德德立即送妻子到医院检查治疗，随后，警察走去打人邻居家。这时，飞行员华生的车到了，我知道乡间的邻里纠纷一时半会不会有了断，便带领华生去了我家。德德妻子被打事件后续如何，留下了一个待解的悬念。

回到广东一个月之后，与村里人联系，顺便打听德德妻子被打事件的结果，得到的信息却远远超出了我的预料。德德妻子当天被送到市人民医院检查治疗，住了几天医院，光医药费就用去2000多元，打人邻居倒是在警方压力下赔了这笔费用，却恶语中伤。德德家人感觉周边世态炎凉，住不下去了，便把房子作价卖了，正准备搬离家乡。

我隐隐有些替德德担心，他们一家四口，包括两个20多岁的孩子，常年在外做小生意，一直没有异地安居，老家的房子早就荒弃了，已经不能再住人，家乡只有这一处房子能够栖身，何以连仅有的老巢都不要了？他们将去哪里安家?

我向村里人打听到德德的电话，打过去，他正在武汉。问他在武汉做什么生意，他的回答更令我意外，他说一家人已经在家休整了快一年，没有出去做生意，目前他正在武汉找房子。

我想起夏天那次回村与德德的一次面谈。那一天，我在村中牌场与人闲聊，德德从镇上家里回到村里，直奔牌场而来。我知道他们一家一直在外面做小生意，好奇他怎么放下生意回家消暑。他当时告诉我，刚刚将在广西柳州做了一年半的送气兼卖水的店子转给别人了，因为这些年身体大不如前，背灶具上楼很吃力，上气不接下气，不时头昏。儿子也吵着要出去打工，不想再做生意，因为过度劳碌，胳膊力气不够，桶装水抡不上肩，要抱着给人送。准备休整一段时间后，再出去找一个生意做。

那次面谈后，我想他们应该早就找到新的生意了。没想到，他的生意一停就是一年。

回头细想跟他的那次长谈，突然对他30多年的生意有了新的认知。

记得那次见到德德，他见面后的一句感慨："这回不是转了铺子回来还见不到你。"

从德德的叙述中，我知道，德德的生意一直游走不定。

德德记得自己儿子一岁的时候，那是1989年，他在汉口开收购站，那一年街头有点乱，收废生意受了影响，亏了4万块。他说，起步不利，给了自己一闷棍，收购站成了令他最痛苦的地方。

退出收废生意后，他在汉口卖了几年菜，就在观音阁街，开始时没有摊位，只能打游击。半年后认识了工商所一个人，套上近乎后，这个人帮他弄了个摊位，每个月交240块摊位费，另交20块保安费，总算稳定下来。每天不迟于5点钟赶到武汉最大蔬菜批发市场皇经堂，一次拿两个品种，因为一个品种太单一，三个品种又装不下。一般上午10点前卖完，在市场买点东西吃，1点可以回到住处。卖不完就要等五六点钟下班的人买菜，到晚上七八点钟才能回到住处。

有一段时间卖红鲤鱼，是过小年那阵，德德住在汉西，要到江汉区的将军路拿红鲤鱼到档口卖，至少10公里路，骑近一个小时车。他说，那时身体好，骑车要点技术，骑得不好龙头就歪了，瞎晃悠。两盆红鲤鱼很快就能卖完，那时一天能赚200多块。

德德说后来在皇经堂做蔬菜批发，那里历来是蔬菜批发基地，但做了两年没赚到钱。

20 世纪 90 年代末，德德离开武汉，出外卖布，有五六年时间，到乡村卖化纤布，已经不像改革开放初期一样住在村民家里，而是住旅社，生意做得很顺，一个来回能赚 1000 多块钱。

后来德德到成都卖了一年煤气，那是非典前一年。但在成都做这一行要办燃气经营许可证，德德办不下来，无法生存，只能另谋生路，将铺子转让了。

非典时德德转战长沙卖灶具和煤气，但只能卖煤气灶，煤气卖不动，因为当地燃气大公司名气大，员工穿制服，而德德的送气点没有，竞争不过大公司。但卖灶具只能顾自个生活，挣不到钱。

当年 6 月，德德到了太原，这一次待了上 10 年，算是德德的黄金十年。德德说，在各地跑累了，逃难般跑到太原，发现太原当地人相当好打交道，人很善良。德德先做了几年送气生意，一年能赚 3 万 ~ 5 万块钱，就不走了。

2008 年，德德一家加盟做公婆饼，在太原最繁华的钟楼街，一做就是 3 年，加盟费大约 5000 块，开了个 12 平方米的店，一家四口做。每月门面租金 3500 块，饼家转让技术。这里只有 3 家做这种饼，卖得相当好，2.5 元一个，一天卖 500 多张饼，平均一天卖 1200 块钱，周末一天能卖 1500 ~ 1600 块钱。太原人面食为主，一天三顿都吃饼，客人往往排着队买，经常有客人催促“快点”。一年下来德德一家收入 10 多万块。但做到后面人们吃厌了，不怎么吃了，利润少了，德德就将店子以 5 万块钱价格转手了。

那时德德一家每天晚上七八点钟和面，第二天早上 10 点出摊，守到晚上七八点回住处。一家四口分工明确：德德和面；儿子加碱、包饼子；

妻子拍饼子，然后下到电饼铛烤；女儿卖饼收钱。

德德一家最后离开生活 10 年的太原，却是因为一场纠纷。

2011 年，德德投资加盟第二个项目“南京香辣脆饼”，是新开的小吃街招他们进去的，开始时市场生意不好，德德跟人合租一个店，各占一半，店子 3250 元月租，德德负担 1600 元。做了两个多月，合作伙伴租期到了，不继续做了，德德将整个店子续租下来，交了一年租金。

又做了半个月，市场上同样做这种饼的本地竞争对手找上门来。德德的店在市场前面的 10 号位，对方的店隔了几档，大约在 16 ~ 17 号，互相看得见，德德的店开起来后，因为位置在前，对方的生意受了影响。

那天，对方来了 3 个年轻人，拿着擀面棍和板凳，来者不善，德德和儿子也拿出擀面棍，挡在门口不让对方进来，对抗中打了起来，双方都受了皮外伤，德德的儿子将对方头打破了。到派出所后，警方说德德一方防卫过当，德德的儿子因此被关了一晚上，24 小时后，德德写了担保书承诺不闹事，警方才放人。

事发后，对方找市场管理方人员带话说，要么德德退出，对方愿意承担技术转让加盟费，要么德德换一种卖法，不能卖同样的价格，德德的价格必须高于对方。德德没有答应对方要求。

市场管理方称要罚 5000 块才准开门，德德的门面就此被封，持续了半个月。德德自觉受人欺负，不肯缴纳罚款，找人把事情摆平。事情完结之后，德德觉得本地商户仗势欺人，在本地关系多，而自己势单力薄，感觉待不下去，便将铺子转手走人，离开了是非之地。他说，好烟好酒送了不少，找个人至少要送一条好烟，用了约 15000 块。门面租金和技术加盟费都亏进去了。事后算下来，当时至少损失了 3 万块。

经历了这么多生意，德德说：“这哪叫做生意？就是为生活奔波，很辛苦，到处逃难。”

宽窄：两口子连续两天遭遇车祸

春节期间，宽窄两口子和儿子及其女友，4 个人驱车 1000 多公里，从四川成都回到老家，他们在成都做灶具兼送气生意已逾 10 年，开车的是他们的儿子。

宽窄两口子此行还有一个重要使命，就是为大学毕业刚工作的女儿操办婚礼。

正月初一晚上，我从千公里外的广东驱车赶回老家，跨进家门，宽窄两口子和儿子已经等在家里。宽窄是我的族兄，一二十年不曾见面。宽窄还是原来的模样，显得黑瘦、精干。身后的儿子与他一般高大，蓝色羽绒服包裹下，一张圆圆的脸，长得酷似他妈妈，也许是不熟悉的缘故，小伙子站在父母身边不说话，总是微微地笑着，带着一点羞涩。

记忆中，宽窄儿子是一个泥地里捡拾鞭炮的孩童，面貌已经记不清了，很难与眼前这个驾着私家车千里奔袭而来的干练小伙子联系到一起。宽窄两口子打拼 30 年的人生成就似乎都体现在儿子身上。

夏天回乡那次见到回乡送舅侄女满月礼的宽窄妻子，被告知，他们的儿子刚刚经人介绍，认识了一个成都当地女孩，短暂的接触后，两个大孩子变得如胶似漆，经常女孩一个电话，儿子就丢下铺子里的活儿，开上他的爱车，奔约会地点而去，待回到家时满脸幸福。宽窄两口子心里不免有些小九九，毕竟儿子一走开，他们就有些分身乏术了，但想想儿子的终身大事，他们心里还是甜的。

儿子的车是 2012 年买的。那一年，厌倦了摩托车送气的儿子提出要学开车。尽管没有买车的打算，但拗不过儿子的软磨硬泡，宽窄两口子让儿子回家乡应城市报了驾考，随后的 81 天里，儿子在成都和应城之间来回四五次，每次都奔考试而来，考试完成后迅速回到成都。

拿到驾照的儿子动了买车念头，一天，儿子到现代店里订购了一款包牌价 15.6 万元的车，回到家才告诉父母。父母有责怪之意，在他们看来，家里房子还没买，想在家乡建一栋楼的愿望还没有实现，儿子却自作主张买了一辆一年比一年贬值的小车，远不如买一套不断涨价的房子。但定金已经付了，宽窄两口子只好遂了儿子的心愿，掏出多年的积蓄付了车款。

买车后，宽窄两口子为儿子的爱车做的第一件事是，将铺子住人的一角辟为车位，转而在铺子里搭起一个阁楼。他们的铺子是一个约 40 平方米的小两间平房，空间足够搭建一个小阁楼。宽窄找了外面的装修工，开价是 1500 块。有泥工手艺，过去常年从事建筑业的宽窄，嫌报价有点贵，舍不得让装修工赚这笔钱，自己买来材料，找来电焊工具，自己动手搭起了简易阁楼，阁楼离地人把高，花费只有装修工报价的一半。

儿子并没有住在这个阁楼上，他到附近租了一个单间，享受自己的私人空间。但铺子里不能没有人守着，宽窄两口子就住在阁楼上。

算起养车的开销，宽窄两口子有点心疼，每年保险 5000 多块，油费 1 万多块，还要交路费、车船税等，一年下来差不多 3 万块。

儿子的小车很少派上送气用场，基本上是儿子约会的工具，只是偶尔用尾箱运一下酒楼的小罐气。

有了小车，与女友大半年交往下来，两个人确定了关系，儿子还没有立即结婚的打算，但两个年轻人已开始张罗在成都买房，共筑爱巢。

儿子的生活选择正在改变这个家庭的生态，如果没有儿子的一次次自作主张，宽窄两口子也许永远不会想到在省会成都买车买房。当初，朋友给儿子介绍女友时，他们还在“要不要找个外乡人”的问题上纠结很久，甚至在差不多时间找了一个家乡女孩进行比较。

2003 年，宽窄放弃在家乡做了 20 年的泥工手艺，妻子放弃了家乡饭馆的工作，两口子随亲戚到成都做灶具和送气生意，他们至今庆幸那次转型。在老家时，宽窄时而给包工头做活，时而自己包下一栋民宅来建，但一个月的收入只有千元左右。中间禁不住亲戚的诱惑，曾放下泥工活远赴福建，短暂加盟过摇摆机传销，最终感觉那“不是自己能干的生意”，说服拉他下水的亲戚一起打道回府。

早在 10 多年前，宽窄妻子娘家侄女就到成都做送气生意，后来为他们找到一个别人转出的铺子，宽窄两口子最初骑着单车送气。随后，亲族不断向成都聚集，最多时，族亲里 20 多家在成都做同样生意，后来逐步分散到其他城市，至今仍有 10 多家数十人留在成都。

守着这样一间铺子，一年大约能有超过 10 万块收入，对于乡村来说，这是一份不错的生意。但这份生意留在宽窄两口子记忆里的多是苦涩。谈起生意，宽窄叹一口气说：“说是生意也是生意，说不是生意就是个搬运工。”

宽窄一家在城市人眼里就是送气工，他们往往穿着送气制服，骑着摩托车或电动车穿行于大街小巷，他们的联系方式停留在许多家庭的送气卡上。往往气瓶空了，客户匆忙打通卡片上的电话，送气工就如约送气上门，顺便带走空瓶，一路上往其他住户铁门里或门缝里塞进一张卡片。

像宽窄一家这样的送气工还有另一重身份，他们是与气站签约的个体户，向公司缴纳几千元押金取得经营资格，对外派发送气名片自营送气。他们在客户群集中地隐蔽处租下储藏室，有的租下门店，提前预备充装好的煤气罐，随时听候客户的电话召唤，赚的是进货价和售价的差价。送气工根据业务量，可以从气站拿到一定返点。

宽窄说，吃饭时间是他们最忙的时候，因为住户多在回家做饭时发现气用完了，一个电话打过来，就必须放下碗筷出发。有时实在送不过来，就打个电话告诉住户“堵车了”。宽窄妻子夏天回乡那次，刚离开四五天，宽窄就一天一个电话催她回去。没有她在的日子，两父子的生活一团糟。

前些年，儿子还在家乡读书。初中毕业后，儿子跟随宽窄两口子到了成都，进入核工业成都机电学校就读，但没有毕业就放弃了学业。据宽窄儿子说，同学出校门后，大多没有从事自己本专业。没有继续学业的儿子成了宽窄两口子的得力帮手，但儿子很快厌倦了这个职业。现在，他们也希望儿子离开这个行当，学一门技术，找一份稳定的工作，不要再像自己一样颠颠簸簸。宽窄说，女儿大学毕业后找工难，他们也没有让女儿进入这个行当。

在他们的送气生涯中，有过两天两人连续发生车祸受伤的奇闻。那是 2006 年 12 月，天气很冷。那时孩子尚小，还在家里由老母亲带着上学，送气全靠两口子，每天忙得团团转。不料，那天宽窄骑摩托车加油后出站，被逆行的无牌火三轮撞上，对方赔偿 700 块钱后私了。回到家后宽窄眼睛不适，到医院检查发现右眼球后面蜘蛛网破裂，花去 1000 多元。至今右眼还视物模糊。车祸第二天，宽窄扯下眼部纱布去送气，但灾祸再次降临这个家庭。宽窄妻子骑电动车走在路中间，准备左转，隐约感觉后面有车开来，但避让不及，被后面的公交车撞上，送院后诊断为右盆骨和左腰椎骨折。住院的日子，送气生意就靠宽窄一个人撑持，妻子躺在床上不停地哀叹，担心自己再也不能站起来。多少有些幸运的是，妻子住院治疗两个月后奇迹般康复，自己也惊讶：“原来以为再也送不成气了，没想到后来还能做事。”住院的日子，妻子放心不下宽窄，知道宽窄送货任务太重，没等身体完全复原，就自己要求出院了。营养费、误工费只算了8000块，没跟对方扯，因为家里生意耽搁的损失更大。

宽窄妻子说，送气的10年也是担惊受怕的10年，曾被当地小混混逼着要钱，对方打的过来，一开口就要的士费、误工费，费尽口舌，最终以家有八旬老母、店子刚刚接手过来推搪，几番讨价还价才能给钱了事。

宽窄家的店子在城乡接合部，人员复杂，偷窃事件时有发生。他们被盗的事情不少，记忆深刻的有两次。一天晚上，3个小伙子睡在里面，却被小偷撬开店门，偷走1000块左右现金，连衣服都被顺手拿走，最可气的是，小偷将一张3000块钱的押金条子偷走了，令他们押金退不回来。另一次，宽窄尚未回家，家里人回店后没有锁上店门，只将卷闸门拉下来，等着晚归的宽窄。不料，当晚小偷光顾，偷走约4000块钱和一部价值几百块钱的手机。

如今，宽窄两口子都年近五旬，背着气瓶爬楼已经有些吃力，往往要歇几次才能送上去。他们希望摆脱这又脏又累的生意，但又担心罐装气被成都日益普及的管道天然气挤垮，断了生计。这些年，天然气管道不断扩大，他们的生意不断向城郊退却，同行的竞争也越来越大。

宽窄女儿的婚礼正月初七举行，当天送走女儿和客人，一家人就收拾行囊，准备返回生意地，等待他们的是继续与煤气厮守的日日夜夜。

丁当：交了 3 年的社保是不是没用了

2011 年回乡那次，我独自一人回到老宅，向邻居秀婶取托管在她家的我家钥匙，秀婶走过来，后面跟着一个三四岁的女孩，头戴两朵大红花，睁着一双水汪汪的大眼睛，拖着鼻涕，见了我有点怯生。看孩子跟在秀婶后面，长得像极了秀婶的大儿子丁当，问秀婶，果然是丁当的女儿。

第二次见到这个孩子已是两年后。那天下午，我走小路回村，在田间见到秀婶正在插秧，老伴正在整田，小女孩沿着出村路远远走来。

插秧季结束了，村庄恢复惯常的闲散。那天我又闲逛到老宅前，望见秀婶正在门口择菜，我停下来，聊起小女孩该放假了，暑假会不会送到丁当打工的地方团聚。秀婶抛过来一句："丁当两口都在家里，回来 10 多天了。"我吃了一惊，他插秧季节回来，但我连日穿行于田间地头，都没有见到他们下田，难道他们不是奔农忙而来？

正疑惑间，丁当听到我们说话，从房间走出来，露出惊喜之色。很快，丁当的面孔转为愁苦，像有心事。

我问他们怎么这个季节选择回乡休假，他郁郁地告诉我辞职了，不准备再去了，想在家做点生意。丁当在浙江打工几年了，自己在上虞京新药业有限公司生产线，妻子在一家伞厂。再之前，丁当长期在广东和武汉打工，打工生涯已有 20 多年。他说，厂里有人一个月一万多块工资，但都是有文化的，现在工厂都招有专业的技术工，像他这样没多少文化的不可能拿到高工资，只能做一般操作工。

他说出的辞工理由是，老打工存不了钱，1990 年 16 岁就到汉口的飞机场背包，在广东做了好多年，在武汉做了几年。在上虞这个厂做了 3 年多，一个月只有 3000 多块钱工资，一个月望到头只有那点钱，太难了。3000 多块钱工资对于打工的人来说还可以，但对于做生意人的来说太少了。绍兴上虞生活消费又太高，孩子上幼儿园报名最少要 5000 块，什么东西都贵，菜都是七八块钱一斤。

丁当曾跟着邻居军军到深圳的电子厂工作，现在军军已经做到 2 万元月薪，靠的是不断学习技术和管理，而丁当还在为生产线工资太低发愁。我想说服丁当学点技术，作长远打算，但他似乎打定了主意不再做工厂工了。

一会儿，丁当妻子从房间出来，倚在门框上，右肩背着一个黄色单肩包，像是要出去的样子。我问他们是不是要出门办事，他一连声抱怨说，买了 3 年的社保不能退，回来又交不起，准备再去社保部门问问。

我知道丁当遇到转保难题了，想起很多外来工弃保，担心他也这样白白蒙受损失，请他将问题说说，我再问问做人力资源工作的太太，看能不能给他一点指引。

他从房间拿出转保资料，包括公司离职证明和当地社保局出具的基本养老保险参保缴费凭证、参保（合）凭证。养老保险凭证显示，他从 2010 年 4 月到 2013 年 4 月的 3 年里，个人账户储存额 4959.53 元，职工医保参保时间从 2010 年 4 月到 2013 年 3 月，个人账户余额 147.34 元，加起来超过 5000 元，更大数量的统筹账户余额当然无法转回。丁当妻子在一家民营伞厂工作，一直没有买保险，也就不存在退保和转保问题。

在上虞时，丁当提出退保，但当地社保部门告知不能退保。回到老家后，他找社保部门，被告知也不能退保，只能选择转保。丁当回乡后没有单位，也不准备找单位，他被要求办理转保手续，每月缴纳 500 多元，即个人部分和统筹部分自己缴纳。丁当抱怨："一个月要交 500 多，一年要六七千，我又不是城市的，哪里交得起?!"

丁当的社保陷入退又退不得、交又交不起的尴尬境地，我不能给他们更好的建议。带着失望，他们起身离家，往社保部门去。

当天晚些时候，我找到丁当家，想知道新的结果，但他们没有回来。后来几次去他家，被告知上城里找生意去了，也没有留下联系电话。

春节回家，大年初四，我迫不及待地找到丁当家，他正在家里。向他打听转保的事，还是没有进展，也就是说，他的社保一直搁置着。他说，社保局让他自己选择，想转城保就转城保，一年至少要交 3000 多块；如果要便宜一点就转农保，一年交 200 块。但他至今拿不定主意。另外，医保卡在家乡还不能用，离开上虞时卡内还有余额，出厂时准备去药店买药花掉，出厂后发现停用了。丁当说起社保忧心忡忡："我那 5000 块社保是不是没用了？我最担心这 5000 块钱还能不能拿回来。"

以全国农保待遇看，多数地方每月基础养老金以前只有 55 元，上调后也只有 75 元，即使加上自己缴纳的个人账户部分和财政补贴部分，有地方做过测算，保障水平也在每月百元上下，与丁当过去缴纳的城保不可同日而语。在现有政策体系下，城保转农保显然是一单亏本买卖。

在村庄里偶然碰到几个打工的人，问起社保，早几年有离职后退保的，现在退不了保，大多在跳槽到另一个城市时弃保。

也许，丁当属于 2013 年累计中断缴社保的 3800 万人中的一分子，他的社保能不能转移成功，能不能接续上去，都是一个未知数。但从村里人社保知识的贫乏来看，"弃保"其实是许多人无奈的选择。如果政策不能照顾到这些流动性大的外来务工者，他们将在不断“弃保”中作无谓牺牲。

问起丁当现在的生活，他指指门口停放的一辆红色三轮助力车告诉我，每天开着这辆车，是他花 3000 块钱买的，车斗里放一个架子作为平台，载着炉灶、炊具等工具，在应城一中和二中侧边马路旁边卖热干面、酸辣粉、面、桂林米粉等小吃。前一天晚上备好料，夫妻两个早上 7 点赶到二中，下午 4：30 赶到一中，分别做上学学生和放学学生的生意。生意地点就在学校侧边，这里路边每天摆开几十家小吃，都是这种车载的，不用办执照，但城管每月收 100 元。一天下来大约能赚 200 元。我算了一下，如果风雨无阻出勤，他们两人一个月能赚 6000 多块，相当于一个人月收入 3000 块，似乎不算一门好生意。丁当有些伤感：“还不如在工厂打工，还是工厂好，不用操心。”但丁当不想回到工厂，他觉得现在这份生意比较自由，离家近一点。

丁当的流动摊档起步较晚，在两所学校边没有长期固定位置，只能趁学生出入高峰时打游击，像他这样打游击的只有几户。绝大多数摊贩时间长了，都固定在一个地方，早中晚都在那里做。

遇到下雨天的时候，丁当不能开档。他说，买三轮车的时候没经验，买的车比别人的大，遇到下雨天，别人一个伞就能遮住整个摊档，他一个伞遮不住整个摊档，有时下雨不方便就不出摊。

我觉得丁当的流动摊档靠不住，一旦城管严管起来，他们的生意就可能泡汤，毕竟学校是学生集中地，流动摊档的卫生很容易成为投诉对象，一旦出现卫生事件或遭遇投诉，这些摊档就可能被取缔。我向丁当说起我的担心，丁当也说估计做不长。

但丁当说不能在附近开店，他看到以前在店里做的小老板，也退了店子，像他们一样出来做，因为开店成本太高。

盼盼：网购的劣质热水器泡了婚房

正月初十一，与做地产的冬生聊天，聊起前一天在路口看到的一个婚礼车队，前面美女鼓乐队开道，车队浩浩荡荡，感觉阵仗很大。冬生不以为然，说自己的小儿子盼盼当月 26 日结婚，阵仗肯定超过镇上一般人家婚礼，专门从城里请了婚庆公司，请了乐队。末了，冬生请我帮他写一份婚礼答谢词。

这样喜感的请求，我当然不会拒绝。当晚，我欣然提笔，第一次撰写婚礼答谢词，凭自己的想象，帮冬生感谢宾朋“一道见证两个年轻人的爱情”，希望儿子媳妇“从宾朋的祝福中学会感恩”，最后还不忘幽默一下，盼望自己“早日抱上孙子”。

第二天，这份未经打印的手写答谢词送到了冬生手头，我从冬生的眼神里读出了喜悦和满足。第三天凌晨，我满载乡愁回到广东，当然无法在冬生儿子盼盼婚礼上听到自己撰写的答谢词。

不料，刚回到广东第二天，冬生的电话就打过来，透着焦虑、愤怒和无助。原来，当天中午，儿子的婚房被发现浸水，水位高达7 厘米左右，阳台、客厅、卧室、厨房，全都浸在水中，水还顺着排烟管、墙壁、预制板缝隙和楼道往外流。蹚水进去一看，惹祸的是前两天安装调试好的热水器，此时箱内还在往外喷水，不知水放了多久。而热水器是网购的。

婚房就在冬生自己开发的雅苑小区 4 楼，年前刚刚装修完，木地板、沙发、床、床上用品、柜子、桌子、家电都是新的。顺着水流的方向寻找，3 楼的房子被淋了个透湿，所幸买家还没有装修。但 2 楼的买家已经装修，一家常年在外地，春节也没有来住，无法进去查看损失，只能进到对面 2 楼，通过窗户查看，发现这户人家的吊顶和墙体都被淋透，只好电话通知屋主尽快回来核准损失。后来，屋主赶回查验受损情况后发现，复合地板被水浸泡多天，天花板和墙面都花了，冬生答应对方修复损毁的地方，两户合计损失大约三四万元，可谓损失惨重。

这个不期而至的电话，将一对即将步入婚姻殿堂的新人的生活，展现到了我面前，让我近距离窥见了他们网络化的生活空间。

随后，与我联系的人换成了盼盼。按照我的建议，盼盼将房子受损情况，尤其是热水器外观及标识及网购证据照片，通过 QQ 给我发了过来，足有 20 多张，完整呈现了网购热水器的全过程。

按照这份记录梳理出的网购情况是，年前，盼盼与太太通过淘宝网，在一家标注“广州樱花生活电器直销店、美格生活电器、卖家王立友”的网店里，以 530 元的价格购买了一台燃气热水器，淘宝订单号为 462791771917261，货物于两天后通过全峰快递送达。

事发后，盼盼在热水器面板上，发现有个防伪区，拨打查验真伪的 400 热线电话，按提示输入防伪数字码，得到防伪数字码错误的提示。后来，盼盼和热水器上标注的制造商广州樱花电器实业有限公司的售后服务人员联系，得到的答复是，防伪数字码如果不对，产品很可能是假冒的产品，通过防伪数字码无法确认真伪的情况下，可查验电器外包装上的厂名厂址及联系电话等信息是否属实。但盼盼没有留下外包装。该公司建议他跟产品的销售商联系。

盼盼再次登录淘宝网，发现这家名为“广州樱花生活电器直销店”的网店已消失。看来只能找淘宝网了。

盼盼通过百度查询到淘宝客服电话，据盼盼讲，答复是语言提示，告知已过了维权日，然后提示挂机。

至此，对于如何维权，盼盼陷入一片茫然，不知该向哪家讨要说法。

我通过朋友找到当地媒体记者，记者对该事件做了现场采访，孝感晚报以《网购热水器变身小瀑布 泡坏家具 殃及邻居》为题，作了详尽报道，就维权问题，工商部门相关人士支招，建议盼盼查看网店的相关信息，了解网店属地，拨打当地 12315 热线投诉。如果无法获知网店属地信息，也可向淘宝网客服投诉，维护自己的权益。

盼盼的维权之路还在继续，但反馈的信息并不乐观。

事后，我与盼盼作了深入交流，了解到盼盼与太太的网络奇缘及其网络化生活，强烈感受到，偶发的热水器质量事故后面，潜藏着不少必然的因素。

盼盼和太太是闪婚，认识半年就结婚了。把他们牵到一起的是网络。

1982 年出生的盼盼，在广东东莞从事酒店、KTV 酒吧、茶庄等行业，已经在东莞定居下来。太太比盼盼小了 10 岁，是一个 90 后，在家乡应城一家影楼工作，从事化妆工作，一直待在应城，没有去过外面。盼盼之前与太太素不相识，他们的现实生活也没有交集的可能。

那一年夏天，盼盼生意压力大，回到家乡休整，那时天气炎热，整天白天待在家里，偏偏家里人不断催促他早点找对象结婚。耐不住寂寞的他，经朋友介绍下载了陌陌聊天软件，在应城无聊时搜索附近的人，发现了后来的太太，聊过几天后相约在城里见面，然后一起和郎君老家的朋友在老家吃了顿饭，那次算是认识了。

打开陌陌网，首页上的一段文字，对于寂寞的年轻人来说不乏诱惑：

人们总是在错过，错过身边的美丽、善良、感动。也许你的生活中不乏朋友，但我还想给你一个选择：寻找身边的人。

就是这句话的指引，让盼盼与太太两个经历完全不同的人一见如故，一起找到“身边的人”。

盼盼说，太太吸引他的是天真，比较真实，和外面的女孩不一样，傻傻的把什么都看得比较简单，就是因为这种简单让自己感觉到一种无形的开心快乐。而太太，似乎要找的就是他这样阅历丰富成熟稳重的男人。

盼盼的太太算一个标准的网购族，在 QQ 上，我和盼盼有这样一段对话：

我：装修和结婚用品网购很多?

盼盼：小件装饰有大部分是网购的。

我：平时习惯网购?

盼盼：认识我老婆后才开始习惯网购的。

我：她喜欢网购?

盼盼：几乎每天对着手机看淘宝。

我：会不会买很多没用的东西?

盼盼：买过挺多一次都没用过的东西。

在盼盼的叙述中，他们的结婚用品有几十件来自网购，现在想来有些后悔。

网络给了他们一次美丽的邂逅，也带给他们一次痛彻心扉的教训。婚姻甜蜜和网购教训的一次碰撞，把他们从虚拟的网络空间拉回到现实世界。盼盼说，结婚后已经很少上网了，就是上网，也只是看看新闻。

毛婶：异乡车祸撞出城乡 3 倍差距

毛婶是我的邻居，高高大大，身体壮实，粗嗓门，大大咧咧，往往口未开，笑已盈满脸庞。

毛婶育有 1 女 2 儿，最记得毛婶因为超生小儿子，被罚款 150 元，这个小儿子得了“150”的绰号，被我们叫到现在。毛婶的 3 个孩子和小叔子，常年在贵州六盘水做灶具、送气、建材等生意，女儿和小叔子多年前在当地买房安居，小叔子一家的户口已落到六盘水。

许多年不曾见过毛婶了，2011 年回到老宅，见到了毛婶的老伴，却没有见到毛婶，后来得知毛婶的女儿生了孩子，毛婶去六盘水带外孙，留下老伴一个人在村里形单影只。

夏天回乡那次，毛婶家大门紧锁，门前野草封门，一看就知道很久没有人住了。向邻居大婶打听才知道，毛婶的老伴 2012 年年初就去了六盘水，与毛婶会合，一家人就此告别村庄。这样的告别，意味着毛婶家基本脱离农村，逐步在城市站稳脚跟。

正要为毛婶一家高兴，却听到邻居大婶一声叹息，一个不幸的消息让我半天回不过神来：毛婶出车祸了，伤得很重，听说整个左臂都没了。我想象着断臂的毛婶在车轮下撕心裂肺的疼痛，心里锥心地痛。

我急忙找去毛婶另一个小叔子家，我叫他小叔。毛婶的老伴有3兄弟，小叔是这家人唯一的留守者。向小叔打听，知道了毛婶车祸的更多细节。毛婶一年前遭遇车祸，当晚带着2岁多的外孙，从马路斜对面的儿子家横穿马路回女儿家，被当地公汽公司一辆公交车撞倒，所幸外孙没有撞到，但毛婶一条左臂整个截肢，左脚和右臂也伤残了，事发后都不敢回老家，也瞒着毛婶的亲哥哥。

毛婶车祸后，毛婶的亲哥哥许久得不到妹妹的音讯，春节也见不到她，多次到村子里打听，但家里人都不敢告诉他车祸的事，因为毛婶的哥哥脾气暴躁，怕他一怒之下跑去六盘水。

半年多后跟小叔聊起毛婶的事，意外地得知，毛婶的车祸还没有处理完，公汽公司一直推来推去，赔偿始终没有给，官司已经打到法院去了，还没有判下来。

我有点疑惑，公汽公司是市属企业，公交车全部都买了保险，交警划定司机负全部责任，赔偿的事情只需依法办事，不至于走到打官司的地步啊！

后来因为村庄集资捐资修路的事，与毛婶的家人取得联系，顺便问起打官司的事，听到的却是一肚子苦水。

毛婶车祸后断掉整个左臂，评了个5级伤残，左脚和右臂评了两个10级伤残，起诉索赔残疾赔偿金等共56万余元，但法院一审判决只赔偿9.7万余元，其中还包括25900元后续治疗费，也就是说，除治疗费外，毛婶只能得到7万元赔偿。但毛婶为打官司，一审已经支付了律师费和诉讼费等1.2万元，刚刚向中院上诉又支付了9000元，这样算下来，若维持原判，收支相抵后，毛婶实际只能得到5万元赔偿。而且，打官司过程中找了一些人，花了不少钱，但都打了水漂。

毛婶家人说，打官司前，公汽公司对他们说，能够赔八九万块钱，而且一个推一个，迟迟不肯支付赔款。实在没有办法拿到赔偿，他们才找律师起诉，没想到一审是这样的结果。末了，他们抱怨说，这个事情搞了这么长时间，他们都不相信会有公平的审判了，没有办法，再跑下去，就算倾家荡产又能够怎么样！

起诉索赔金额是律师依照相关法规提出来的，对打赢官司信心满满，毛婶家人才决定打这个官司的，但一审判决赔偿金额与起诉要求相差如此之大，我想知道，到底是什么环节出了问题。在我的要求下，毛婶家人将相关资料发给了我。

这一次，我通过当地交警委托贵州警官职业学院司法鉴定中心所做的司法鉴定，第一次看到了毛婶的断臂。画面中，毛婶的脸苍白着，一脸愁苦，坐在背景板前，左臂空着，衣袖在肩膀下收住。另一张断臂照，镜头正对断臂，肩膀下的左臂有一点残留，正好可以安装假肢。另外4张照片，分别是毛婶右臂、左脚疤痕照和X线片。

当毛婶以这样的形象出现在面前，我非常难过，那个爽朗的邻家大婶哪去了？那个壮实得像个男子汉的毛婶哪去了？

过去，我一直不知道毛婶的名字，只知道她的小名，也不知道毛婶的确切年龄。这一次，我知道了毛婶真名田兰香，生于1949年，与共和国同年。

一审判决书上，法院认定，2012年7月29日21时10分许，被告驾驶BU0187大型普通客车沿人民路由西向东方向行驶，行驶至人民路钟山加油站门口处，因操作不当，致使所驾车辆与横过道路的行人田兰香发生因相撞后碾压、造成车辆受损、田兰香受伤的交通事故。受伤后，毛婶先住院105天，后来住院6天。2012年11月12日毛婶安装假肢，2013年12月17日毛婶向法院起诉，2014年2月18日法院公开开庭审理，2月26日作出一审判决。

翻看毛婶车祸案的起诉书，比对起诉书所列原告损失与判决金额的巨大差距，我试图寻找法院判决中的司法轨迹。

起诉书之交通事故造成原告损失 563800 元，分别为：

残疾赔偿金 222530 元，

住院伙食补助费 5550 元，

营养费 5550 元，

定残后护理费 186150 元，

后续治疗费 75900 元，

精神抚慰金 30000 元，

受伤后至定残前 192 天护理费 17760 元，

定残前误工费 15360 元，

交通费 5000 元。

贵州省六盘水市钟山区人民法院一审判决保险公司支付原告各项赔偿费用 97456.62 元：

1、残疾赔偿金 50096.62 元，

2、住院伙食补助费 3300 元，

3、营养费 3300 元，

4、护理费 4860 元，

5、后续治疗费 25900 元，

6、精神抚慰金 10000 元。

此外，案件受理费 9438 元，因适用简易程序减半收取 4719 元，由原告负担 3601 元，保险公司负担 1118 元。

被告六盘水市公共交通总公司经法院合法传唤，无正当理由拒不到庭参加诉讼。

一审判决书对原告几项诉求不予支持并陈述理由：对定残后的护理

费不予支持，因原告并未提供有效证据证明需要定残后的护理；对误工费不予支持，因为并未提供其从事相关工作的有效证据；对交通费不予支持，因原告未提交证据证明。

更大的争议在于，毛婶一方李红军、胡玉枝、滕桂香3人都证明毛婶在城镇已连续居住1年以上，其中，李红军是毛婶的女婿，提供了在当地的房产证、土地证复印件等，证明毛婶在女婿家居住。但法院认定，“在举证期限内原告并未向本院提供能有效证明其为城镇居民或在城镇连续居住1年以上”，遂按照农村居民计算赔偿金。由此带来身份上的巨大差距。

按照当地2012年度贵州省农民人均纯收入4753元，法院认定的残疾赔偿金是50096.62元；若按照2012年度贵州省城镇居民人均可支配收入18700元计算，残疾赔偿金应为197098元，后者是前者的近4倍。

在城乡二元结构下，同命不同价的争论由来已久，由身份认定差异带来的司法操作空间也异常巨大，就像毛婶遭遇的车祸，仅因身份认定中的城乡差异带来的残疾赔偿金差距，就高达14.7万余元。

许多像毛婶一样随子女进入城镇的老人，到异地他乡后，大多是照顾孙辈而去，帮忙照顾孩子的生意，或做点力所能及的事情，没有固定单位能够证明身份，没有在当地纳税的证明，他们也不习惯办理暂住证、社区登记，权利意识淡薄，当遭遇车祸等意外伤害时，往往难以有效证明自己在城镇连续居住1年以上，法律对此也没有弹性空间。就像毛婶这样，尽管她到当地随子女连续生活超过一年，有多人向法院提供了证明，但生杀予夺的大权在法院。法院的一纸裁定，划出了城乡之间一道天然的鸿沟，将身份歧视装进案卷。

都市屋檐下

他们是2.7亿农民工中的一员，他们成群结队，行走于街巷之间，出没于城市边缘，挣扎着鲤鱼跳“农门”，在城市的大门外把自己撞得鼻青脸肿。他们曾经是乡巴佬、城市盲流、“捞仔”、“捞妹”、打工仔打工妹、农民工，而今进化成进城务工者、城市建设者。他们早已不是上城的陈奂生，但终究是社会的弱势群体。

良哥：20 多年黑户想恢复户口

他与家人在我们家老宅生活了 10 多年，陪伴了我整个童年，在这里娶妻生子，直到在村里盖起了自己的房子才搬出去。他的母亲跟我的父亲是未出五服的族姐弟。他比我年长很多，是我的表哥。

表哥姓尹，是村里唯一的尹姓家庭。我叫他良哥。

最后一次见良哥，是 20 世纪 80 年代末，我还在读大学，暑假回家做社会调查，遇到良哥。良哥因为生意不顺，欠下亲戚厂里的货款，我不明就里，跟他到亲戚家走了一遭，感受了亲戚的冷落。也许是生意再无转机，良哥从家乡消失了，很长时间里没有音讯，连老婆也避而不见。听父母讲，后来良哥曾多次偷偷回村，深夜来到，凌晨即走，颇为神秘。

夏天回乡那次，我与留在家乡城市做小生意的良哥的大儿子联系上。有一天，忽然接到良哥电话，要我帮他问问怎么补办户口。到这时我才知道，他离开家乡不久就没了户口，当了 20 多年黑户，以前没感觉有什么不便，拿一个假身份证就可以到处行走，现在换成二代证了，没有身份证寸步难行。

向村干部谈起他的遭遇，都惊讶他怎么这么久才想起补办户口。据说，以前曾有常年外出者回村补办户口，大多是因为外出多年没交提留统筹被销了户，也有超生者缴纳计划生育罚款后补办户口，都由村里出具证明补办了手续，但像他这样离村 20 多年才补办的还很少见。村干部建议他回来一次，由村里开具证明补办户口，我把信息转告了良哥。

2013 年 11 月底，良哥为户口的事专程回了一趟老家，带着湖南现住地警方相关证明，找村里出具了身份证明，向户籍部门要求补办户口。他陈述的理由多少有些令人同情：几个孩子散布在湖北、湖南、广东，想去看看孩子都不容易，因为没有二代身份证，不能买火车票，只能坐长途大巴，住宿则只能找不检查身份证的小旅馆。

但要找回注销 20 多年的户口并非易事。

据良哥说，户籍部门要求查找 1990 年第四次人口普查时在老家的证明，但那次人口普查时他已经远走他省，不可能在老家留下记录。良哥拿出已故前妻过去在当地的身份证、他与前妻的结婚证，但户籍部门认为不足以作为凭证，要求良哥出示自己原有身份证复印件或当年缴纳提留统筹的单据，但这些证明都散失了。最终，户籍部门提出，要良哥缴纳一定费用，由警方到良哥现住地调查，视调查情况决定是否补办户口。在是否拿这笔钱出来的问题上，良哥犹豫了，因为补办户口没有把握，价钱也超过了他的心理底线。

事情至此陷入僵局。回乡时，良哥以为一两天就能办好户口，连换洗衣服都没有带，可回乡四五天了，补办户口还没有头绪，再待下去也于事无补。失望之下，良哥心事重重地回了湖南。

良哥的户籍遭遇，让我近距离地看到了他这些年的生活。

分田到户后，常年在外经商的良哥不愿意在家务农，为了逃避提留统筹，很少在村庄出没，后来在一公里外的镇上买了一幢旧房子，住到了镇上，可能因为常年欠缴提留统筹的原因，良哥的户口被注销，与良哥一起被注销户口的还有他与前妻所生的两个儿子。多年前，两个儿子托人花钱办了户口，一个户口的费用是500元，问良哥要不要办一个，良哥舍不得花那笔钱，也没觉得黑户有什么不便，就谢绝了。如今说起来，良哥有些后悔。

在外的日子，良哥在湖南重新组建了家庭，又有了孩子。他前后两任妻子所生的4个孩子，前妻所生的大儿子在老家所在城市结婚，为他添了一个孙子，他多次往返于湖南与老家之间。前妻所生的小儿子曾到广东等地打工，目前在湖南长沙打工。后妻所生的女儿在广州读完了研究生，儿子也在长沙打工，但与前妻所生的小儿子并不在一起。

像良哥一样没有户口的人员，据第六次全国人口普查登记的资料，全国有1300多万人，大部分是超生未上户口的。对他来说，没有户籍，意味着不能参加医疗、养老等社会保险；不能申请廉租房；不能去银行开户；出门不能坐火车，更不能坐飞机。

1948年出生的良哥，感叹自己身体越来越差，迫切需要恢复户口后得到一份养老保障。等待良哥恢复户口的时间有点漫长，但良哥的往事却一件件苏生起来。

尹家是程湾唯一的地主，尹家5兄弟姐妹中，在村庄生活时间最长的就是最小的良哥，约有40年。

前妻病逝前，良哥在外重新组建家庭，一直躲避着前妻及其家人，前妻去世时他也没有出现。

他在程湾长大，在这里结婚生子，在这里留下生命中最宝贵的时光，村庄记录了他生命的荣辱，但这里似乎已经找不到他生活的痕迹。

他们家的土房子早在20世纪80年代末就已变卖给我们家并拆除，如今只剩下一片荒草，连残墙都难以辨识；良哥父母的坟就在村口一片树丛里，但没有墓碑，村里的年轻人忽视了它的存在。只在良哥家人清明回乡上坟时，村邻才想起他们的过往。

尹姓在程湾的物化记忆被时光一一抹去，但尹姓在程湾的遭遇却令人唏嘘。

良哥的母亲是程湾人，年少时随父亲到县城开裁缝铺，嫁给尹姓国民党军医，住进深宅大院，家乡客人登门造访需要门卫通传，后来随夫走南闯北，育有 4 子 1 女，最大的孩子是个女儿，是在恩施军旅途中生下的，以出生的县城名字命名，打下了深刻的地域烙印。新中国成立前，良哥出生不久，良哥的父亲就随部队南下广州准备外逃，全家人则避居程湾。据尹家人回忆，良哥的父亲被安排第三批登机，但临上飞机前被抓获，释放后避居外乡另组家庭，上世纪 60 年代末回到程湾，良哥母亲曾拒绝接纳给家庭带来灾难的老公，最终禁不住村邻劝说，一家人就此团聚，可惜好景不长。

良哥的童年在父爱缺失中度过，他一生的遭遇似乎都与父亲有关。

良哥 10 多岁的时候，他们家先在土改中被划为贫农，但在土改复查中被划为漏网地主，当晚房子被贴了封条，民兵到家里守着，第二天抄了家。他从引以为傲的贫农后代，一夜之间沦落成地主仔，自此灾难降临。大约因为尹家在县城曾经的辉煌，村里有人以为尹家藏匿有财产，企图通过抄家侵吞尹家财产。

据村里老人讲，划为地主后，尹家的半边房子被拆掉充公，家里只搜出 2 箱药，包括凡士林等，并没有发现财产。没了房子的尹家被安排与村人共住一幢破败的房子。

没有父亲在家的日子，良哥亲眼看见家里房子被拆，母亲被以地主婆身份游村，被反剪双手吊打批斗。在他孩提时代的记忆中，往往被同伴一句“不跟地主仔玩”孤立，然后哭着跑回家。

成年之后，良哥好不容易等回了父亲，父亲却在回村几年之后，禁不住对政治审查的恐惧上吊自杀了。

在孤苦无依中，良哥的4位姐姐哥哥或勤奋苦读离开村庄，或迫于生计远走他乡。因为长期受歧视产生的疏离感，他在分田到户后就淡出村庄，以经商为业。

只读过两年书的父亲，说起这个家庭的离散，用了一个颇让人意外的成语“五马分尸”。尽管不太恰当，却道出了尹家5位兄弟姐妹天各一方的境况。

良哥的父亲去世后，尹家搬离了伤心屋，住进了我们家。记忆中，每到春节，尹家兄弟姐妹从外地回到村庄，带回村庄难得一见的花生糖果。良哥的婚宴上，尹家兄弟从渔场带回齐人高的大鱼，让人大开眼界，给村庄带来了一次惊喜。

人在异乡的良哥总是音讯稀少，我想他的户口该恢复了吧。

丹夫：谁知建筑工万元月薪背后的艰辛

外甥女小玫和外甥女婿丹夫分别是建筑小工和大工，他们的绝大多数时间在工地度过，孩子一直留在家里，由家人带着。

他们老家村前有一条河，出村的路要经过河上的桥。2012 年小女儿一岁半那年春节后，小玫留下两个女儿，随夫赴唐山建筑工地，与女儿分手的地点就在桥头。一周后，家人电话里说，小女孩天天往桥边跑，哭着要妈妈，小玫的公婆一次次找到桥头，把小孙女牵回家。

春节跟外甥女和外甥女婿谈起孩子，他们都满心愧疚。他们给孩子的补偿是，买回崭新的衣服鞋袜和孩子爱吃的零食；第二天就带孩子去了城区，逛了公园，玩了蹦蹦床，还吃了麦当劳套餐；更重要的是，给孩子造了一套 3 室 2 厅的房子并装修好。

外甥女婿丹夫一家三兄弟都是泥工出身，大约在 1991 年和 1992 年，相继跟着表亲学艺，老大因为对水泥敏感，手浸了水泥就起脓包，消不下去，2003 年左右被迫离开建筑行业，跟着当生产部经理的二叔进了深圳一家工厂；丹夫与双胞胎兄弟双双出入建筑工地，许多时候带着妻子一起干活，男的做大工，女的做小工，一年下来一对夫妻能有十万八万结余。他们是人们津津乐道的万元月薪建筑工，常年跟随当地包工头出入北方建筑工地，一年能干大半年活，其他时间或到南方打短工，或留在家乡做零活。

在他们令人称羡的工资背后，还有鲜为人知的另一面。

小玫是二姐的女儿。2013 年夏天回乡那次，我随二姐和姐夫去看望外甥女小玫的两个孩子，这两个孩子与三个堂姐弟随奶奶租住在镇上，他们分别是丹夫三兄弟的孩子，所租的房子就在幼儿园和初中隔壁，小学还隔着一段距离，要越过铁路道班。其中，最大的女孩上初一，丹夫的大女儿上小学 2 年级，两个男孩都在上幼儿园，只有丹夫的小女儿还不到上幼儿园的年龄，每天跟在奶奶身边。

到租屋时，五个孩子正起床，两个大孩子自己漱洗，三个小孩子在床上滚来滚去，丹夫的母亲逐个给他们穿上衣服。他们租住了一楼右侧一间房，贴墙搭了一个通铺，五个孩子和大人就睡在通铺上，枕头在靠近堂屋的床头排成一排。

四个上学的孩子早餐都在学校和幼儿园。送走四个上学的孩子，丹夫的母亲做好早餐，然后将几个孩子换下的衣服放在盆子里搓洗。他们做饭的工具非常简陋，就在客厅里，也没有配备洗衣机和冰箱，多少显得有些寒酸。

丹夫的父亲每周五骑着花了 2700 块钱购买的三轮电动车，来租屋接回五个孙辈和老伴，周日下午再将他们送回租屋，车上专门预备了一块油布，天雨时适度避开下雨时间，路上遇到下雨就让大人孩子头顶油布躲雨。

春节回家，丹夫的新房已经建起来了，并且装修一新，光装修就花去了六七万块钱，加上建设费，花了十七八万块，花光了他们多年的积蓄，还欠下一点债。

我在他们的新居看到，客厅面向大门的墙上挂着一幅玻璃框镶嵌的“家和万事兴”装饰画，客房床头上方出人意料地贴着一幅毛泽东像，与一张装饰儿童画一高一低排列在一起，感觉得到他们在刻意装饰新居，但总觉得有些乡土气。

想到五个孩子在镇上离学校不远的地方有了这个新家，五个孩子不用租住别人的房子了，我为他们高兴。但丹夫说，租屋还没有退，在住新居还是继续住租屋之间还在犹豫，因为担心孩子把新家具弄坏了。

春节假期刚过，丹夫就有些坐不住了，他们常年施工的北方还是天寒地冻，工地没到开工时间，他必须在本地找点活干，对他们来说，时间就是金钱。年前，当地就有在建房的小区业主请他们贴地砖和墙砖，但他们忙不过来。节后正好利用空闲时间就近施工，一天下来也能有两三百块钱工资。

丹夫对工资格外敏感，他清楚地记得，初中没毕业就跟着亲戚学泥工手艺，一个大工日薪只有 9 块钱，一个小工日薪只有 5 块钱；到 1998 年，大工日薪涨到 25 块钱；现在，他们夫妻一天抹灰 60 多平方米，如果按照行业一般水平，即每平方米 8 块钱，两个人一天能有 400 ~ 500 块钱的收入。但现在跟了几年的包工头只给他们每平方米 7 元，他们打听到大老板的结算价是每平方米 17.5 元，感觉包工头吃水太深。

丹夫对现在的包工头有些不满意，想换个包工头打工，或者到哈尔滨“站岗”，这是一种建筑行业流行的用工方式，丹夫 2004 年到 2006 年曾在哈尔滨“站岗”3 年，“站岗者”每天到集镇或者劳务市场，将泥工工具放在路边，等着老板来接人；熟悉了之后，经常有包工头前一天电话约好接头地点，第二天接去工地。工资则是每天结清，许多建筑工人更喜欢这种方式。2004 年 3 月丹夫夫妇结婚，结婚不到一个月，他们就一起到哈尔滨“站岗”。

在哈尔滨时，丹夫夫妇曾与程湾部分泥工住在新发屯，这是一个泥工聚居地，基本是平房，据说多的时候大约住着两三万泥工，大多一个人或一家人住着一间房，早餐在外面吃，中餐在工地吃，晚餐回到住处自己做。到了冬天，当地建筑工地停顿，房子不用退租，业主也不收钱，他们锁上门回家，等第二年春天回去继续住。在这里，有同乡租下厂房，楼上楼下开起牌场和代销店，但经常有吃黑者来这里收保护费，首先找这些牌场和代销店开刀。这里也经常打群架，一些人为了干活，不时争抢施工工具，或者多拿施工工具。

租住民房时，是丹夫夫妇的幸福日子，相对比较安定，与亲戚合租一个套房，他们两人住着一间房，每月租金约 200 元，没有家庭的人则住通铺。

建筑行业流动性大，人跟着项目走，工程做到哪人就跟到哪，住不好，吃不好。丹夫说很厌倦这种漂泊无定的生活。一个工地往往做半个月、一个月，长的三个月，也曾有过一个工地做了 5 个月。

很多时候，他们就住在工地上的活动板房里，一间 16 或 18 平方米的活动板房，住着 6 对夫妻，都是亲戚，每家只有 3 平方米，各摆一张床一张桌，床与床之间用一块布围住，晚上钻进床铺就睡。住活动板房也有好处，不用煤气，全部用电，水电费全免，还供应免费饭菜，只是免费的饭菜不好吃，许多家庭自己做菜。丹夫与双胞胎兄弟两家四口一般住在一起，一起做菜。

丹夫回忆起单身时在哈尔滨的工作，当年一个人在外，生活没有规律，完成一天抹灰任务后回到住处，往往连饭都不想吃就倒头睡下，衣服也懒得脱，脚都不洗。因为没人做饭，食堂的饭菜又差，实在没有胃口。

丹夫说起 2005 年左右在哈尔滨得的那场病，至今心有余悸。丹夫在哈尔滨双鸭山一处工地，干了一个月，在打混凝土的钢模板上睡了半个月，盖的是薄薄的棉絮，后来发现出现黄尿，腰疼，不能喝酒，每天没精神，到医院检查，被诊断为黄疸型肝炎，中秋节后转回家乡应城医治，医生说是潮湿引起的，幸亏回来得早。

这些年，小玫跟着学会了抹灰的手艺，可以当半个大工使用。一般是上午两个人一起做，下午小玫先回住处做饭，丹夫回到家后就有热饭热菜，晚餐喝点小酒，人顿时有了精神，也不感觉很累了。

丹夫夫妇最担心的是欠薪，很多时候是工资被包工头押着。包工头留住工人的主要手段是押着工资不发，一般到春节回家过年时，才将一年工资一次性打到卡上。2012 年在唐山迁安市一个工地上，他们曾目睹一场讨薪者遭打事件。当天上午，一拨四川建筑工拥进办公室，向二包老板斗狠，讨要被拖欠的工资。下午，他正在楼上施工，看到二包老板请来的人，冲到活动板房的办公室旁，拿着很粗的钢管殴打讨薪的四川工人，有的人被打破头，有的被打伤腿，有的躺到地下痛苦不堪，还有人专门砸东西。当天重伤 2 人，轻伤 3 人。后来警察来抓人，调查发现工程存在层层转包。甲方给了工钱，但外包老板想拖到过年给，称“没到给钱的时候”。

偶尔看到小玫的双手，手心起满老茧。小玫说起初入工地的日子，一双白嫩的手打满血泡，听起来就让人心痛。

建筑工是一份年轻的职业，对工人体力要求特别高，每天工作时间长达 10 多个小时，经常 20 多天不休息，抹灰厚度达到 2 寸，那么多沙要抹到墙上，一天下来腰酸背疼。丹夫感觉身体大不如前，他说，泥工到 30 多岁就感觉有些吃力，他这辈子也不想再干这个活，准备像大哥一样，找个工厂的工作，宁愿工资低一点。

享文：小学毕业的他在一所知名大学工作

享文和太太在武汉一所知名大学工作几年，2000年出生的独生子就在大学对面一所著名中学就读，大学的所有公共空间，包括图书馆、饭堂都向他们开放，这些信息叠加到一起，让人对他们的生活充满想象。

享文是我的邻居，比我小，1.75米的个头，生得仪表堂堂，面目含笑，开心时乐得一脸天真。也许正是这种惹人怜爱的特征，让仅有小学学历的他，在人生路上总不乏信任。

他们家房子就在我们家右前边，墙与墙的距离只有两三米。一直到离开家乡外出求学前，我们几乎天天见面。后来享文到镇上学了理发手艺，不再像村庄理发师那样剃永远的大平头，他会用花花绿绿的卷发棒，我曾把他当作自己的专属理发师。如今，他们夫妻是那所大学的专职理发师，理发场所及住所都是大学免费提供的，我挺为他们高兴。

大年初六，享文一家参加侄子的婚礼，之前我就和他约定，第二天我开车去武汉，顺道送他们一家回单位。可当天下午3点左右婚宴结束，许多客人都在寻找有车的同行者，急不可待地赶往各自的工作地。享文找我商量，能否提前一天到武汉，因为大学方面催他回去，有老师急不可耐要理发。我没有做好当天去武汉的准备，但不想让他们失望，爽快地答应了，载上他们后，赶到我家匆忙取了随身行李，冒着雨雾驶上高速路，凭借导航的指引，奔武汉而去。

20多年前我曾在武汉学习，因为工作的需要，经常到省教委出差，对武汉也算熟悉，1994年麻雀南飞时，还曾在武汉的同乡处过夜，从这里踏上南下的路。可那时都是坐车或搭车，而今的武汉，在“满城挖”之后，已经变得面目全非。

从琴台大道过琴台立交时，夜幕中我的车驶上了左转道，担心变换车道被密布的电子眼拍到，本该直行上武汉长江大桥方向的我，被迫左转往江汉桥方向，然后一下迷失了方向，希望折回去重新上武汉长江大桥，因为那里是我对武汉最深的记忆，也是当年唯一的过江大桥。没想到，接下来的行程里，享文对道路懵懵懂懂，他的儿子却成了成竹在胸的向导，他指引我一路前行，选择路口和拐弯车道，驶上武汉长江隧道，这是我走后10多年新修的穿江隧道，2008年底才试通车。我对这个孩子佩服起来，突然起了好奇，一个从乡下到武汉读书才几年的孩子，怎么对武汉的道路这么熟悉?!

后来在这个孩子的QQ空间里，发现他将姓名汉字拆解后做了QQ名，“说说”已经有几千条，每天都有更新，最关注的是NBA。他转发了一张被广泛转发的乡间烤红薯照，文字说明是“敢承认自己是农村人的孩子就转走吧（不敢承认的就不用转了）”，也许是这张照片的说明唤起了他的乡村记忆。他在乡下读完幼儿园和小学2年级，后来转到父母工作的大学附近就读，后来的生活与城市孩子没有太大区别。

晚上7点多钟，饥肠辘辘的我们终于抵达目的地，我们的车不需要登记就顺利开进校园。他们的工作地点兼住处位于党员群众服务中心2楼，大楼是新的，入口处挂着“理发请上2楼”的指示牌。因为还没开学，楼内没有开灯，上到2楼，摸黑穿过长长的走道，走进他们的工作间。房间大约有 20 平方米，非常拥挤，右边贴墙摆着一张洗头床，靠门口放着两张理发椅子，椅子过去一个玻璃柜装满物品，柜门被撑开一条大缝，从柜子到墙壁处拉着一条白布帘，将里面的空间隔断，里面摆着一张床，帘子外面贴墙摆着一张深色折叠式沙发床，他们一家三口就挤在这逼仄的空间里。

这间屋子里找不到做饭的灶具碗碟，我有点疑惑。享文带我从屋外的开放式空间转入开放式阳台，指给我看阳台上的灶具，我看到的是一片摆放无序的杂物，用白色雨布遮着雨，灶具在其间很不起眼。

享文说起过去的旧楼有些怀恋，那是他过去几年工作和生活的场所，有 2 间房，外间作为工作间，里间作为生活间，像一个家的样子。2013 年搬进了新楼，面积减了一半，工作间与生活间难以兼顾。

说起过去的旧楼，享文对过去的老干处长充满感激。到该大学之前，他在大学附近一家酒楼当保安有 4 年时间，老干处长接待较多，是那家酒楼的常客，享文发现了规律，经常给老干处长留一个专门车位。天长日久，老干处长对享文起了好感，时不时跟他寒暄几句，知道享文和太太都有理发手艺。2010 年，老干处长向享文提出，帮他们在大学里安排一个理发屋，专门给老师尤其是退休老师理发，校方免费提供场所，只是限定理发价格为 8 元。这份安排大大超出了享文的预期，令他激动不已，理发屋很快开起来，随后在校方帮助下将孩子也从农村带到武汉就读小学。

让享文有些忐忑的是，关照他的老干处长 2013 年 10 月退休了，恰好理发屋搬迁并减少一半面积，一家人的生活间没了。服务多年的退休老师多方为他争取，但能否免费给他们一个住的地方始终是未知数。享文更担心，若校方连免费理发点也换给别人，他们就只能到校外自找营生了。

享文比较担心那种漂泊无定的流浪生活，一则因为正在读初中的孩子需要一个稳定的环境，而以他们目前的经济能力，难以在武汉自己开店，也难以在房价高昂的武汉自己租房。二则因为自己是一个极度恋家的人，不想离家太远。

享文告诉我，到武汉前一直在广东打工，从 19 岁开始，直到 37 岁，共有 18 年，但每年都辞了工回家过年。我表示不解，他给出的解释令人难以想象。享文说："一到过年，看到别人买票回家，我就想回家，几天几夜睡不着，人看着就瘦下来了，工作的单位都不同意我请长假，我就辞职。回家看一眼就舒服了，但休息一段时间后，又有点后悔把工作辞了，只好第二年再去找单位。"

问享文工作过多少单位，辞过多少职，他都记不清了，也说不清工作的单位名称。

他记得到广东工作的第一家单位是广州一家发廊，工作了半年。像当时不少发廊一样，有小姐拉客。那些拉客的小姐与客人谈拢后进到里间，享文专职理发，坐在外面看电视，客人需要剪头发就剪。享文当时工资是 900 元，比外面的工厂高得多。

年底辞职回乡过年后重新回到广州，享文换了一份工厂的工作，每个月工资只有 200 多元。

享文说他到广东那么多年，只带一张身份证，不开具其它证明。我好奇享文如此频繁地更换工作，如何能在当年必须凭身份证、务工证等证入厂，工作极端难找的广东顺利找到工作。享文说，自己进厂没有被要过其他证明，有时连身份证都不看就直接入厂，基本上是一到广东就直接进厂。不过，他进的都是小厂，从来不进大厂，因为知道大厂不好进。

也许是婚姻和家庭最终改变了享文。30 岁那年春节前，享文照例辞工回家，先到在武汉的三姐处休整几天。那一年，在武汉做理发师的外甥女将同事带到家里，介绍享文与她认识，享文当时也没往心里去。几天后，享文回到老家农村，没想到的是，这个女孩随后就赶到了他家里。当年，他们就结婚了。婚后，享文继续到广东打工，与新婚的妻子过起了两地分居的生活。但随着孩子出生、长大，家庭负担越来越大，自己打工的那点积蓄多数花在路途上了，家的牵挂让享文最终结束了在广东流浪的生活。

享文夫妻现在的生活紧张而忙碌，难得有休息时间，每天 8 时 30 分开门，有时到下半夜 2 点才结束。妻子手艺好，擅长给年老者刮光头、刮胡子等细活，享文擅长卷发、染发、烫发等时尚活。有时理发厌倦了，享文会一个人跑回家休息几天，把活扔给妻子一个人。

当天晚上，享文一家请我在家附近的一家酒楼吃饭，临出门前，享文的妻子拎出一袋馒头，是年前回家前从饭堂买回来，准备带回家的，但走得匆忙，将馒头忘在了屋里，回来后找出来时已经发霉了，只能扔掉。享文妻子吩咐他将馒头拎到楼下垃圾桶扔掉，并嘱咐他将装馒头的垃圾袋拿回来继续用。

这是一个节俭的三口之家，看得出他们的拮据。

享文在老家的房子已经破败。在家的日子，跟享文一道回到废弃的旧屋跟前，享文说起自己的愿望，希望到一公里外的镇上找一块宅基地，盖一栋像样的房子，给自己和家人一个安定的家。

安迪：儿子在武警部队当了“逃兵”

春节回家见到安迪和他的儿子，聊起来得知，他在我工作的中山工作几年了。儿子比安迪高过一头，长得帅气。我以前没见过安迪儿子，提出给他们父子拍个合照，安迪贴近儿子，很开心地笑了，但任我几次逗笑，安迪儿子都不为所动，双眼警惕地望着镜头。

1995年出生的安迪儿子是武警出身，2011年曾在上海服役，也许是武警部队的经历，练就了他一双鹰眼吧？

节后回到中山，在安迪的工作地大岑有一个老板的女儿结婚，我下午提前去贺喜，顺道看望安迪，安迪和妻子在这里亲戚的工厂打工。

安迪租住的房子就在大岑主干道成业大道边上，两家商场超市激烈的音乐和促销吆喝在巷口也能听到。

我跟着安迪上楼。他租住在一栋4层楼的顶楼，从边上楼梯上去后，每一层是一排同样规格的单人间，每间房大约10多平方米，配了一间洗手间。安迪租住着楼梯口一间。租屋房门右侧贴墙放着一张高低床，顶上放着杂物；正对门口墙边一个小柜子上面放着一台旧电视机，属于淘汰型老款；迎面朝窗是一个长条洗手间，右角摆上了灶具和简易桌子搭起的灶台和案板，但看不到蹲厕，可能被厨房覆盖了，我不好追问；房间晾衣竿上挂着家乡腌制的腊鱼、腊肉、香肠；左角是这个家庭最时尚的一块，墙角放着一台小冰箱，靠窗位置一张小桌子上放着一台黑色电脑。

这台电脑与居室的简陋极不相称，我调侃安迪如今也玩起了时尚。不想，安迪的话匣子一下打开，一连声抱怨儿子太不听话了。

原来，电脑是儿子的，这已是儿子的第二台台式电脑，以前的电脑在另一个租屋里被盗。现在放电脑的位置，以前安放着儿子的床，电脑摆在墙角凹位。儿子走后，他们将床收起来，将简易电脑桌和电脑挪出来。安迪不会上网，偶尔用电脑看看电影。

妻子比安迪早一年到大岑打工，那是 2007 年。一年后安迪追随妻子到大岑的亲戚工厂里打工，做的是玻璃厂磨玻璃的工作。2009 年，安迪将初一没读完的儿子带到了大岑。

安迪儿子应征入伍是自己的决定，但前后只服役了半个月，就当了“逃兵”，理由是生活不习惯。安迪至今想不明白，儿子自己选择入伍，最早被安排到新疆当武警，后来家里托人帮忙，出发前改到了上海，吃的是跟家里一样的白米饭，怎么就生活不习惯呢？

那一年，16 岁的儿子瞒着父母回村应征，等村里告知安迪喜讯时，安迪才知道儿子做了这么重大的一个决定。安迪有点为儿子高兴，专程将儿子送到上海。不料，儿子到部队不到半个月，部队的电话就打过来，打电话的是指导员和排长，说是安迪的儿子自己打了申请报告，强烈要求离开部队。部队要求安迪到部队接回孩子，而且要跟当地人武部人员一起去，才能将孩子交给他。无奈之下，安迪去了部队。临离开军营时，排长将安迪父子送出很远。排长是上海本地人，很喜欢安迪的儿子，一直希望他能留下来，知道人远在异乡不免思家，还邀请安迪的儿子周日休息时去他家，到市场上走走，想吃什么就买回家，让他妈做。

安迪一直很懊恼，本来指望部队将儿子管起来，治一治儿子身上的野性，而且儿子度过 3 个月艰苦军训后，就会被安排到机场执勤。他说，是网络游戏害了儿子。

小学 4 年级之前，安迪儿子在村小学上学，安迪每次遇到儿子的班主任，班主任都夸他儿子成绩好。变化出现在儿子上 4 年级那一年。因为撤点并校，村小学关闭了，所有学生转到离村 2 公里外的镇中心小学。每天清晨，安迪骑着一辆破单车出门做泥工，顺道把儿子送到学校门口。但一次次，儿子的班主任电话打给他，说孩子没到学校，安迪不解："早上明明把儿子送到学校门口了。"安迪中午抽空赶到学校，但找不到儿子去向。晚上回家拷问儿子，儿子终于承认"在网吧"。网吧在镇电影院内，与学校只有一两百米距离，儿子迷上网络游戏后，再也无心向学。于是，安迪开始了与网吧争夺儿子的拉锯战。往往正在干活，突然接到老师五六个电话，要他去一趟学校。处理方法是，儿子先向老师写检讨，等家长到了之后，要求家长写下保证书，保证加强对孩子的管教。安迪比画着说，后来老师拿出厚厚一摞检讨和保证书，都是儿子的，差不多有一尺厚。安迪一次次接到老师电话后，赶到网吧捉到儿子，一顿责骂后，儿子满口答应"不再去"，但一转身就忘了。

到后来，安迪儿子不敢逃学了，就在班上恶搞胡闹。被老师安排在最后一排的儿子，不时在后面顶着书烧纸玩；老师背对学生板书时，他就转过身将屁股对着讲台，闹得教室里不得安宁，班主任都不肯要这个学生。升了初中后，安迪儿子似乎更无心向学，初一下学期上了 10 多天学，安迪儿子就放弃学业，跟着父母去了广东。

一到广东，父母就给儿子买了电脑，儿子下班回到家，就蹲在电脑前。后来一个人在家上网觉得不热闹，就到网吧。认识的人多了之后，儿子就经常不回家。

儿子对工作也越来越不上心，这家厂做几天，那家厂做几天，什么工作都做不长。做轻松的工作就闲得无聊，换个忙一点的工作就喊累。安迪有时想教训一下儿子，在家里跟儿子动起手来，却被儿子一把推倒，他已打不过儿子了。

到后来，儿子干脆不出去工作，在家一天玩到黑，整日守在电脑前，电脑 24 小时不关机，出去玩的时候也将电脑开着。夜深了，父母叫儿子睡觉，但儿子不肯，安迪不免抱怨："你不睡我们要睡啊。"他们一家三口共处一室，儿子不睡觉，意味着父母无法安睡。

安迪妻子算了一笔账，没有儿子在身边的日子，房租每个月 280 块，加上水电费，大约 300 块。但儿子在家的日子，一天到黑开着电脑，一个月房租水电费经常达到 600 块，一个月用 140 ~ 150 度电，比安迪夫妇多用三四倍。安迪夫妇做过试验，发现电脑耗电量很大，比电视耗电量大得多。房东说，只有安迪家的电用得最多。

2013 年，安迪的儿子要求回老家学习厨艺，安迪给儿子买好车票，让他回去。安迪儿子到孝感找到一家酒楼学厨艺，包吃包住。3 天不到，儿子就来电说没钱了，说玩掉了。安迪不肯再给儿子钱，儿子转头找在武汉打工的姐姐。姐姐家从事送快递业务，家里有一辆送货的车。接到电话求助后，姐姐和男友当天开车赶到孝感找到他，给他 500 块钱。过了两三天，儿子又给安迪打电话说没钱了，说要请人吃饭。安迪想想儿子学艺，请师傅吃吃饭也是应该的，就委托在村里的族亲，临时垫付 1000 块钱给儿子，由儿子当天回村拿。之前，安迪开了一个存折和一个借记卡，将卡留在家里族亲处，家里急用钱时就找族亲帮忙取款。安迪夫妇对儿子的大手大脚非常不解，他们不理解，包吃包住的儿子，不到一个月找家里要了 2100 块，一年下来，儿子从家里拿了 8000 块钱。

2014 年春节前，安迪夫妇回到家，儿子当晚从孝感回家相聚，说要买手机。安迪知道儿子以前经常摔坏手机，有时一个手机用不到一个月，有时手机不知道丢到哪里了。第二天，安迪跟着儿子到邻县云梦，儿子盯着要小米 2 手机，别的手机看都不看，他当天给儿子买了一部，带去的 2000 块找回 13 块。

之前，安迪的儿子通过网络找了一个在南京打工的女孩，这个女孩到村里去过两次。

2013 年端午节前，安迪的儿子还在大岑，但不跟父母住在一起。端午节那天，安迪在家做好饭，等儿子过来，但电话不通。他找到儿子的租屋，只有同租的同厂男孩在，这个男孩说，好像个把星期没看到安迪儿子了。安迪找到厂里问跟儿子一起上班的人，说是请了假，说要回老家跟女友过端午。安迪没有办法赶回家，只好委托哥嫂在家招呼女孩。

后来，儿子给安迪打电话，说回家把钱用完了，没有钱回程。

安迪希望儿子的女友劝劝他，但儿子的女友似乎跟儿子的感情转淡了，只是支吾过去。

有一段时间，儿子似乎失踪了。安迪说，打儿子的电话，永远是提示"正在通话中"，他怀疑儿子将他拉进了黑名单。但儿子偶尔也有电话打过来，那是向他们要钱的电话。

当晚 7 点多钟，朋友婚礼的电话催过来，我匆忙与安迪夫妇告辞。摸索着走出租屋，20 分钟后步入位于当地最好酒店的婚礼现场，眼前有些恍惚，好像经历了一次时空转换。

安迪的儿子已经成年，早晚要担起生活的担子。我希望，安迪的儿子也有一场这样郎才女貌的婚礼，那该多好！

月生：我这“胶囊旅馆”恐怕开不长久

正月初三在族亲家拜年时见到族兄弟月生，聊起近况，知道他又转行了，不再做送气生意，改做小旅馆，他成了武汉媒体经常关注的职业二房东。我有点好奇，一套120平方米的房子，如何被隔断成有“胶囊公寓”之誉的小旅馆。我跟他约好，过几天到武汉走访，就住到他的小旅馆里。

初六晚上，我送邻居享文一家回工作的大学后，冒雨驱车去月生处。他在协和医院门口接上我，拐到中山公园后门，他的2间小旅馆就在公园对面小区入口处不远，位于相邻的两栋楼。这是一个旧小区，没有保安，也没有地下停车位，车辆多骑着路坎停在路边，也有车辆冲上路坎停到门前。

月生的两间小旅馆门前都没有地方停车，月生撑着伞下车，与隔壁一家旅馆老板招呼一声，将门前一块长约1米、宽约60公分的水泥板挪到灯箱广告边，看得出这是一块用来占车位的水泥板，平时放在门前阻挡车辆停放。我将车倒入路坎上的空位，随月生走进正对路口的那间小旅馆。

小区里看不到路灯，因为已近晚上10点，灯光微弱，只有几家小旅馆门前的灯箱店招和灯箱广告亮着。单开玻璃门上“住宿请进”四个大字与店招字号差不多，透着热情。大门上方挂着灯箱店招，写着“××出租房”，下面标注单间、双间、电脑房、钟点房。门口各立着一个差不多齐人高的灯箱广告，“住宿”两个字占了绝大部分。仔细观察发现，灯箱广告没有固定在地面，而是用几个水泥块压住底座。大门上方隐隐约约看到一个上翘的雨棚，为客人遮阳挡雨。

月生告诉我，这是小区第一家小旅馆，选择了正对路口的一套房，是别人装修好后转手给他的，共有 9 间房，他付了 18 万块钱，相当于每间房 2 万块钱。这家小旅馆 2012 年 4 月 1 日开业，由妻子在这里打理，那时他还在做送气生意。这家小旅馆开起来后生意不错，每天客满，不断有人效仿，现在小区里开了约 30 家同样的小旅馆。月生的第二家小旅馆是 2013 年开的，租下一套 120 平方的房子，自己装修，比第一家小旅馆便宜了几万块钱。现在，他的两家小旅馆年租金 8 万块钱，是一笔大开支。

拉开迎面那家小旅馆的玻璃门进去，一条长廊抵达尽头，两边分立着 9 间房，门口左侧一个凹位算是厅位，靠里有一个小间，开着一扇窗，边上手写三个红字“值班室”。房内只能摆下一张小床，高处隔板上面堆放着床单、被套，枕套，挂着一大串衣架，月生妻子住在里面。迎面墙上贴着标注“旅店业”字样的创文公益宣传画和打印的注意事项。

因为还在假期，客人很少，这边住了 5 个客人，另一边住了 3 个客人。当晚，月生安排我住进另一家小旅馆，特别选了一间有窗的房。房门左侧贴墙摆着一张床，床头上方设计成一个壁柜，放着折叠式电脑台和网线；房门右侧墙上钉着一排衣帽钩；迎面墙上挂着一台小屏幕电视，下面右方凹位夹着一块纤维板，上面放着机顶盒和遥控器，隔板底下放着一个简易床头柜，上面摆着劣质毛巾和洗漱用品。里面一道玻璃门进去就是洗手间，蹲厕上方挂着淋浴头，右侧立着一个简易洗手盆，没有台子，上方贴着一面镜子，打开水龙头洗手，突然发现鞋边湿了，原来，装修师傅忘了铺下水管，水直接从地面流向蹲厕，月生没有再返工。后来打开被子，发现被子有点短，半边脚露在外面，需要缩着腿。好在房间装着空调，尽管外面寒气逼人，但房内非常暖和。

看得出来，这是一个因陋就简的小旅馆，一切都是为了最大限度节省开支。跟月生聊起先前那个小旅馆有些陈旧，地砖多有破损，墙皮脱落，卫生间玻璃门有些发黑，月生说有意翻新，但算了一下账，每间房翻新加吊顶需要 1 万块左右，感觉有些不划算，就搁置下来了。

当晚在值班室门口，听着门外淅淅沥沥的雨拍打着雨棚和地面，听月生讲述 20 多年里做小生意的经历，我想象着他骑着摩托车，穿行于武汉的街街巷巷，联想起过去给我们家送气的人，再看看坐在小旅馆门口悠闲地抽着烟的他，我知道，他一定是太累了。说起选择小旅馆行当，月生有些满足。

月生以前做过很多小生意，早年他们家在镇上卖豆腐，后来他出外做过货郎，批发过小百货，但做送气生意最长。早在 20 世纪 90 年代就随族亲到重庆万州开店送气 3 年，当年在山城模样的万州，他靠着一辆自行车爬坡送气，个中辛酸可以想象。就是这样一份小生意，也因三峡移民而日渐萧条，后来转到武汉继续老本行，中间换了不少地方，不时转了店子改行，但只有送气生意给他带来较稳定的利润。

他说，近些年，越来越感觉身体吃不消，因为武汉楼层高，背着煤气瓶上下楼比较吃力，想找一个轻松一点的活干。早些年他的一个亲戚开小旅馆，那时价格便宜，开的是通铺，环境设施蛮差，一个人一晚上只收几毛钱到一块钱。前两年，他发现部分同乡转了送气生意，改做小旅馆，甚至有人开起了像模像样的旅馆，决定模仿同乡自己开一家。

月生的小旅馆地处闹市，人流量大，不需要打广告，宣传单都不用，客人寻着招牌而来，回头客较多。

他的小旅馆没有员工，由两夫妻各守一方，迎来送往，打扫卫生，清洗床上用品都是自己动手。他们也没有在外面额外租房，每天吃住就在小旅馆内，当时分别在读大学和高中的孩子都住在学校，偶尔回家小聚，就住在自家小旅馆里，只是孩子回小旅馆的次数越来越少，待的时间也越来越短。

周边小旅馆的价格相差不大，月生的小旅馆，一间房一天的价格是 40 元和 50 元，双人房价格 70 元，钟点房价格 30 元。客人多是到武汉出差的人，还有到这里找工作的人、节假日出来旅游的人，也有分居的一方到武汉看望丈夫或妻子，晚上到小旅馆团聚。月生算了一笔账，两个小旅馆若客满，每天的流水大约 1000 块，除去房租水电气和洗漱用品等开销，一天能有一半利润，比以前的送气生意强一点，也比送气生意轻松一些，只是需要 24 小时守在旅馆里，晚上经常被客人叫醒，睡觉不是很踏实。

月生的小旅馆接触了形形色色的人，遇到过不少揪心的事。他们给自己立了一条规矩，看相貌不好的客人不接待，喝多酒的人不接待。

一天深夜，来了两个年轻客人，一个客人扶着另一个醉酒的客人进来，月生不肯接待，没醉酒的客人说自己留下来照顾。月生将醉酒客人安置到房间不久，没醉酒的客人给了 50 元房钱就走了。月生妻子不放心，担心客人出事，将月生叫起来，打开房间，将客人拍了两下，客人仍一动不动。再看看客人手机扔在床上，已经摔脱。月生妻子将手机拼起来，找到一个号码拨过去，接电话的是客人的姐姐。凌晨三四点钟，客人的姐姐和姐夫打的过来，唤不醒弟弟，姐姐一怒之下打了弟弟几耳光："你知道我是哪个?"客人醒过来后，他的姐姐和姐夫对月生夫妇千恩万谢，叫来的士将弟弟接走。

有客人住了没钱给，等于白住了，甚至有客人借了钱一去不回。有一次，一个客人住了两天，刚开始给房钱很爽快。到了第三天，客人对月生妻子说钱没打过来，没有钱吃饭，将手机押在旅馆，借去 200 块钱。又住了两天，客人要走了，说钱还没打过来。月生看客人一部烂手机没什么价值，将手机还给客人，让客人走了。

月生的小旅馆与同类旅馆一样，没有证照，属于无照经营，没有正规发票，经常收到取缔的威胁，有关部门多次提醒可能要清理。在武汉，小旅馆和小网吧、小浴室、小美容美发厅、小歌舞厅一道，被称为“五小行业”，面临不确定的命运。2013 年 11 月，武汉市创卫督查期，月生的小旅馆被限令关门一周。

月生不知道取缔令会不会颁布，也不知道这个行业还能生存多久，不敢扩张小旅馆。他说，我这小旅馆恐怕开不长久，有关部门已经打过招呼。如果被取缔，就意味着月生的装修打了水漂，还可能要为房东恢复房屋结构，那损失可就大了。他说，正琢磨着找一个有证的旅馆，做一点正规生意，结束这种战战兢兢的生活。

第二天一早，天还下着雨，吃过早餐后，月生目送我离开。我借着白昼，将旅馆门口看了个真切，雨棚下挂着许多毛巾和几件衣服，靠墙放着一张棚子床垫，床垫上沿晾着几双鞋，床垫与墙的空隙里放着几个塑料盆，门前摆着打扫用的扫把和撮箕，显得有些凌乱，就像他们一家四口现在的生活状态。

离开月生的日子，我常常想起月生夫妻的小旅馆，想象他们隔着窗口让客人登记身份信息，给客人铺床叠被做卫生，甚至想象小旅馆被取缔时他们无助的眼神。

腊子：一个装修项目，公司拿走36%装修款

找装修公司装修房子，您得到的是省力省心的服务，但您将付出什么？一个项目经理的行业揭秘，着实让我吃了一惊：在武汉市，装修公司提取的总费用是36%。

这个项目经理是我的族亲，唤作腊子，年龄比我略小，按照辈分，他是我的孙辈，从事家装行业有30个年头了。

腊子在镇上居住，我们许多年未见。正月初九晚上，在镇上一家牌场外与主人闲聊，主人是同村人，邀我去家坐坐。我素来对牌场比较抵触，但禁不住主人好意，也对牌场好奇，遂跟着主人走了进去。

迎面碰到一个额头光光、身材瘦削的中年人，惊喜地招呼我。我一时没反应过来，迅速搜寻年轻时的记忆库，突然忆起他，不觉起了愧疚。我早知他在武汉做装修，正想找他谈谈，但牌场不是访谈的地方。遂跟他约定，第二天到他家去谈。

次日上午，我如约来到他家，一家人已经将屋子收拾干净，随时准备启程回武汉工地。一个由泥工、木工、水电工、油漆工四个工种10多人组成的班子正在等他，装修的业主急着开工。

腊子算是这一行的老行尊，早在1985年，他就跟着师傅学木工手

艺，这一学就是两年。开始时他在邻镇东马坊一家作坊做办公家具，各式办公家具五花八门，白天晚上连轴转。那时年轻不知道累，也练就了他的十八般武艺，斧刨凿锯样样精通。

学艺后的最初几年，腊子以就近做乡活为主，就是跟着师傅走村串户为家庭做木活，多是给出嫁的女孩做嫁妆。腊子记得 1989 年结婚那年，做一天乡活的价格是 5 元，主人家包吃喝，一般上午 8 点开工，做到晚上近天黑约 6 点收工，喝完酒后骑着单车回家。

后来，他跟着附近包工头到武汉，几个人站在马路边揽活，与中建三局二公司装饰公司挂上钩。有一次接到一家投资银行的大活，做了半年，每天工钱涨到 18 块。到他们随公司到上海做一个银行工程时，工钱涨到每天 40 块。

20 世纪 80 年代末，木工并不吃香，乡活也不稳定，时有时无。有一段时间，腊子放下木工工具，加入货郎行列，走村串乡卖布。卖布需要几百块本钱，先到汉正街打货，然后深入省内外偏僻山区叫卖。本钱不够，他向乡邻拿了月息 3%的利钱。

一次背包被割开、货款全部被盗的经历，让他刻骨铭心。

那时，货郎流行在腰间系一个自制的钱袋，钱袋中间有一个拉链，出门在外时钱不离身。那次，他带着几百块货款，与同伴到汉正街打货，钱大多是高息借来的。那一次，他破例将钱放在了背包里，买货时发现包底穿了，被割开一条约 20 公分长的口子。打不了货，只能与同行的人一起回来。

这次教训，让他在后来的装修生涯中格外小心，尤其在担任项目经理承接项目后，他要经常踩着单车、开着电动车，随身携带万元左右现金，辗转于建材市场购买建筑辅材，稍不留心就可能被盗，随身携带的现金甚至超过一个项目的全部利润。

在负责项目的过程中，腊子有过一年丢失 3 辆电动车的记录，而一辆电动车的价格是 3500 块。

说起从站街木工到项目经理的人生转轨，腊子说，这得益于他的木工手艺。因为工艺精，他参与的装修项目，往往以木活见长，也凝聚了一个独立的班子，老板经常安排他们几个人一起做，专门承担重要客户的木活。

2007 年，公司第一次将一个项目的木活包给他，他成了没有正式名头的项目经理。第二年，他升任公司项目经理，开始独立承担整个装修项目，腊子需要自己请人，自己购买建材。

真正了解装修行业是在担任项目经理之后。第一次承揽木工工程时，公司提取的总费用是 22%。现在在武汉，一个装修项目，装修公司拿走的总费用是 36%，也就是说，项目经理要以 64%的费用将整个工程做下来，包括材料费、工人的工钱和自己的利润。

腊子手下的工人跟装修公司不直接联系，只有他与公司挂钩。作为项目经理的他，终日奔波在建材市场，油漆、乳胶漆、水管、电线、水泥、沙、人工、木工的板材、钉子、衣柜板材、吊顶的石膏板，他都要按照品牌单按图索骥。他说，以前有过掺杂使假的情况，像乳胶漆就用过冒牌，但现在不这样了。他说，很多客户是装修二套房、三套房，项目经理的猫腻一旦被发现，就等于自砸饭碗。而且，因公司费用提取比例高达 36%，项目经理的利润少得可怜，对于项目经理来说，更重要的是在客户中建立口碑，让客户介绍客户，项目经理自行接单，就可以省下公司提取的费用，既可以为客户省钱，又能为自己赢得一点利润。他透露，自己现在一年能装修 20 多套房子，除挂靠公司的单外，有七八套是自己接的单。一年下来，毛收入能有 13 ~ 14 万元，但家庭开销少不得 6 ~ 7 万元。

腊子作为项目经理，业务应酬多，喝酒的事在所难免，腊子自称能喝半斤酒。一次喝酒的经历差点要了他的命。

那是 2010 年，他们正在装修一套房，房东热情地请他们喝酒。酒后他出现胃出血，拉出来的大便是黑色的，一连 10 多天，天天去医院打止血针，脑袋像鸡爪在抓。妻子 2005 年曾经做过宫颈癌手术，后来在家休养两年，害怕腊子也像自己一样患上癌症，更怕家庭的支柱倒塌，毕竟他们还有两个正在读书的儿子。那时，妻子经人介绍，正在汉口一个单位做保洁，腊子病倒后，她吓得做不了事，蹬着单车到处跑，无奈之下向单位写了辞工书，工资还被压了一段时间。腊子被匆忙送到一家大医院，检查发现贫血到只有 6 克血色素，被要求立即签字输血。治疗一个星期后，腊子才康复出院。腊子回忆起那场病，至今心有余悸，他说，那次可能喝到假酒了，自己平时能喝半斤酒，当时只喝了半杯，不到 2 两，还没有喝完。经过那次教训后，腊子后来喝酒少了，最多喝个二三两就不喝了。

项目经理是个与各色人等打交道的活，个中酸甜苦辣只有自己知道。腊子说。遇到通情达理的好客户很多，最好的客户装修后 1 块钱都给了，体恤他们赚的是辛苦钱。但他也遭遇过刁蛮客户。腊子说，给某重型机械厂的客户装修一套 140 多平方米的房子时，总费用是 7.1 万块，开始的时候客户对他们很好，经常请他到家里喝酒，还分头请各工种人员。施工中，他们住在装修现场，但小区不让住，要他们交押金，办证。房东拒绝交纳，最后还是腊子交了 1000 块钱办了证。但完工后拿着收条底单去退证退押金时，被告知房东已经吵着拿走了押金，称自己条子丢了。工程开工时，按照房东与公司的合同，首期款是 1.5 万块，但房东只肯交 1 万块，就逼着他们开工。完工后欠着 1 万多块尾款，房东又死活不肯给最后的 5000 块，为此，公司扣了腊子3000 块，理由是没查账，没给够钱就开工；设计师也被扣了 2000 块。腊子感慨，这个房东找各种理由扣别人的钱，各个行业都被他扣过，后来都不给他装修了。

近几年，腊子也感觉到装修市场的变化，尤其是人工费上涨较快。以前他们的施工队人员比较稳定，因为都是附近的同乡，合作时间较长，但现在人工比较紧张，人员流动性大，需要人时得多打电话联络。

腊子一家四口都在武汉，租住着一套一室一厅，他们把两个儿子都培养成了大学生。在程湾，将孩子培养成大学生的并不多。腊子的大儿子就读的是江汉大学文理学院机械设计与制造专业本科，2014 年毕业。小儿子 2012 年考入武汉交通职业学院机电一体化专业，2015 年毕业。

那天在腊子家，他们的小儿子也在，一个帅气、健壮、安静的小伙子。

小儿子说起父母，有这个年龄的孩子少有的感恩。小伙子说，看着父母为自己受苦，心里不是滋味，在武汉读书的日子，不时去父母做事的工地，帮着他们铲墙，打墙，运送材料，清运垃圾，有时一天和老妈一起铲 160 ~ 170 平方米的墙。

小伙子也从同学身上看到了农村跟城镇的巨大差距，他说，有的同学初中毕业就出去打工，自己的初中毕业班约 80 人，只有 20 多个人上普通高中，其余 50 多人一部分上了民办学校，直接出去打工的至少有 20 多人。

孩子的懂事，给了腊子夫妇生活信心，让他们常年奔波于灰尘仆仆、噪音刺耳的工地，却总有使不完的劲。

爱华：缺席小儿子的春节婚礼

正月初七是爱华小儿子的婚礼，按照风俗，婚礼前一天熬夜，族亲和村里人到主人家道喜，送上礼金。

爱华与我年龄相仿，他家老宅在我家后面，中间只隔着一幢房子，他是我儿时的玩伴，他的两个儿子我都不曾见过。这次春节回家，恰遇他的小儿子婚礼，自然不能缺席，正好可以见见他。

爱华家有五兄弟，都在山西太原做送气生意，常年不回家居住，家里只有七旬父母。五兄弟都在村里盖了房子，泥坯老宅已经局部坍塌，不能住人。爱华的房子在村子南端，与我们家老宅隔着两三百米距离，爱华父母一直住在他的房子里。房子前面阳台墙上，标注了“1995”字样，清楚地显示了房子建造的时间，这样的标注在乡村并不多见。楼房外墙用麻石装饰，留下了那个时代的痕迹，与当下的瓷砖贴墙迥然不同。那个时代村庄建起两层楼房的并不多见，爱华因为分田到户后就外出经商，小有积蓄，是村里最早一批建起楼房的生意人。爱华建房时我已离开家乡一年多。

初六那天下午，天下着微雨。我闻讯寻到爱华家，鲜红的龙凤喜棚门厅气模立在门前场院路边，场院里停着一辆白色山西牌照面包车，蓝色的餐棚与面包车并立着，从阳台到门前一棵大树之间，拉起了五颜六色的彩旗，从喜棚通往大门和餐棚的路面铺上了深色塑料地毯迎客。这样的婚礼铺排，在村庄算是比较讲究的。喜棚前，一个小伙子穿着灰色羽绒服，斜挎着一个黑色单肩包，正在指挥家里人布置灯饰。待他转过身来，我看到一个年轻版爱华，眉毛比较浓，望着人不开口却盈满了笑，个子比当年的爱华小一点，一看就知道是爱华的儿子。后来知道，他正是婚礼的主角。

走进爱华家，堂屋里坐满了贺喜的人，爱华的兄弟姐妹不时过来招呼，在里间忙着的爱华母亲热情地迎出来，嘘寒问暖。末了，我奉上礼金，他们却婉言谢绝：除了亲戚和一个房头的，其他村邻的礼一概不收。后来随爱华母亲走到后院，想说服他们收下我的礼金，但终于没有得到破例。我理解他们的想法，在我之前，村邻的礼金都被婉谢了，这已成为村庄的新俗，给出的解释众口一词，即常年不在家，没有办法在对方家喜事时回礼。

坐下来与熟悉的爱华家族亲闲聊，半天不见爱华出场，疑惑之间向爱华父母打听，方知爱华没有回来，他的妻子、大儿子一家都回来了，他一个人留在太原的店里，因为店里不能没有人，节日期间还有些重要客户必须保障供气。就这样，爱华缺席了小儿子的婚礼。

但爱华给小儿子的婚礼送上了一份昂贵的礼物。婚前，他帮小儿子在武汉买了一套房，还没有装修。之前，他帮大儿子在应城城区买了一套房，早已装修入住。

这次婚礼，爱华五兄弟 20 多口人大多回村，只留下爱华和老大、老三三兄弟在太原守店。爱华在五兄弟中排行老二，是五兄弟中最早到太原做送气生意的人。夏天回乡那次，我在村庄见到爱华父母，有过一段长聊，他们 20 世纪 50 年代曾与我的父母一起去位于荆州的农场谋生，终日吃住在一块，回来时一起步行一个通宵回家。后来，爱华父亲与我的父亲一起在生产队当干部，两个嗜酒之人常常就着干黄豆和家常小菜喝酒，还留下一个常常被村里人引用的段子。爱华父亲曾酒后吐真言："我喝着公家的肚子痛，喝着自己家的心里痛。"

爱华父亲至今没有改掉嗜酒的习惯，他有严重的痛风，膝关节、脚踝、手指等关节经常肿痛，近些年越疼越厉害，痛起来就要打针，40多块钱一针，但一直没吃药。见到他们那次，他的手都肿了，刚刚打过针。医生告诉他不能喝酒，一定要戒。但爱华父亲有时犯了酒瘾，想喝，往往喝完就要打针。他还说起村子里比他俩更嗜酒但比他们年轻的兽医，没钱买酒时，经常用酒精兑成酒，2011年因肝病去世，大约是喝酒精兑的酒伤了肝。

那天聊起他们家五个儿子的生意，爱华父母满是自豪。2004年，五个儿子相继到太原做送气生意，一直都很团结，相互隔着一站路左右的距离，偶尔因拆迁转换铺子，但相距都不太远。目前五兄弟及其家人都在太原做同样的生意，坐满了有3围。遇到重大节日或家庭喜事，一个电话相约，一家人就到餐厅集合，席开两三桌，倒也亲热。

2011年，爱华母亲去儿子做小生意的地方玩了个把月，很心疼儿孙，儿孙的送气店租的都是小房子，气罐叠起来，大气罐上面叠小气罐，大气罐有人那么高，大罐气分装到小气罐时，味道冲鼻，有时气罐被人收走。儿孙们吃饭时间都很晚，经常正吃着饭，一个电话打过来，就要放下碗筷，给人送气。

五兄弟的送气生意始于爱华，父母对这个儿子格外疼惜，在爱华的屋子里住了十多年。

做送气生意之前，爱华曾常年走村串乡当货郎。爱华母亲说，刚刚分田到户，爱华就出去卖布，每次背着两大包布。后来出去收购金银，常年爬大山，裤子都被乡村的狗撕烂了好多条。爱华出外做生意时，老婆留在家种田并养孩子。后来生下小儿子，就是春节结婚的这个，因为超生，被罚了 500 块。为了躲避罚款，爱华把小孩放在家里，交给父母看管，自己躲在外面做生意，后来回来时被抓到镇上一个集体企业关了两天，加罚了 300 块才放回来。

当年，爱华跟着老乡到太原，发现了送气这门生意，就租下门店，与燃气公司签约，对外派发卡片帮公司送气，赚取差价。熟悉当地环境后，爱华给哥哥弟弟找好铺子，让他们依样画瓢。首先跟着爱华去太原的是老大。最小的兄弟去太原之前，在汉口到处打工，曾跟着施工队修路，吃住在外面工地，把自己晒得黝黑。

爱华最小的弟弟结婚前还有一段插曲，之前，家里为他订了一门亲事，女方要求他建了房子才嫁过去。后来，他在爱华的隔壁建了一栋两层楼房，女方却反悔了，不肯嫁过去，他请女方去太原也被拒绝。见女方变了心，他丢下房子回了太原，后来重新订了一门亲事，但为结婚而建的房子一直闲置。

这些年，爱华兄弟都没有在太原买房，在他们看来，太原不是家，迟早要离开，最担心的是在这里的生意做不长。这些年太原拆迁越来越频繁，店子不断搬迁，如果生意不能做了，就只有回家，但种田是不可能了，要买房就买在应城城区或武汉市。除爱华的两个儿子分别在应城市区和武汉买房外，老大的儿子也在应城市区买了房，老三则将房子买在了武汉。

看得出来，爱华兄弟是家乡情结很重的人。爱华父母说，五个儿子的家人每年春节都回家过年，上一年春节回家过年时，开回了 3 辆车，这个春节开回了 2 辆车，包括一辆送气的货车。

正月初十二在爱华家见到两老，婚礼的装饰都已拆除，家里恢复了往日的冷清，只剩下他们两个。他们说，前一天上午 10 点，一家人分乘面包车和货车出发，当天凌晨 2 点开到太原，货车上装满家乡的腊鱼、腊肉、青菜和行李。春节期间因为忙着婚礼，家乡货是他们给钱让外家帮着买的，他们说家里的东西好吃，除了随身行李外，车子能装多少就带多少。行前，爱华母亲看着满车的土产，还跟儿孙说笑："莫把车子压垮了。"

当天在爱华家见到他父亲走路一瘸一拐的，一问，原来是准备婚礼期间脚被烫了。那天家里煲了米汤，放在地上，爱华父亲后退时没注意，踢翻了装米汤的盆，将脚烫伤了，起了泡。外甥和外甥女婿到邻镇长江埠为他买来烫伤药，搽过药后似乎好得差不多了，但连日忙前忙后磨破了伤口，脚一沾地就疼，移不开步，后来脚又肿了，正准备去医院看看。他们笑着感叹，这些天实在太忙，回家的大人小孩有二三十人，那几天轰轰隆隆，堂屋和房间里站满了人，烧水都烧不及。孩子在外不回家就想他们，盼他们回来，他们也只有过年能回来，回来了又劳神，但他们喜欢这种热闹。

复华：终于说服儿子跟着开麻辣烫店

回到村庄，我最牵挂的人可能要数复华了，不仅因为他与我同龄，是从小到大的玩伴兼同学，还因为我们后来有一个约定：每次回家见面，一定要大碗喝酒，见个高下。

回到村庄向复华的母亲珍伯母打听，被告知很久没有复华的消息了，也许她不想告知复华的去向。

向村里人打听，都说复华很多年没有在村庄出现，据说复华跟兄长去了大西北做传销，几年没有在村庄见到他。

我一直没有放弃寻找复华的努力。2012 年春节，大弟回乡过年，我让他打听复华下落，令人惊喜的是，这一年复华回家了。

我迫不及待地打通复华兄弟的电话，他跟复华不在一起，对复华的工作也不清楚，但他告知了复华的电话号码。我拨过去，听到的是熟悉得不能再熟悉的声音，中气十足的男音，浑厚，清亮，透着热情和惊喜，还不忘提醒见了面喝酒。到这时我才知道，他的兄长在广州开麻辣烫店，他不久前追随过去，做点小吃生意，也就是说，他离我工作的中山很近。复华说："兄弟说你找我的号码，我的号码经常换。前年我不在家，去年才回来，以前搞得不顺。"他在电话里告诉我，将在正月尾到广东，还请我给他观察一下，看有没有小生意可做。我满口答应，期待在中山来一个一醉方休。

复华是住在我家前面的邻居，他们家门口有一棵不知道岁数的皂荚树，堪称村庄第一树，需要两人合抱才能围住。遮天蔽日的树杈和树叶，活像一张撑开的巨伞，拱出地面的树根成为天然的板凳。一直到出外读书前，一有空闲，我们就聚在这棵遮阴挡雨的大树下海阔天空，往往端着饭坐到树下，一聊就是几个钟头，还经常爬到皂荚树上，在海碗粗口的枝丫间穿来穿去，捕捉叫个不停的知了。我们还将形似镰刀的皂荚儿摘下来，取出果子当作肥皂，用来搓洗衣裳，常常好奇皂荚果儿怎么能生出那么多泡泡。

小时候的复华并不强壮，还有些优柔寡断，得了个“忧郁嘎嘎”的绰号。复华的父亲是个屠户，家里一年四季挂着我们羡慕不已的猪大肠猪小肠，这是给人杀猪的犒赏。复华小学毕业后没有升学，后来跟兄长一样学了屠夫手艺，常年在镇上集市卖猪肉。当了屠户的复华似乎不再“忧郁”，而是大大咧咧，习惯了大块吃肉，大碗喝酒，言谈之间添了豪气，这也是我跟他见面即喝酒的缘故。复华每每自鸣得意的是，我这个文秀之人不是他这个大老粗的对手，乐见我一次次踉踉跄跄醉酒而归，所幸家就在隔壁。

他做屠户时，就将房子建到了镇上。大年初一晚上我风尘仆仆回到家，知道复华年前从广州回了老家，决定第二天就去找他。

初二早上出门，经过复华家门口，发现大门紧锁。下午拜年回来，还是不见复华家人。后来托家人去找，直到晚饭过后，复华夫妇才姗姗来迟，原来他们拜年去了，刚刚才回到，已经喝过不少酒。

我迫不及待地想知道他的生意，因为他上一次留下的号码已经弃用，上一年电话约定的中山行也没有兑现。

他带回的信息有点让人振奋，他们夫妇在广州天河经营一个麻辣烫店子，每个月能有一两万块钱收入，春节前刚刚转出了旧店，盘下了一个老乡的麻辣烫店子，随店子一起转的还有一个超市，加起来有 50 平方米。原来的经营者是一家三口，做麻辣烫带超市，但忙不过来，他们的女儿不肯跟着父母做，超市生意又不放心交给外人，就转了店子另找营生。

复华说，接手之前，他专门到店子考察过几天，发现生意比自己原来的店子旺了不少，肯定有得赚。

也许对前些年的不顺有所反思，复华说起麻辣烫生意，似乎有很多感慨。他说："刚出去做生意的人战战兢兢，但稍微出去早一点的人生意不晓得多好，跟在后面跑的人吃亏。就是这个麻辣烫，前两三年出去做的人都赚到钱了。"

复华的兄长先到广州做小生意，看到天河一带麻辣烫生意蛮好，也想自己开一个，就去找麻辣烫店学艺，但人家不肯教他。后来找到复华现在的店子，老板是老乡，对复华的兄长蛮好，告诉他只要找到位置，这一行很好赚钱。老乡随后教会了复华的兄长麻辣烫手艺，让他找个店子自立门户。尝到甜头的兄长随后把复华叫了过去，并帮复华盘下一个店子。春节前，复华与现在的店子经营者谈好，将店子盘了下来。

复华分析了麻辣烫行当，一家稍微好一点的麻辣烫店，一天能有几千块钱流水，利润也蛮高，只是，麻辣烫是一个辛苦活，每天晚餐开始忙到第二天清早 5 点，早上又要备料，过的是晨昏颠倒的生活。复华说，麻辣烫店的关键是找好位置，有一些位置偏僻的店，或者因人流量不足，或者因位置小了施展不开，后来做垮了。

其实，复华更想做一家快餐店，他发现快餐店更赚钱，但好位置不是找不到，就是不让做快餐，转让时也是沾亲带故互转，不熟悉的人一般不会转。接手这个店子前，复华已经找了一段时间，正好这个老乡要转店子。

复华将店子盘下来后运作了一段时间，因为房东不让在房子里煎炒，麻辣烫只能开在外面。复华抱怨，如果能在店子里面煎炒的话，生意会好很多，一个月赚 2 万块钱完全没有问题。春节回乡前，复华的超市还没有开起来，主要是因为没有人手，对超市业务又不熟悉，还没有进货。他说，超市不能请外人，因为售货收钱都是一个人，请的人只能做点简单的活，也不放心把钱货交给外人。

人手成为摆在复华面前的头等大事，他想到了自己的一双儿女，希望儿女跟他们一起做生意，先让儿子去试试，若好的话让女儿也过去。复华自称对超市一窍不通，等孩子去了广州，超市就可以进货，让孩子边做边学，掌握进货渠道、卖货技巧，一步步来。儿女在华东的工厂打工多年，技校毕业的儿子在一家企业工作 6 年，做到管理岗位，一个月能有 4000 多块钱工资，对自己的工作难以割爱。

盘下现在的店子前，复华与儿子有过多次电话沟通，开始时儿子怎么也不接受天天熬夜的麻辣烫生意，后来拗不过父母的召唤，勉强答应了，但对父母强调“是你们要求的”。复华似乎对儿子的应承有些不踏实，他说：“接手店子前，我让儿子想好，是想打工还是做生意，儿子回复说想做生意。到我决定盘下店子前，儿子又打来电话，说确实不想过去。对于是否接手这个店子，儿子不明确表态。”

儿子的决心还没下，复华的决心已经下了。春节前，他要求儿女回家团聚，两兄妹商量好谁跟着到广州做麻辣烫，反正必须有一个孩子跟在身边做生意。

那天晚上我跟复华聊到很晚，送复华夫妇出门时，复华的纠结还在儿子身上。我们站在分叉口，瑟缩着立在风里，听复华讲如何把儿女召回家过年，如何让两兄妹自己做取舍。

春节见到复华的儿子，小伙子长得高大帅气，上穿一件红黄色与灰黑色相间的立领羽绒服，下穿一条灰黑色牛仔裤，习惯将大拇指插在裤袋里，说话时眯缝着眼，带着微微的笑，已经找不到儿时的影子。我问他是否想好了跟着父母一起做麻辣烫，小伙子也不含糊："还没有想好。"

复华似乎也做好了儿子打退堂鼓的准备，他说，可能要有个过程，准备年后带个孩子过去看看，如果孩子不愿意，就他做他的，我做我的，不能逼着孩子。孩子在华东生活几年，自己也去看过，条件比在广州好。复华说，准备先做着，能搞就继续搞，不能搞就转了店子算了。复华也感叹，这么多年找不到一门稳定的生意，想做别的行当又不熟悉，倒是这一行不会亏本，就是自己辛苦一点。

春节回到广东后，不时想到复华的生意，最牵挂的是他的儿子是否安心留下来。

那天几次拨打复华的电话，一次次提示"您所拨打的客户已启用来电提醒功能"，估计晨昏颠倒的复华正在休息，便给他发去一个信息，问他儿子过去帮手如何。晚上 8 点多钟，他用儿子的电话回过来，告知这是儿子的手机号码。我看看号码，显示的归属地却是苏州。我知道，复华儿子还没有换成广州号码，也许他需要与过去的朋友保持联系。

乡村行为逻辑

日渐萧索的当下乡村，与城市差距越来越大，却离城市越来越近，兼具熟人社会和陌生人社会的双重特性。人们遇事寻背景找关系，撕去曾经温情脉脉的面纱，在相互提防和彼此算计中，化解不期而至的各种纠葛，追求个体利益最大化，呈现的是另一种喧闹，社会不得不呼唤法治下乡。

老支书：带着 30 多人闯了市委大院

多年不曾回乡，对故乡的人和事渐渐疏离。家乡村支部书记想生被抓的消息，却像风一样从一千多公里外的家乡传到了我工作的广东。传言里有某种幸灾乐祸的成分，至于事出何因，存在几个不同版本。

那是 2010 年的事。

见多了村支书横行乡里、富甲一方的故事，凭想象，这应该是一个说不清道不明的腐败故事。那时的我，没有兴趣去追究家乡村官的猫腻。

夏天回乡调查那次，到村委会见了忙碌的村支书涛涛，得知我的来意，涛涛主动提起老支书的事，大体是因为老支书留下了几十万元负债，令现任班子被债务所累，难以施展抱负。我考虑谈话时间有限，还有更多家乡基础信息需要调查，将老支书的事压了下来："迟一点再说。"我知道，老支书的事情一旦展开，就会没完没了。

后来在田头巧遇老支书想生的哥哥桂桂，对方主动说起想生的事，却是我没有预料到的。

从桂桂的叙述中，我大约知道了事情的脉络。想生有一家规模不小的建筑公司，在镇里经营多年，盖了很多房子，2010 年参与镇中学新教学楼项目投标时得分第一，项目却被得分第三者抢走了，怀疑有猫腻，便带着一帮老头老太，大约30多人上了城里，闯了市委大院，打出横幅和旗子要求公平公正，却被抓进去关了8个多月，罚了几十万元，里里外外又花了上百万元，大约花了180多万元，判了个缓刑后放了出来，村支书职务和党籍都没了。

桂桂的叙述中带着不满，故事的情节也完全超出了我的想象。见我对这件事好奇，桂桂让我等一等。他一个电话打给想生，语速很快，带着兴奋，告诉想生说我想调查这件事，让想生马上到不远处的桂桂家。想生住在镇上，离这里有2公里左右路程，一会工夫，想生赶到了。

想生比我小，跟我同村不同湾，小的时候没有什么印象。虽然当了10多年村干部，光村支书就当了9年，但我一直没有见过他。

想生看上去很年轻，脸庞饱满，面带微笑，一声大哥叫得人热热乎乎，与他哥桂桂的眉头紧锁形成鲜明对比。他上穿一件横条纹T恤，左手腕戴一块粗大的手表，左手握着手机，一串钥匙意外地挂在腰带下左侧裤袢上，与见惯了的钥匙串右挂相反。

见了面，寒暄几句，想生就直奔主题："我那事确实冤枉。"

于是，我听到了这样的一段叙述。

我从1998年开始当村主任，2001年起接替原来书记的位置，做了9年书记。

2010年7月份，中学教学楼工程招标，当时省里来了几个评委，我没找人，拿了5个资质，评标时拿了第一名，后来无缘无故被第三名的老板搞了这个工程，他做完工程拿了300多万，余下60万没有付。我就不服这个事。

当时我们几个工程在开工，第二天，做工的五六十人在一起，都问我为什么第一名被第三名挤了。我觉得丢了面子，决定村里的事不搞了，要到市里去讨个说法，那天去了 30 多个人，到市委门口拉了横幅，也没有说什么，就是要求公平公正。

我们上午去上访，公安下午就开始抓人，来了几十个人，警车日夜守在村里，见到人就缠着，要求说我的不是，到我们村里可能来了几十次都有，还几次到泵站抓我哥桂桂。

家里躲不了，我就到省里找人，在武汉躲了几天，知道没有办法，家里孩子要读书，我想想了不起罚个几十万块。后来知道，我的手机被卫星定位，我是在长江埠大普村姨夫家所在地的建国宾馆被抓的，8 月 10 日抓的，上来就将我的包包、银行卡、手机拿了，送到市看守所，后来转到孝昌、京山看守所。在孝昌看守所，我的名字被改为“朱文”，在孝昌关了 19 天。转到京山看守所又被关了 17 天，后来到应城市第一看守所，连审两个晚上，日夜审问，我就是不说。后来实在扛不住，就说了几件事。

一是强买强卖 7000 块钱东西，那是别人做中学工程时，我觉得对方凭关系拿到工程，感觉不公平，堵着沙石料不准对方做，派出所把我弄去几个小时，他说招标了，是合法的。我就说损失 1 万多块怎么办？对方说给 7000 块沙石料钱算了。

二是做镇里邮政工程时，别人接了工程，我的建筑队没有中标，承包工程的给了我一万五千块。水电都通了，他反过来说我敲诈。

三是电信工程给了我 5000 块，我把水电干扰排除了。

最后定我敲诈勒索罪、强买强卖罪，2011 年元旦判的，判了我缓刑 3 年，说我通过家族势力捞好处，关了我 8 个月零 10 天，2011 年 4 月 18 日放出来，到 2014 年 4 月 18 日才到期。

在里面时叫我统统承认，承认我是敲诈别人，说认罪态度好马上放出去。但判了后又不准出去，说一定要送到沙洋。我就偷偷托人带电话进去，在看守所日夜打电话托人，花了不少钱。

我回来很轰动，回来2年多，该搞的工程还搞。我想等下一年4月18日缓刑期一过，还要申冤，还要再请律师打官司。

现在我有些事情不能抛头露面，有些事不能说。受过这种磨难的人，心理上有打击，心理有一定影响。

从老支书的叙述中，听得出他心中的疑问，想生觉得，明明是自己中的标被人抢了受了冤屈，却因为到市里反映意见被抓了起来。在我看来，他以村支书的身份带人闯了市委大院，明显有不理智的成分，但对他的判决是否公正，首先要看判决书怎么认定。

我向他索取判决书，他爽快地答应回家后再拿给我。当晚致电给他，他却犹豫了："我现在还在缓刑期，还不能公开喊冤，等过了缓刑期再给你吧。"后来他做过一次解释，说家里人和朋友都劝他，考虑到事业在当地，等过了缓刑期再喊冤。

想生的缓刑期到了，我估摸着可以拿到判决书了，致电给他，他也爽快地答应了。但有些不解的是，后来几次电话给他，电话通了，都没有接听，我分析他在刻意回避，原因何在，就不得而知。

春节行走在镇上，关于想生开发房地产的消息不断传来。夜晚到镇上老街看望同学，同学的兄弟告知，同学搬到了同在老街的新房。新房是一排整齐划一的临街房，一间两层结构，是拆了原来的街道企业改建的，有10多套。按照门牌号码敲开同学家门，聊起房子，细问方知，这些房子都是想生开发的，每套房售价20多万元，卖得很好。

与搬到镇上的同村人聊起想生，对他的房地产开发透着羡慕。

想生没再提起判决书的事，我不知道要不要提醒他。

想生的房地产生意正忙，大约顾不得打官司的事了。

萍儿：货车停在家门口惹来一场亲戚官司

2014 年 2 月 28 日，萍儿和老公被推上被告席，把他们推上被告席的是自家亲戚，虽然已经不是很亲，但还有走动。

对方起诉他们和保险公司，对发生在萍儿家门口的一宗车祸死亡事故负责，索赔金额高达 49 万余元，包括 5 万元精神损失费。若全部满足死者家属提出的索赔要求，除保险公司赔偿外，萍儿家还要额外赔偿超 10 万元。

萍儿一直想不明白，货车就停在自家门口一动不动，死者开着三轮助力车倒在离车几米远的地方，怎么就要对他的死亡负责？

萍儿是我的屋后邻居，与我年龄相仿，嫁到离家仅 2 公里外的一个湾子。告他们的是隔壁湾的一家亲戚，两家相距 400 米左右，萍儿公公与死者父亲以老表相称，萍儿公公的母亲来自对方家族；萍儿弟媳与死者姐夫哥又是姨老表。

我与萍儿家素有来往。萍儿出嫁之前，到城里学了裁缝手艺，那个时代农村的衣裤多是买了布找裁缝量身缝制，尽管大姐也有裁缝手艺，但萍儿缝制的裤子格外贴身，所以一直到离开家乡前，我的裤子都是找她缝制。

夏天回乡调查期间，在镇上见到她，她热情地邀请我到家里做客，我去了她家，才知道她很多年不做衣服了。1990 年结婚后，萍儿第二年就在家门口开起了建材门市部，是镇上最早的建材门市部。她的房子与老人的房子位于人民路两边，隔路相望。老人的旧房子前并不开阔，门口堆满石棉瓦等建材。他们的新房子门口比较开阔，门前停着一辆小货车，门前堆着齐人高的沙子，门廊里堆满瓷砖；楼房山墙边的平房大铁门打开着，里面装满水泥，上面竖着一个大大的广告牌，写着白底红字的“洋房牌水泥”，这是她家代理的品牌。从大门进去，走过穿堂进到后院，后面有一口池塘，场地很大，红瓦、椽子、檩子等材料堆到塘边。一间大大的平房仓库里停着一辆大点的货车，就是后来惹祸的货车，还有一辆黄色铲车，车斗张着大口停在那里。

萍儿带着自豪地说，与她家建材店差不多时间开的另一家建材店，做了大几年后开不下去关了门，因为光做水泥不行。现在镇上仅有 3 家建材店，其中新开两年的一家是与我们同湾的外嫁女开的，萍儿家建材门市部是最大的，经营面积达到 500 多平方米。除了钢材，农村建房需要的所有建材都能在这买到。进货时只需要一个电话，武汉的供货商就通过零担发过来，买家订货也只需要一个电话，他们就送货上门。现在送货的活主要是儿子在做。站在她身边的儿子身高 1.9 米，比萍儿高过一头，小伙子稚气未脱，身材单薄，有些腼腆，一开口就露出孩子般的笑，但已经是店里的主力。

萍儿家的沙子一直堆放在大门口的场地内，运送沙子的车也一直停在门口，但他们一家做梦都没有想到的是，停了这么多年的货车，最终把他们送上了被告席。

根据萍儿和家人的讲述，事情的大致经过清晰起来。

事发于 2013 年 11 月 21 日下午 2 点多钟，那天是个晴天，萍儿老公装运一车沙回到家，后轮压了一点水泥路面，来不及卸车，就回到家歇息。约几分钟后，萍儿老公正出家门，路过的公交车上有人喊他快打120。他们在这里做生意久了，沿途村庄的许多人是他们店里的客户，多认识他们，看到他家门口有人伤了，叫他赶快报警。后来，这辆车上有人出来作证，证明死者距离他家货车有几米距离。

萍儿老公看到一辆三轮助力车摔倒在离车几米远的地方，死者躺在三轮车旁，脚勾在助力车踏板上，头部淌着血。将死者扶起来，发现是亲戚，立即将死者交给身边人，骑上车赶到死者家。死者老婆和侄子闻讯后很快来到现场，其他家属也陆续赶到。他们想拦一辆车送院，但没有车愿意送伤者。随后，他们将死者的三轮助力车扶起来，由死者侄子开车，死者老婆和萍儿在车上扶着死者，将他送到镇卫生院，死者当天被宣告不治。死者除胸部有伤外，致命的伤口在右脑太阳穴附近，伤口呈“7”字形，撞出一个洞。

死者是常年在镇上集市卖猪肉的屠户，当年曾到武汉帮儿子卖水，事发前一个月回到家。事发前一个多小时，死者曾到过萍儿家店里，说是家里正在装修，需要水泥等建材，后来还致电萍儿催送货，萍儿答复他车一回来就送去。事发时，死者骑着车往附近一家猪场去，家人说是猪场电话催了他 7 遍，应该是找他去谈生意，不料走不多远就出事了。后来警方调取附近监控显示，萍儿老公的货车在路口出现 1 分 45 秒后，另一个路口监控发现死者出来，但萍儿家门口路段没有监控，没能记录车祸现场。警方调取的记录与萍儿家人说的时间基本吻合。

萍儿家人有一点疏忽的是，在护送伤者入院过程中，双方都没有想到报警，萍儿老公还开着货车出去拉回一车沙。听到医生说伤者可能不行了，他们才想起报警。

萍儿老公运沙的货车还在路途中，交警就到了，这时已是下午 5 点多钟。交警拍了现场照，让萍儿拿来水，湿了已经凝固的血，用棉球蘸了血带走。交警还让萍儿老公第二天不要出去。

第二天上午 9 点钟左右，交警又来了，问货车有没有买保险，还围着车子检查，在车底杠子下找到一个印子。萍儿说，这个印子有火柴杆那么大，不认真看都看不到，也不知是什么时候留下的。到了晚上，交警要求萍儿家人拿 3 万块钱过去。

到了第四天中午，交警通知说车祸跟萍儿家车子有关，杠子上有点血，撞击点在货车尾的钩子上，要求萍儿家给安葬费。萍儿家不认同警方结论，没有现场同意支付丧葬费。后来萍儿家人知道，警方出示了武汉福田司法鉴定所出具的道路交通事故鉴定意见书，称三轮助力车转向柱对应部位与货车后下部防护装置发生接触，三轮车仪表盒对应部位与货车右手组合灯发生接触，死者右额部位与货车右侧尾部挂钩发生接触。萍儿家人对这份舍近求远的事故鉴定充满狐疑，怀疑对方找了关系。后来的庭审中，萍儿方曾对这份鉴定的真实性、科学性提出质疑，提交了重新鉴定申请。

当天下午，萍儿老公自称出于人道主义给死者家属 2 万元，并向死者家属表态："这不是因为撞了车，如果是自己的车撞了或压了死者，该赔多少赔多少，还不起的话儿子也要还。"

第五天，萍儿还买了花圈、鞭炮和一条烟，到死者家里吊唁。

车祸发生 10 多天后，交警出具事故责任认定书，认定死者应负主要责任，萍儿老公应负次要责任。

后来的结果是公堂相见。这样的亲戚对簿公堂，个中尴尬难以形容。2 月 28 日庭审当天，原告和被告都没有发言，只有双方律师唇枪舌剑，辩论透着火药味，萍儿方提供的 2 名证人（公交车乘客）的调查证言称，死者的三轮车没有撞到货车上，另一位证人（当天与死者同席饮酒者）

的到庭证言称，死者中午饮酒。萍儿一方想以此证明，死者并没有撞上货车，而且是酒后甚至醉酒驾驶，车祸责任全部在死者一方。后经庭审质证，死者方对两名证人关于三轮助力车没有撞到货车的证言有异议，认为只是事故发生后看到事故现场；死者方认为证人关于死者中午饮酒的证言与本案无关。

3 月 10 日，法院一审认定死者无证驾车，且未保持安全车速，措施不力，是引起事故的主要原因，萍儿老公违反车辆停驶规定是引起事故的另一原因，酌定由死者承担 70%民事责任，萍儿老公承担 30%民事责任。3 天后，萍儿家拿到一审判决书。

法院作出判决，受害人死亡后各项损失共计 44 万余元，包括以当地城镇居民年收入标准 20840 元核定的 20 年死亡赔偿金 41.68 万元、丧葬费 17589 元，鉴定费 2000 元，交通费 5000 元。保险公司在交强险和第三者责任险限额范围内共计赔付 15.75 万元，余下 5.19 万余元由萍儿老公赔偿，另萍儿方赔偿死者方精神抚慰金 2.5 万元。也就是说，萍儿家要赔偿死者家 7.69 万余元。此外，案件受理费 1800 元，由死者方负担 1260 元，萍儿家负担 540 元。

不管这宗官司的最终结果如何，萍儿家人从事件中得到的教训是深刻的。当一宗事关人命的车祸发生后，仅有的在场机动车不可能逃避嫌疑，不管有没有责任，都必须第一时间保护现场并报警，厘清事故责任，避免留下后患。但他们轻率地开走了车辆，令自己陷入了说不清道不明的境地，直至卷入一场亲戚官司，失了钱财又伤了和气。

桂桂：两次惊人巧合的车祸

2013年10月25日，父母接到村里人打来的电话并转告我，说是大姐的家婆双婶前一天清晨被我们村里人的摩托车撞了，左腿摔断了，髋关节不能动，送进了市人民医院，请大姐家回去一个人处理并看护。知道已经向交警报案，我没有在意。

10天后，老支书想生一个电话打给我，为的是大姐家婆车祸的事，到这时我才反应过来，撞人的是想生的二哥桂桂，夏天回乡调查那次见过，当时桂桂专门谈过他的儿子2004年被撞，左腿做了根部截肢手术。

两次惊人巧合的车祸，伤的都是左腿，都跟桂桂相关。当年桂桂的儿子被人撞残，肇事者逃逸，至今找不到肇事者；如今桂桂自己将人撞伤，伤者做了人工全髋关节置换术。

想生表达的想法是，请我给大姐家人转达意见，希望伤者早些出院。大约是他们之间沟通不好，希望我从中调停。我问想生，桂桂撞人时有没有驾驶证和行驶证，有没有保险，得到的答复是肯定的。我告诉他，那就让交警和保险公司处理吧。

想着这该是一场因车祸而起的经济纷争，最明智的办法是第三方处理，姐夫哥已经回去，我无意介入。但这个电话却唤起了我对当年桂桂儿子车祸的记忆。

见到桂桂儿子那天是 5 月 30 日，地点就在他们家。时年 31 岁的小伙子身材瘦削，长得英俊，表情有些沉郁，好像有重重心事。在这样夏日太阳正毒的午后，他上身穿一件短袖 T 恤，下身穿一条牛仔裤，脚穿一双皮鞋，将双腿和双脚包裹得严严实实。我猜测，他在用长裤和皮鞋遮蔽假肢。

我想看一看小伙子的假肢，小伙子犹豫了一下，还是解开皮带，褪下裤子。我看到，小伙子左腿一条假肢直达大腿根部，套上了一条肉色女性丝袜，只在根部露出一截雪白的假肢。小伙子不去看自己的假肢，将头偏向右方，牙齿紧咬着嘴唇，神情有些落寞，似乎含着幽怨。我不忍继续看下去，迅速让他穿上了长裤。想象他每天晚上将假肢放在床头，望着自己截肢到根部的左腿，我不敢想下去，心底有对肇事逃逸者的切齿痛恨。

小伙子说他永远忘不了那一天，那是 2004 年 8 月 30 日晚上 7 点多，那时他还只有 22 岁，当晚天还没有黑尽，他骑着摩托车，行至邻镇长江埠苏台搬运站放草包的地方，路边停着一辆满载莲藕的大三轮车。他减低速度，没想到对方突然倒车，将他撞倒，撞得很重，他的左腿被车头碾过，髋关节以下断成三截，只连着一层皮。肇事司机撞人后就跑了，他昏迷中被人送到市人民医院，住院一段时间后，医生说要截肢，他被转院到武汉协和医院，院方出了截肢方案，截肢手术是回到应城市中医院做的。

事发后，他们向警方报了案，但警方说调查不出来。小伙子说，他和家人事后到现场走访过，旁边的老人说肇事车是长江埠一家藕行的，是几个人联合开的藕行，老板在长江埠非常狠。目击者称不敢说，如果说了，弄得不好可能家破人亡。他将情况反映给交警，还和家人在局长接待日到公安局上访，但警方说没有证据。

小伙子对当年的手术有些懊恼，事发时天气炎热，伤口感染腐烂，因为手术没有做好，最后被迫截肢，如果一开始就到协和医院，断腿可能能接上去，左腿就保住了。当年，他的治疗费花了10多万元，因为自己没有保险，费用全部靠自筹，大部分是借的。

小伙子每过3年要换一次假肢，当年农忙后换第3次假肢，要专程到武汉德林公司去换。

说完遭遇，小伙子眼巴巴地看着我说，这件事还能不能讨个说法？

我无法回答他的问题。按说，一个几万人的镇子，运藕的车并不难找，何况当时现场还有旁人，但警方却始终找不到肇事逃逸者，一个小伙子的命运就此被改变，一段冤情一直被岁月尘封。

然而，没想到的是，与小伙子和他父亲桂桂说起车祸冤情5个月后，桂桂自己又成为一宗乡间车祸的主角。

当初，桂桂和想生对车祸轻描淡写，认为双婶车祸时已经73岁，在家休养一段时间就算了，也不希望交警处理这件事情。

春节回到家乡，我和大姐专程到双婶处，看到的却是另一番景象。

双婶拄着拐杖，一见面就抱怨被撞后疼得难受，衣服一遍遍湿透了，现在手术的地方还一直疼痛。双婶说，到医院第6天做了手术，换了关节，上了钢板，三年内还要去取出钢板；现在不能蹲下去上厕所，需要借助凳子才能蹲厕，平时不能坐矮凳子，要坐高凳子；洗衣服时要弓着背，勾身下去洗，一旦蹲下去就起不来。

双婶叹息自己再也种不成地种不成菜了。车祸前，双婶在村里荒地种了一些棉花，在村里多个地方种了菜，在3个儿子家门口都种了菜，顺便看护儿子的房子。每天早上，她将自己种的菜挑到集市，或挑到村里卖，一天能换来几十块钱。说到动情处，双婶望着每天卖菜用的那个袋子出神，叹息一声：“现在没法下地，那些菜差不多都干死了。”

在双婶那，我第一次完整地了解了车祸的前前后后。

那天清晨5点多，她从市场口出来往家的方向走，桂桂骑着摩托车带着一个人迎面开来。开始时双婶没注意到来车，待发现对方的车开来，下意识往后退一步，但已经来不及了，突然感到左脚一阵疼痛，随后立足不稳向后跌倒。

脱下鞋袜一看发现，脚面一块瘀青。桂桂的老婆就在旁边，也说“青了”。桂桂听到老婆这样说，对着老婆一通逼问：“哪里青了，哪里青了?!”

桂桂让双婶爬起来，她试着用一下力，髋关节却锥心地疼，怎么也爬不起来。

这下双方都知道伤得不轻。双婶被就近送往市场边的郎君卫生院，一拍片，发现伤到髋关节，当地无法处理。双婶当即被转往市人民医院。桂桂的老婆跟着到人民医院护理，桂桂当天留下3000块钱住院费。

事发当天，大姐和姐夫哥通过电话，知道了双婶车祸的消息，紧急决定让姐夫哥回家处理。但这边还没买到票，双方在医院里就闹了个不欢而散。

双婶在深圳工作的侄子得知车祸消息，坚持报了交警。受理报案后，交警赶到了解情况。随后的变化令双婶意想不到。

双婶的儿孙都不在身边，都在外地工作。车祸当天，是双婶的弟弟在医院护理，双婶的弟弟与桂桂家人互相责怪起来，桂桂家人称不满双婶的弟弟骂人，双婶说弟弟只是虎着一张脸，并没有骂人。更重要的原因大约是，双婶方报警后，桂桂方曾希望双婶对警方说撞车责任在自己，是自己退到桂桂车上的，双婶当然不肯答应这个要求。车祸第二天，桂桂老婆就丢下伤者，离开了医院，再不肯露面。

后来，隐隐约约听闻，桂桂避走外乡打工，说是为逃避警方追究。但最终还是回来，与双婶方就治疗问题商讨赔偿。

见到我时，双婶拿出在人民医院住院的资料，片子上清楚地显示换上去的人工全髋关节，髋关节处看得见几颗钉子。医院出具的结算单显示，总费用为 23077 元，结算日期是 11 月 16 日，也就是说住院 24 天。双婶匡算后说，已经用了至少 3 万多，包括在郎君卫生院和陪护的开支，还不包括儿子的来回开销和误工费。但双方交涉后，桂桂方只赔付了 1.3 万元，拒绝再增加赔付。

双婶担心，自己的髋关节一直在疼，不知多久能好，以后要取出钢板，需要再次手术，到时候费用怎么办。

我觉得，这本来是一个没有争议的交通事故，交警很容易就能对事故责任和赔偿范围做出界定，双方只需要冷静地坐下来，请交警做出裁定即可。但乡间处理交通事故的方式方法远非我们想象的，往往在事发后第一时间撤离现场，在相互算计后轻易选择私了，即使在警方介入后，也以各种方式逃避责任，多用的手法是当事人远走他乡，很少诉诸法律。

客观地说，乡间机动车大多无证驾驶，驾驶人与行人交通规则意识都相当淡漠，交通事故频繁发生，许多交通事故超过肇事者赔偿能力范围，无奈之下，肇事者往往选择逃避。

我有些怀疑，桂桂事发时是否如想生所说是有证驾驶，更怀疑他的车是否买了保险。

春节回家很想问问他们，但终究觉得自己是车祸的局外人，不好替当事人传话，更不想搅和这类经济纠纷，终于没有发问。

胡生：村里第一种粮大户被撞身亡

春节回乡后返岗 20 多天，一个陌生的家乡电话打过来，自称是胡生的女婿。我立即想起在老家期间，在胡生家门口给他们夫妻和外甥女拍的照片，以为是对方电话找我讨要照片，便告诉对方，回广东后已通过当时留下的 QQ 号码，将照片通过 QQ 邮箱发了过去。

不料，对方并非为照片而来，而是告诉了我一个非常不幸的消息：胡生当天去世了，是因为车祸去世的，车祸之后胡生在医院里躺了 10 多天，因为头部伤得很重，终于没有救过来，享年 56 岁。

我握着电话，愣在那，惊讶和痛惜一起袭来，感叹人的命运怎么这么无常，迫切地想知道车祸是怎么发生的。

车祸发生的地点就在村口不远处的应长线路边，位于村口的三屋泵站附近。当时，胡生骑着助力车往邻镇长江埠方向，没有戴头盔。对方小车从对面驶来，双方发生碰撞，撞击点在小车左前轮。

车祸发生约 2 小时后，胡生的太太打电话给胡生，接听电话的却是交警，告知出事了。

据胡生的女婿叙述，车祸发生后，小车司机忙着打电话，顾不上报警。起码过了 40 分钟，该司机才在路人提醒下报警，胡生就这样在路上躺了一个多小时，才被送到医院。他怀疑，该司机当时在忙着找关系。打电话时交警还没有判定事故责任，他担心结果因此对胡生方不利。

随后，我了解到，胡生因为年纪较大的原因，交了考驾照的费用报了名，但还没有考到驾照，准备不久后去考。岂料，他再也考不成驾照开不成车了。后来，我从村人描述中获知，胡生事发当天到邻近的长江埠购买了农用潜水泵，回来后发现潜水泵像是旧的，想折回长江埠换货，不料，事发地是个急转弯，胡生与对方小车迎面相撞，助力车和人分别摔向两边，胡生头面部多处撕裂，已经认不清面貌。

我因为离家太远，对车祸现场情况不了解，对车祸处理不能说三道四，但胡生的死却让许多记忆突然苏醒。

夏天回乡那次，我与胡生有过一次深度接触。那天，一场大雨过后，大地被浇了个透，村里专业户正在开挖的60亩精养鱼池被淹，同时被淹的还有精养鱼池上面的一片稻田，稻田主人将责任归咎于精养鱼池租户，因他们前一天晚上堵了往堤外河道排水的主管，仅有的小水管排水不及，致雨水不能及时排出。我随村主任毛毛赶到现场，脱掉凉鞋，挽起裤管，蹚水走在田埂上，察看稻田受淹情况。

胡生身穿一件敞开的雨衣，脚穿一双长筒雨靴，手握一把铁锹，手上夹着一支烟，走在最前面，情绪有些激动，黑瘦的脸一直虎着，看得出他的担忧。也难怪，他是村里的第一种粮大户，种着50亩地，这在人多地少的江汉平原算是大户，受淹的田多是他的，秧苗刚刚栽下没几天，施了化肥，他既担心禾苗被淹死，又担心化肥被水冲走。后来的结果是，精养鱼池租户很快排除了积水，并给受淹的稻田赔偿了部分化肥。

当天的水淹事件告一段落，胡生的目标转向化肥质量。大约胡生想借助我的记者身份，帮他们揭露一下化肥问题。他带着我和村主任毛毛一行，行走在一块块黑、绿、黄相间的稻田间，指着这些颜色异样的禾苗发飙：“我们用了劣质肥，化肥刚施下去两三天后禾苗变黑，明显是化肥起了作用，但随后禾苗变得焦黄，化肥肥效消失了。”

按照胡生的指引，看了许多块田地，发现有的田地出现大片泛黄的禾苗，在我过去的乡村记忆中，似乎没见过这样的情况。一大群农人以自己的智慧给化肥作出判断：就像加了糖精的水，有甜味没营养。

随后，胡生向我说出了化肥的来历，这些化肥是外甥女婿推荐的，他经销化肥农药，专门将样品送到村里，每包 25 公斤装化肥价格 78 元，比过去用开的化肥便宜了 20 元左右，因为是亲戚推荐的，胡生家 50 亩地全部施用了这种化肥，还推荐给同一个自然村的人用，整个自然村的人都选用了这种化肥，由这位外甥女婿送货上门。

我迫切地想知道这些化肥的真相，来到胡生家，找到了这种化肥包装袋，还拿来以前常用的化肥包装袋做了比较，发现这是本地产的一种化肥，来自应城市测土配肥站，包装上标注“应城专用 BB 肥”，这种“专用”字样比较煽情，容易让当地农民接受。

当天，化肥问题通过村委会反映到镇里和厂方。第二天，镇里安排农业技术员现场查看，据村委会主任毛毛转述的技术员意见，估计是农民想买便宜货，肥料是差一点，等于把萝卜当了鱼卖。另外，打草药也有问题。毛毛还对该化肥做了这样的描述：“化肥没掺氯化铵，等于用了糖精，好的化肥 200 多块钱一包，这个化肥才 78 块钱一包，便宜不是货。”

第三天，市测土配肥站方面一行 3 个人，开着一辆尾号为 733 的车来到村里，胡生电话打给我，请我去现场见证。我正在村里与人聊天，不便立即打断，让他们稍等我一下。等我匆忙结束谈话赶到胡生家，胡生有些遗憾地告诉我，来的人一个姓林，一个姓姚，林姓负责人自称是农业局的，姚姓负责人是测土配肥站的。来人看了情况后，说化肥没有问题，是操作有问题，与他们不相干。还说一亩田要 3 次施肥，每亩共施两包肥，比过去每亩施肥量多一倍，也就是说要施双倍的肥，但大家不敢相信他们。胡生还告诉我，对方知道有记者在村里，立即开车走人，一刻也不肯等，怎么拦也拦不住。

我向胡生索要来人号码，但胡生没有随手记下对方身份和号码，在我提示下，胡生借用我的电话打给卖肥的亲戚，这位亲戚告知，在等候对方来人时，在村外树荫下将测土配肥站姚姓负责人电话号码用石头写在了水泥地上。我立即与胡生一道来到一公里开外的村外树荫下，辨认出写在地上的姚姓负责人电话号码。

后来，我拨通姚姓负责人的电话，追问化肥投诉事件调查结论，但对方以在外出差为由，推说等出差归来再联系。待姚姓负责人宣称的归来时间到来后，我再次打通其电话，但被挂断电话，留下一个无理的冷漠。

后来向胡生了解化肥情况，他告知，看禾苗不对劲，后来重新买了过去用开的化肥，每亩追施了近半包化肥，最终没有因化肥造成减产。胡生也不想再追究化肥责任，因为卖化肥的是亲戚，不想让亲戚为难，以后买化肥不图便宜也就罢了。从这种态度转变中，我感受到了胡生的宽容和朴实。

可眼下，那个在村庄勤扒苦做几十年的种粮大户去了，凭他太太一人之力，肯定无法继续种下去。在年轻一代疏离村庄的当下，可能再也找不到这样心甘情愿面朝黄土背朝天的农民了。

金平：住了27年的老宅哪里舍得拆

一直以为征地拆迁离家乡很远，因为人均耕地仅有6分的家乡没有开发空间。没想到，一个首期投资27亿的华能应城热电厂落户家乡小镇，突然将几位亲人裹挟进去，一切都让人措手不及。

热电厂位于二姐夫村庄和外甥女婿村庄交界处，二姐夫家大部分耕地被征用；通往热电厂的铁轨从大姐夫村庄通过，村庄房子基本被整体拆除。

大姐夫金平，在部队当过汽车兵，曾参加对越自卫反击战，长期在我曾工作的家乡孝感市开车。他先是开孝感到武汉的班车，后来开“面的”，2002年“面的”换成了的士，2009年儿子大学毕业前又分两次卖掉的士，儿子毕业后举家南迁中山，目前在环卫公司开道路清扫车。

2013年年初，家乡热电厂项目已经尘埃落定，大姐夫和大姐的村庄将拆迁，他们的房子位于村子最前端，离热电厂最近，并靠近通厂铁路，在拆迁中首当其冲。当年清明期间，金平因为拆迁的事专门回了一趟老家，商量还建房补偿方案，签了《房屋拆迁补偿协议》，核定了房屋结构和面积，知道将得到一套一间二层90多平方米的还建房，但自己要额外支付约1.7万。金平说起房屋结构和面积测定中的一些细节，他说，看到工作人员在一户上了锁的人家，隔着门缝看到厅里有预制板，确认按两层计算，村里人都议论这一家划算。

当年夏天回乡那次，大姐和大姐夫知道我要回乡小住，特别委托我到村里看看，将他们的房子和门口的一排水松照下来做个纪念。

我能理解他们对老宅的不舍。他们 1985 年结婚，1987 年生下第二个儿子次月开始建这幢房子，房子只有 2 间，贴着房子北墙搭建了厨房和茅房，当年为建这幢房子，他们还借了 1700 块钱债，几年后才还清债务，好不容易为一家四口安了一个家，结束了他们和父母兄弟在老宅的拥挤生活。建房第二年开春，他们在门前场院边贴着稻田栽下了 10 棵水松，树的年轮成为老宅忠实的记忆。大树尽头是他们亲手开垦的一片菜地，春天的茄子、豆角，夏天的番茄、黄瓜，秋天的菜薹、蒜薹，冬天的萝卜、白菜，年年这样地种着。门前左手边几十米外有一口池塘，村里人常年在这里洗菜、洗衣物，1989 年 2 岁多的小儿子跌入这口池塘溺亡，让他们许多年里怀念这个孩子的聪明乖巧。

然而一次不期而至的拆迁，将把这一切彻底抹去，回报他们的是一套正在建设中的还建房。

我夏天回乡那次，热电厂正式开工，为拆迁而建的蓝瓦黄墙安置房已经封顶，从镇上几个方向可以看到这片房子，还能看到外甥女家附近红瓦白墙的还建房。一天，我沿着镇上武荆铁路往两个姐姐家去，她们的房子分别位于铁路线两侧，相距一公里左右。

去大姐和大姐夫的家要穿过武荆铁路，铁路沿线被绿色丝网围蔽起来了，通往大姐夫家方向的涵洞当时正在建设，我找到大姐村庄附近的豁口过到铁路对面，但杂草已经将原来的通村小路遮蔽，我一时失了方向。向旁边一排与铁轨平行的房子走去，想找个人打听去路，几户人家都关门闭户，好不容易找到三个人，前面两个都说不认识金平，第三个人倒是认识，为我指了路口和去向，他们都是金平的同村人，许多年前搬到路口建房。

村庄里杂草隐门，齐人高的草侵入道路，只留下一条条窄窄的通道，只能找人带路。好不容易看到一户人家开着门，径直上去叫门，黑暗中走出一个矮个老人，向他打听金平，他说不知道这个人，还解释自己是几年前从外村迁入的，买下了这幢房子。我报出金平家留守叔叔的信息，他说认识。随后，他合上大门，将门锁上，让我等一下他，径直往左边走去。一会工夫，金平的二婶走来，她一眼就认出了我。我说明来意，她带着我曲里拐弯来到金平屋前。

当天在金平老宅看到，北侧邻居的房子已经拆除，留下房子里的一块长方形灰黄色地砖，在周边的杂草间格外显眼。后面邻居一幢门框上雕着五角星的房子，黑漆漆的大门开着，门环锈迹斑斑，门楣上贴着“望云思亲”白色横额，门前野草将对联遮蔽大半，已经许久没有住人。

金平家门口的 10 棵树比房子高出一倍多，直径大约有二三十公分，已经成材。后来，拆迁方给这些树的补偿是每棵 30 块钱，拆迁前金平以每棵 40 块钱的价格卖给了正在村里锯树的人，为这件事，村里曾约定向他买树的人老大不高兴。金平说，那两天急着回广东上班，一时找不到约定的人，见到村里有人买树锯树，就直接卖给来人了。

我回到广东后三个月，金平又回了一趟老家，这一次的主要任务是分配还建房，拆除旧房。拆迁方将时间选定在国庆长假前后，为的是村里人都有时间回家。那一次，金平在家待了 20 多天，过了国庆节才回去上班，为此被扣了 11 天工资共 550 块钱。

还建房分配的办法是抓阄，并限制时间搬家，国庆节前完成分房，国庆节后完成拆迁，按期完成拆迁的奖励 3000 块钱。后来，全村拆迁户全部选择了按期拆迁，都得到了这笔奖励。

金平三兄弟分别得到一套还建房，他和老二的是一间二层，额外支付的钱差不多，老三的是一套二间二层，额外支付了 4 万多块钱。因为是抓阄，三兄弟的房子不在一起，分布在不同的地方。

那次回家，还建房还没有装修好，不能住人，金平住在旧房，那是他与旧房最后的共处。那些天，他一边等待拆迁的安排，一边计划拆走旧房里可以用的檩子等材料。但一直到国庆长假后，催他上班的电话打来，拆迁拉锯战还没有结束，加上连日下雨，拆屋令被拖延下达。金平没能等到拱土机开进村庄，就回了广东。离家两天之后，拆迁方通知拆房，金平遥控请人将旧房的家具搬到新房，花了 500 块钱。金平有点遗憾地说："当时新房一天都冇住。本来想等着房子搬家，把木材救下来，但等不到拆房子，后来这些材料糟蹋了。"

2014 年春节回乡过年，大姐执意跟我的车回乡。我知道，她想看一眼拆掉的老屋，更想看一看自家新房。

正月初四，我跟着大姐回了一趟老家。还建房小区有些冷清，各家各户关门闭户，全然没有农人开门迎客的热情。小区房子格局相同，房子大门千篇一律，只能借助门牌号码找昔日邻居。大姐找不到家婆所住房子的位置，向邻居打听，才找到家婆屋子。

许多人家来不及装修，新房还无法住人，一些春节返乡的村人只能寄居亲戚家。新屋对许多人来说，还只是一个算计经济价值的房子。

见过家婆后，大姐往村里去，家婆特别找出一个大塑料袋，让大姐到旧屋门口菜地摘一些菜回去，说是房子拆除后，菜园还在。

拆除过后的废墟村庄就在离还建房小区几百米处，靠近还建房的几幢房子幸存，其中一幢房子拆掉一半，露出下边刷白上面没刷白的双色墙面，这幢房子正好处在拆迁红线上，成为唯一一幢半边楼，立在靠近还建房的村口格外抢眼。

旧村已是一片废墟，留下一片残砖断瓦。走在废墟堆里，可以看到一些推土机手下留情后幸存的灶台，一段段倒塌一半的楼梯，一些顽强地斜靠在废墟间的大门，一些尚且完整随风翻飞的床垫，一些色彩鲜艳的废弃衣物，甚至发现一个看起来完整的废弃行李箱。

当天天很冷，刮着风。立在静寂的废墟村庄，听风在耳畔回响，像是村庄的呜咽。

站在大姐家的废墟前，已经看不到原来的影子，门口的池塘已经被填埋，贴着废墟的通厂铁路路基高高筑起，路基下是一条深沟，埋着的黑色管道没有被覆盖，管道通向几百米外的热电厂，高高的烟囱伸向天空，与周边低矮的村屋极不协调。通过涵洞口越过深沟，攀上铁路路基，路基上堆放着一些大块石头。视线越过废墟村庄能看清还建房，路基另一侧就是平行的武荆铁路，不远处的镇子显得陈旧。

大姐在废墟前的菜地里专心摘菜，霜冻过的红菜苔、深绿色的白菜、长不太高的大蒜还郁郁葱葱，与死寂一片的废墟村庄对峙着，以不屈的生长延续着旧村的生命。我突然有一丝想哭的冲动。大姐住了 27 年的老宅倒在眼前，她却只能摘取旧村送给她的最后一口美味。

春节过后，金平又回了一次老家，这一次为的是村庄被占耕地的补偿。之前，我从二姐家得知，每亩耕地到手的补偿是 2.4 万块钱，而镇里的项目征地补偿标准已经公开，每亩补偿是 2.73 万元。摆在村人面前的只是土地利益的重新界定，金平一家因为常年在外，而村里的土地调整过，大家在具体数量上争论不休。

为了拆迁一次次回家，金平一定感慨不少。问起感受，金平叹一口气：“住了 27 年的老宅哪里舍得拆，每次回去都去那看看，还是舍不得那个地方。”

安可：我这一生毁在了装卸公司

江汉平原的夏天天黑得晚，那天晚上 7 点已过，天刚擦黑，我走到安可家门口，恰好安可腋下夹着秧马（种植水稻时用于插秧和拔秧的工具，秧马的底板两头上翘，像航船一样，易于在泥水中行走）回来。安可见到我，面露惊喜之色。原来，他的儿子就在我工作的中山市亲戚厂里工作，正月间去过儿子那，上一年也去过几次，知道我在中山做记者，但一直不知道联络方式。

进一步怀旧，安可说他 20 世纪 70 年代从应城六中高中毕业回村后，当过两年民办老师，还教过我。我迅速搜索小学时期的记忆，实在想不起他教我的细节，不觉起了内疚。

末了，安可说了一句百感交集的话："我这一生毁在了装卸公司。"我的心里突然电击一般，从中读出了安可隐藏在心底的遭遇。正要向他细问究竟，安可家人喊他回家吃饭，我不便打扰，与他约好忙过这几天插秧后专程来找他，听他详细说说在装卸公司的事。

几天后的一个傍晚，我找去安可家，家里没人，托他邻居带话，第二天上午来找他。次日上午，我如约来到安可家，门开着，但屋里没人，再向他家邻居打听，说他等我等到 9 点钟，后来去田里打药去了。

我顶着烈日往田头走去，此时插秧已经完成，田间人烟稀少。安可打药的田需越过地势较高的菜园，但村里人说不清具体位置，我一路问过去，远远看到一块田里有人正在打药，走近了看，正是安可。

安可头戴一顶黄色草帽，上身穿一件蓝色红领工装，脚穿胶鞋，身背药桶，手握喷雾器，正在埋头打药。见了我，他停下来，放下药桶，爬上田埂。就这样，我们站到田埂上一丛树下，作了一番田头对话。

站在面前的安可，身板硬朗，说话不急不躁。他告诉我，他离开民办教师岗位后，到省商业储运公司所属的武汉汉西站做了 9 年搬运工，后来回到家乡，转到邻近郎君镇的双环集团东马坊装卸公司工作，一做就是 26 年。他的装卸工经历，集中体现在一双变形的手上。安可伸出双手，让我第一次如此近距离观察一个职业装卸工的手。安可的手皱巴巴的，像枯树皮，手指伸不直，指头宽大，中指格外粗壮，手指第一节肿大，指尖处起了老茧。安可说装卸工搬运货品时靠指头用力，尤其需要中指和指尖用力，所以中指尤其粗壮，手指第一节关节处因频繁抓取货品，关节肿大。指甲盖则因为连日插秧，被染上黄垢，没能洗净。

透过这双手，安可常年穿梭于货场的场景，仿佛就在眼前。有一阵子，安可的手就这么伸着，讲述装卸中的细节，似乎有说不尽的委屈。

早在 20 世纪 70 年代，20 岁的安可受当年的大队委派，到汉西站做装卸工，挂钩湖北省商业储运公司，这是大队组织的一支 30 人左右的装卸队伍，基本上是村里人。该站装卸铁路货物，不分白天黑夜，随叫随到，站方跟大队结算，工资打回大队，然后由装卸队负责人回大队取钱发工资。后来，安可接手装卸队管理。一天，安可取了现金拿去站里发工资，因有的人回家未归，有的人暂时不结工资，剩余 5000 元工资留在安可的办公桌抽屉内。当晚，安可出去装车，瞟一眼仓库，发现没灯亮，感觉不对。上去一检查，发现抽屉被撬开，5000 元工资被盗。第二天没等天亮，安可就报了当地派出所，但一直没破案，也没有人提出承担一点，损失只能由安可一人承担。赔这些钱得几个月，安可有点灰心，决定还清工资就不干了。随后的3个月，仓库方帮安可做了点手脚，瞒着公司和员工，每月库里以突发暴雨需要翻晒货物等由头，额外加点卫生费，如原本500元，实际给800元、1000元，加上安可的3个月工资，终于将被盗损失填上。还清欠款后，安可回乡，不久就进了双环集团东马坊装卸公司，那是1984年。

安可说，当年回乡还有一个重要原因是父亲病重。安可的父亲可能因为早年血吸虫病影响，身体虚弱，也没去医院检查治疗，靠一会，躺一会，几乎等于卧床。家里田没人种，新婚不久的妻子一个人在家照顾也不方便，家里又添了女儿，安可便回到家乡，就近做搬运工，兼照顾父亲并种田。至今，安可还在家乡过着两栖生活，装卸兼种田。

我迫切地想知道，安可为什么说一生毁在装卸公司。我想，30多年的装卸工生涯，是不是给安可留下了职业病，埋下了一生的隐患？

但安可说，尽管常年装卸氯化铵刺激很大，但没有染上职业病。毕竟装卸工劳动强度大，运动量大，饭量也大，吃石头都能消化，不存在消化不良，常年高强度体力劳动，一做事就冒汗，三九天都不用穿棉衣，练就了一副好身板。而且自己平时很注意自我保护，身体不适就休息，有毛病及时治疗，做装卸三四十年没有受过伤。

安可的遭遇源自2011年的那次请假。那一年，安可55岁。安可说，按照政策，装卸工人55岁可以开始领退休金。那一年，安可经常腰疼，毕竟年岁不饶人，一向担心受伤的他，找医院开了证明，向公司申请病休一个月，单位却不同意他请假，还要扣钱。再次请假仍旧无效，无奈之下，安可负气回了家，后被作为自动离职处理。

过去，安可与公司绝大多数装卸工一样没有买社保。离开公司第二年，公司给员工补办保险，保险公司、劳保部门给办了手续，部分老员工通过关系补了工龄，意味着这部分老员工到60岁退休后，可以每月领取退休金，且工龄越长退休金越高，估算不低于800元。但公司没有通知安可补办，待安可知道消息时，补办社保已经时过境迁。

离开公司后，安可仅凭家里的几亩农田不够养家糊口，2012年，安可找回原单位，要求恢复工作，被拒绝。安可说，公司经理嫌他年龄大了，不同意要他。没办法，他就转投了东马坊精铵溜板队，这是一家搬运工业原料精制氯化铵的公司，活计比原公司轻松一点，安可的身体可以承受。

说起在原公司的遭遇，安可感慨："为公司奉献了26年，从头到尾没给买保险，没有退休金，回来无着落，我就是想不通，做不动了叫你走路，一生无保障，这样白白走了是不是太可惜？"

不过，安可自己也说，就是2012年买了保险也没多少用，到期后只能取回本息，只有通过关系补了工龄的装卸工，才能享受退休金。说起这些，安可叹一口气："黑就是黑这一条。"

我没法回答安可，但从他的叙述中知道，他是原公司最老的装卸工之一。

安可说起5年前双环并入宜化集团时的旧事，那一年，他们所在的装卸公司一并卖给宜化集团，装卸工人工作难保，担心生活无着，发起罢工，游行到市政府大院，一度堵了武汉到宜昌的汉宜公路，最后，老装卸公司移交给新装卸公司，除退休人员和后勤人员不接受外，装卸工一并移交，每个装卸工按照1000～2000元的标准，给了工龄补助，安可因为工龄长，得到了最高的2000元补助。

失去了工作单位的保障，安可把更多的注意力转到儿子身上，这是他一年多次到儿子工作的地方的原因。

安可的儿子1987年出生，前些年在孝感技校学了模具设计制造，在实习阶段听从同样学模具专业后来开厂的老表建议，到老表在我工作的城市中山的工厂，从事模具方面的工作，一做就是2年。但模具太重，又脏，儿子不肯继续做下去，回家找到安可要求学开车。安可咬牙支付了5000元学车费，为儿子换来了驾驶证。

老表极力反对安可的儿子做专职司机，因为工厂司机是个辛苦活，不能一心一意开车，而是要兼职搬运，工资也不高。老表希望他专一点，在技术方面发展，老表的工厂也需要他的技术，并有意培养他，给他配了副经理职位，掌管裁员增人等重要工作，但安可的儿子就是不听。

安可的儿子到了另一个亲戚的工厂开车。但安可发现，工作之余，儿子喜欢跟一班老乡朋友出去吃宵夜，吃烧烤很多，分别轮流请客。安可算了一笔账，儿子月薪3000块，如果每天出去吃烧烤，工资根本不够用。于是，安可要求儿子换个单位，离开原来那帮朋友。

不知不觉2个多小时过去了，已经是吃午饭的时间，但安可的药桶还是满的。耽搁了安可打药，我有点歉意。

但安可没有介意，他说，还会到儿子工作的地方去，到了那里就跟儿子开车去找我。

守望家乡

不管是回乡创业的回归者，还是守在土地上的成年“闰土”，他们都有一个耕读传家的田园梦，因为对乡村的眷恋，共同选择了寂寞的守候。社会看不清他们的面孔，听不清他们的声音，甚至忽视他们的存在。他们中的许多人注定会随乡土一起老去，但反哺家乡者最终会留住乡土的根。

村支书：背负40多万村债一筹莫展

夏天回乡调查那次，第一时间想到的是程湾唯一的村干部小进，他是行政村四个村委之一，是自然村程湾的代表。找到他家才知道，他到武汉打工去了，因为在村里没什么事做，靠村委的一点工资没法养家。

我在心里紧了一下。在南方看惯了村干部选举剑拔弩张之后，突然听说家乡村干部放下村务去打工，觉得有些不可思议。

在镇上见到昔日同窗，请我到镇上一家像样一点的大酒楼相聚小酌，迎接我们的是另一位同学，酒楼是他开的，就在旧政府旁边，读书时我们常常从这里路过。说是大酒楼，其实只是一个由居民楼改造成的家庭式酒楼，客厅只能摆下一张台，房间开辟成雅间。说起生意，同学抱怨我们行政村前任班子欠下了几万块钱饭钱，至今无力偿还。

回村见到行政村支书涛涛和村主任毛毛，我急不可耐地抛出了心中的疑团。

涛涛并不回避村里的债务，但报出的数额远远超出了我的想象，达到40多万元，而村里只向一个液化气站租赁了土地，年租金只有1.2万元，刚刚租赁出去的几十亩湖荒地还在投入期，暂不能产生经济效益。

说起程湾村委小进出外打工，涛涛显得异常平静：“现在村干部不穷，不瞎开支乱补助，不靠工资生活，上一年我和村主任都冇收工资。”按照涛涛的介绍，财政一年拨付给村里的经费是 2.4 万元，4 名村干部人均 6000 元，也就是说，即使全部拿出来发工资，一个人一年也只能拿到 6000 元。而这 2.4 万元拨款，因为用费需要，得返扣部分费用，实际给村里的只有 1.6 万元，而村里一年开支大约需要 2 万元，也就是说，村里正常的运转都成问题，只能将工资问题放到一边。

我知道，涛涛家在镇上集贸市场口有一栋门面房，是 1993 年买下的，开了一家在镇上最旺的商行，在当地代理了稻花香酒和生活资料公司鞭炮；跟两个朋友合伙买了价值 80 万元的工程机械，在当地承接小工程；还开起了一家注册资金 50 万元的园林景观公司。涛涛算是地方能人治村的典型。30 多岁的涛涛，身材略有发福，长着一张娃娃脸，常带着笑，透着热情，眼神里有这个年龄少有的坚毅。

而小进一家务农，父母都是老实巴交的农民，离婚的哥哥没有出外打工。我理解了小进放下村务去打工的选择，那里有养家糊口的无奈。

与村里人聊起村债，对 40 多万元债务不能理解，在他们看来，20 多年来，村里有过两次较大的投资，都没有留下债务。

1992 年，镇里征用行政村土地，兴建三屋泵站。村里 1970 年挖成的引水河满足不了取水需求，河面需要大幅拓宽至 20 米，该泵站征用部分耕地作为主站区，征用部分耕地拓宽引水河，通过引水河连通镇里最大的湖泊东西汊湖，是镇里最重要的泵站。镇里首期投资 27 亿多元的华能应城热电厂项目，就选定了该泵站取水。

当年泵站征地时，开始时只补偿 600 元一亩，后来争取到 3000 元一亩，镇里还给予行政村 200 个农转非指标，行政村以 2000 ~ 3000 元的价格转让了部分指标。用获得的征地补偿款和农转非指标部分变卖的收益，行政村新修了学校，将小学搬迁到村外公路边；还建起了水塔，实现户户通自来水。

行政村另一笔大的开支是修通通村公路。大约 2004 年，获得上级 5 万元补助，并向村民集资，共花了十几万元，修通连接应长公路的村道，但没有留下债务，只是那次修路后，通村路至今没有翻修。我回家时看到，这段沥青路面的通村路已经破损不堪，通往程湾村口的一段路已经难觅沥青的踪影。

前些年，行政村基本建设停滞，却平添了 40 多万元债务。恰恰是这笔沉重的债务，缚住了现任村班子的手脚。

2004 年，占地十几亩的村小学并入镇中心小学后一直闲置，留下一栋三层教学楼，村里一直想盘活这份资产。涛涛谈起前几天与一家环保建材厂没有结果的洽谈，有点懊恼。原来，与对方商谈的条件是，对方租下小学教学楼和前后场地，年租金 10 万元。但村里开出的一次收取 10 年租金的条件，将对方吓退了。对方最终选择了汉宜公路边的另一个场所。

涛涛说，提出一次收取 10 年租金的原因是，除了耕地外，村里只有这一块有价值的物业，如果按年收取租金，债主就会不断上门讨债，村里几年都用不上这笔租金。如果能一次性收取 10 年租金，就可以还清欠债，利用余下的钱投资村庄道路和基础设施建设。

行政村里有东、西两个泵站，是村里农业的命脉。记忆里，儿时的我们，每到抽水时，常跳进抽水机台子上的水渠里，顺着水流滑行，享受戏水之乐。这些年家乡改种一季糯稻后，五六月成为家乡插秧季节，记忆里，插秧季节正是泵站忙碌时。但回乡的那段时间，渠道里一片干裂，没有一丝抽水的痕迹。向村邻打听，说很久没抽水了，多用自备的小型潜水泵就近取水，实在取不到水时只能望天收。

向涛涛了解泵站何以不开，得到的答复让人默然。两个泵站已经有

40多年历史，用的是苏联时期的老设备，机房早已变成危房。泵站所有设备急需更新，机房需要重建，预算资金10万元，但一直在等待“小农水”资金支持。村里为泵站项目跑了几年，报告打了多次，但全镇一年只有20万元“小农水”资金，一年只能解决一两个村的问题，而全镇有37个行政村2个社区和1个新村小组，想拿到“小农水”资金只有排队。好不容易做通工作，答应了当年解决本行政村泵站翻修，但当年该项经费落实不了，只能等待下一个年度再争取。

另一个问题却在程湾更加迫切。回到村里，家乡连日下雨，村民不断抱怨村子是个“泥巴湾”，来了亲戚都有些不好意思。行走在雨后的村庄，要小心翼翼地贴着墙，寻找能够下脚的地方。

2014年春节期间，几场婚礼和寿礼在泥泞中举行，这是乡村近些年形成的新俗，即在春节万家团圆之际，利用亲朋好友聚集的机会，操办喜事。从外地开车回村的村里人，送礼的有车一族，尤其是组织婚车队的主家，不明就里地将车开进村庄，在没有硬化道路的村庄里，将开阔地碾得千沟万壑。初六晚上冒雨到族亲家贺喜，出门时看见一辆车陷进泥坑里动弹不得，几个大汉被叫来帮忙，好不容易将车推出泥坑。客人不断抱怨，再不敢开车进这个村。

在村庄的日子，村邻不止一次哀叹村庄的落后，他们说，周边很多村庄都修了通达各家各户的“穿心路”，都得到了国家交通补贴。我们村却几十年不变，一遇下雨就泥滑路烂，白天要踩着路边杂草跳跃式行走，晚上打着手电也难以出门，村民只能窝在家里叹天气。

雨天过后，太阳是大地仅有的干燥剂，遮阴挡雨的大树反倒成了包袱，因为遮挡了日照，村人往往将屋前大树锯掉，也希望邻人将影响自家通道去湿的大树锯掉。

泥地里的呼唤声声揪心，听得人心绪不宁。但谁能帮助村庄走出泥泞?

节日里，程湾几户没有通道的人家聚到一起，商议自己筹资开通一条连接通村公路的村道，但后来不了了之。倒是另一个自然村黄家湾的成功人士节日为修路捐了资。

将修路的话题抛给涛涛，个别自然村和部分村民的自觉行动给了他信心，也增添了他的压力。他希望利用村民的热情，动员部分热心村民捐资修路，并发动全体村民集资。行政村里早就做过预算，翻修通村公路，并将村道通到每家每户，总投资大约需要 100 万元。涛涛说，想了很多节省修路款的办法，计划利用自己家的工程机械施工，利用拆房子留下的廉价砖渣铺路，组织村民出劳力，还表示愿意自己垫付一点启动资金，用分段施工的办法，一步步修通村道。不过，捐资和集资修路还遇到另一个障碍，就是因村里过去欠债较多，干群之间一度缺少信任，现任班子对集资只能慎之又慎。

许多个阴雨的日子，我会想起村庄，想起村邻一双双期盼的眼睛。

所幸，赶在 2015 年春节之前，程湾完成捐资集资修路。但工程车碾过的行政村道路更加坑洼，通村公路翻修已经不能等了。

权哥：从政协委员到上访户

2011年元旦，权哥大儿子在我工作的城市中山的一场婚礼，可能是他家最惊艳的一次亮相。新娘是在“灯都”古镇办厂的湖南老板的女儿，女家帮手在“灯都”崭新的住宅区为新人筑了一个爱巢，几十辆婚车浩浩荡荡从小区出发，奔赴酒店，两个天真烂漫的洋娃娃似的花童，扫尽了婚礼的乡土气。当天我如约来到婚礼现场，为权哥家留下了一张珍贵的全家福，这张照片后来登上了权哥家电脑桌面。

画面中，一家人手挽着手，笑盈盈地簇拥着。最难得的是，西装革履的权哥和风韵犹存的妻子身上，看不到一点乡村的影子；两个双胞胎儿子风流倜傥，与分别来自湖南和江苏的儿媳妇郎才女貌；两个继承父辈基因的女儿，被都市生活塑造成时尚一族。

权哥是我的族亲，他和生身父母曾在我们家老宅借住，后来他被过继给大伯，搬离我家老宅后一直在镇上生活。过继前后，权哥的父亲以经商为业，家境殷实。权哥后来娶了位貌若天仙的妻子，妻子身高比他略高，这是当年乡村送给镇上殷实人家的最高礼赞。美貌女孩嫁到镇上人家，可以进入镇办企业上班，相当于吃上商品粮。权哥妻子就享受了这样的待遇，还没结婚就被安排到镇办塑料厂工作。

但塑料厂留给权哥妻子的是一个永远的人生记号。1978 年 7 月 13 日，一声凄厉的哭喊从车间传来，权哥妻子左手除大拇指外的四根手指被卷进注塑机。事发时，她正怀着第二个女儿，当天，她替换奶孩子的同事上岗，不料事故发生，四根手指被切除。伤愈后她还被安排到集体企业卖油条，到皮匠铺发鞋子。后来的许多年里，她用一个手帕将断掉四指的左手包好，不让人看到她的断指。夏天回乡那次见到她，她主动说起断指，大大咧咧展示自己的断指，让我第一次真切地近距离看到了这双手，四根手指齐根截肢，伤口处光秃秃的有些骇人，她想表达的却是补办镇办企业人员养老保险漏掉了她。

据她和权哥说，2011 年，应城市人社局发布《关于解决原城镇企业未参保职工养老保险问题的实施细则》，政策实施完成后，他们才得到消息，却发现部分没有在原城镇企业工作的人补办了这份保险，每月领取几百上千块养老金，而像她这样因工致残的老职工，却因为当年企业早已关闭名册不在了，被排斥在政策之外。他们找到村里和当年同事出具证明后，找到社保部门，始终没能得到这份保障，只是郎君社区于当年为她办理了残疾人证，残疾等级为 4 级，得到一点残疾人保障作为弥补。

我让她先把当年的遭遇写下来，以便帮她拟写一份情况反映。她找来一条红河烟的包装盒，在里面白板上用圆珠笔写下当年遭遇称：当年医治和买东西到家看望，企业部门共花费 120 元，伤愈后上班到企业关停，至今无人过问，这次企业保险补办又无本人，本人极其反感，才向有关部门提出呼吁。短短几行字里，看得到不少错字。

镇上当年的集体企业早已不存，分管集体企业的经委也已成为历史，当年的资料在变卖办公楼后，被当作垃圾处理掉。权哥将妻子的情况反映递上去后，似乎一直没有结果。

当天话题迅速转向了权哥的政协委员身份，他是村里唯一当过政协委员的人，那是 20 世纪 90 年代的事，他正与另三位合伙人承包着镇办第一砖瓦厂，算那个时代的小企业主代表。我很好奇，权哥为何走上政协委员位置？政协委员身份给他的生意带来什么？权哥的叙述多少有些令人失望。

权哥继承父辈经商的基因，十三四岁开始做生意，号称什么生意都做过。他卖过鱼苗，收购过黄金白银，卖过金币，甚至卖过假银元。

20 世纪 80 年代，家乡流行办线厂，生产缝纫机需要的各色线，如涤纶线、锁边线、松紧带等。1986 年，邻县汉川刘隔镇家具厂对外招租，门路广、有销售渠道的能人权哥成为招商对象，权哥与两个当地人合伙办起线厂，他不是法人，但工厂销售由他全权负责。最终随着竞争对手一哄而上，货款不能及时到位，加上遭遇骗子，企业关门倒闭，欠下 15 万元银行贷款。被认为“负责销售有偿还能力”的权哥，被关进看守所三天，库存损失也要求权哥承担，后在应城法院向孝感法院反映不公后，权哥才被放出来。最终企业变卖设备资产还了部分债务。

权哥叹息自己生意并不成功：“生意路数都是我们摸索的，但先走的赶不上人家后爬的。”

权哥当上政协委员是因为回乡接手镇办第一砖瓦厂。那是 1997 年，东南亚金融危机波及家乡，陷于亏损的郎君镇第一砖瓦厂转制，权哥再次扮演能人角色，与另三位一起承包该砖瓦厂，一包三年。第二年，救厂有方的权哥没有征兆地成为政协委员。三年承包期里，该砖瓦厂年产值过百万，每年上缴利润 27 万元，一个曾经烫手的亏损山芋变成了盈利香饽饽，也向权哥的承包人身份提出了挑战。

还在政协委员任期内，该砖瓦厂的承包期到了，用权哥的话说，有人想把砖瓦厂转租给亲朋，向政府反映不实情况，将砖厂查封了。砖厂是权哥出面担保向信用社贷的款，砖厂被查封，意味着权哥的资产被冻结，还欠下信用社债务。权哥将情况反映上去，后来法院解封了资产，但政府一直不退还约30万元资产，而将其留在砖厂由后来的经营者继续使用。权哥以政协委员身份成为了上访户，不断向信访部门、政府部门反映诉求，被建议用法律途径解决，政协委员的光环也逐步褪尽。之后的六七年，是权哥被浪费的几年，为官司的事一直在家耗着。

我不知道，坐在“两会”会场的他，有没有把自己的遭遇写成提案或建议，用自己的特殊身份为自己维权。但从他和妻子请我草拟陈情书中，我看到了他的书面表达短板。

权哥说，气愤到极点时，曾在镇领导办公室砸了对方的茶杯。直到2007年，权哥才赢了官司拿回24万元，还清了债务。

官司尾期，权哥借了钱到青海办砖厂，亏了10万块，最困难时向人拿了加利钱。拿到砖厂退款后，到宜昌跟人合伙办厂，是制造塑料制品添加剂的工厂。2009年，权哥到了我工作的城市，带着大儿子到了灯都古镇，为一个浙江照明企业在古镇设点，卖工厂生产的节能灯，一做就是3年，大儿子正是在这里认识了后来的妻子。

大儿子结婚时，小儿媳已经有孕在身，家庭需要他退守家乡迎接孙辈，常年做老板的权哥，也不习惯为人打工的生活，总感觉心有余力不足。大儿子婚后不久，旧历新年前，时年54岁的权哥回了老家，这时的他已经有了新的蓝图。他工作三年的灯都古镇，不仅灯饰业占据全国7成以上市场，而且花木业扬名业界。大儿子的婚礼就在绿博园附近举行，会赚钱的树木花草给了他灵感，他想起了村庄绵延3公里的河堤，那是一片大部分荒弃的无主地，正好用来栽树。

回乡后，权哥的想法很快得到村干部认同，跟村里签了15年土地租赁合同，2.4万棵意杨很快种上去了，光树苗的投入就是4万块。这是一种速生杨树，在家乡多被当作木芯板原料，价格以吨为单位计算。

权哥的意杨遭遇的第一个考验是土地纠纷。与村里签约种树前，个别村户在河堤上就近种有棉花、花生之类，见到权哥新种上去的树，怒不可遏，一夜之间将树砍掉几百棵，经警方调处才化解纷争。第二个考验是人工，当年新苗需要分段看护，还要除草、打药灭虫、施肥、整枝，样样都需要人手，权哥雇请了四五个人，最多时请了六七个人，都是村里的老人，当年村里的人工价格是，老太一天 80 块，老头一天 100 块，很快每天人均工资涨到 100 块以上。权哥说，刚开始时不请人不行，不然保不住这些树。现在，这些树已经长大，不需要专门请人侍弄，只是在需要时请短工，权哥感叹现在的人工太贵，已经请不起了。更大的考验是意杨至今只有投入没有产出，权哥为意杨的投入已超过 30 万元，还不包括自己的人工付出，但意杨在权哥眼里不像速生林，他总嫌意杨长得太慢，而且曾经水淹导致部分意杨倒伏后报废，意杨目前的行情似乎也不如以前，一棵 10 米高的意杨只能卖 100 块左右，如果现在卖掉，权哥还要亏本。也就是说，权哥的意杨还不到套现的时候。

权哥的意杨越长越高，冬天里，卸去了绿装的意杨，在村庄河沿挺拔着，枝条顽强地伸向天空，像在述说权哥守望家乡的信心。

但权哥似乎不能在家乡守望下去，意杨不能给他带来看得见的财富，他必须养家糊口。在返乡两三年之后，权哥重新走上了生意之路，这一回，他做的是家乡最多人做的煤气生意。他到亲戚在贵州开办的气站参了股，为气站的手续奔忙了一个秋冬，他参股的气站有了合法身份。

春天里，权哥的意杨枝繁叶茂，权哥的心一定随着意杨摇动，因为他的小儿子年前为他添了一个孙子，他应该更希望守在家乡，每天逗着孙子享受生活的美好，感受自己生命的延续，也看着自己的意杨攀升到能够出手的价位。

冬生：从走投无路到纳税的开发商

2014 年正月初九下午，天上下着雪，大地白茫茫一片。我在镇卫生院拍雪景，一个打着领带的中年人端着塑料洗菜篮子，俯身在一户平房民宅贴墙的长条形菜地摘白菜，我们互相没有招呼，也没有看清对方的脸。

拍完照转过来，他大约看清了我，对好奇的我起了好奇，目光迎向我面带微笑，算是招呼。我停下来，看到一张熟悉的脸，是村里人，但记不起名字。我先发了话："你是我们村的。"他立即说出了我父亲的名字，然后自报姓名："我是冬生。"末了还补充一句："你考学出去的时候我还去过，那时我在小队当队长，跟你爸一样在小队当干部。"我有点意外，因为早知道雅苑是镇上最具规模的小区之一，主要开发商是同村的冬生，身家不菲，但他所住的却是眼前的平房，位于卫生院内，与院内住宅楼相比，显得有点低矮，似乎不太相称。

冬生本属隔壁湾，跟我们不在一个生产队，但早些年他贴着程湾建新房，与我们家只相隔百多米距离，与程湾的往来频繁起来，与父辈非常熟悉。

在乡邻眼里，冬生开发房子发了大财。他跟镇上人合伙，买下镇上原有抽水机台子和边上空地，将抽水机台子挖掉，开发出两排共 4 栋 5

层楼房，他给小区取了一个高雅的名字“雅苑”。早听说雅苑小区是小产权房，价格在1380元，不算贵，但因为暂时办不了房产证，听说卖得不太好，春节期间只看到几户有人居住，几乎看不到车辆停放，春节期间偶尔看到有看房模样的人出入。

向他求证卖房情况，他说卖出一半。问他的小产权房能否转正，他一口咬定没问题。我将信将疑，但没有细究。

关于他的资金来源，村里人有一个暧昧的说法，说是来自一个富家女的资助。向他求证，他斥为谣言。

末了，他提出请我去家里坐坐。但此时正是吃饭时间，我自觉登门不妥，婉言谢绝了他的邀请。

春节回家的几天，村邻对雅苑小区多有议论，多集中在是否值得买，也有对小区建设中车辆碾坏出入路口的抱怨。据说，因为路面被货车碾碎，大块水泥横七竖八躺在路中间，来往小车不得不“跳着”桑巴舞蛇形前进，小心翼翼保护着底盘。据说以前曾有小车半夜被卡住底盘动弹不得，不得不叫来家人帮忙抬出。春节期间，回乡的驾车者搬离了部分突出的水泥块，平整了坑洼处，才避免了车辆底盘被卡住，但也得小心翼翼避开障碍。部分车主绕道从人车混杂的市场穿过，避免行走该坑洼处。

我们的新屋就在雅苑小区边上，与小区关系如此密切，共用着小区的道路，出入必经被碾坏的路口。我想专门会会冬生，探究他的地产开发之谜，借机转述乡邻的意见。

正月十一那天，我径直走去冬生家，他不在屋里。见到他的爱人，说明来意后，我转身离开。走出去不久，约莫几分钟，冬生的电话打过来，热情地邀请我去家里坐坐。于是，在他家没有摆放茶几的会客间里，我瑟缩着与他作了一两个小时长谈。冬生一开口就把我惊住了：“我以前什么坏事都做。”

听他讲述敢作敢为敢闯的30年，就像看一幕人生大戏。

还在生产队的时候，我做过小队队长，村治保会主任，分田到户后，什么事都做过，卖鱼苗，卖布，收购金银，卖线，做的事太多，就是不爱种田，在村里还受过打击。卖鱼苗时，我带着十多个人，挑着鱼苗担子走南闯北，一次出去个把月，最少赚个几百块钱，那个时候钱值钱啊，鸡蛋只要5分钱一个。后来背着包卖布，走村串户，一次出去十多天，赚个五六百块钱。

我这人胆大，成功不成功都敢搞，要么倒，要么好，不敢冒风险不能成功，只有敢作敢为敢闯的人才容易成功。我常跟两个儿子说，你们不能堕落、无能。

我以前什么坏事都做，我们村在镇上的名誉是我打出来的，许多时候没有我不敢开席，打架扯皮的事都有我，经常被抓到派出所。

我以前可说好赌，赌博时喜欢坐庄，图一时之乐。2000年的时候，输掉了几万块钱，将赚的钱都输光了，就向别人拿高利贷，也输光了，走投无路之后走人了。后来想通了，再不能赌下去了。

我有泥工手艺，奥运会前几年修奥运村的时候，我带着村里和周围几十个人去北京，通过关系介绍了奥运村粉刷工程，工地在朝阳区，工程不小，是4栋楼的内外墙粉刷，有差不多3万平方米。

粉刷工早上6点半上班，做到11点半，午饭加休息一个半小时，中午1点开工，5点半到6点下班。

我带着两个儿子一起做，他们那时候十八九岁，跟着我们做小工，日夜拉灰。两个儿子吃得苦，凌晨3点钟起来去抢灰，因为奥运村工地大，施工队多，但只有一台搅拌车，供应完粉刷的灰后，就要改成搅拌混凝土，施工队只能提早去抢灰，不然当天就没办法干活。这个活关系到施工队的饭碗，也只有自己的儿子能做。我们施工队一天最少要 80 到 100 车灰才够用。那时工地吃的是大锅菜，油盐蛮少，又支不到钱。儿子一天磨烂一双解放鞋，都没钱买鞋。儿子拖着翻斗车来回跑，手上、脚上都打起了血泡，看着心疼啊。

后来赶上北京非典，人心惶惶，整天打乱仗。有人偷偷逃跑，怕被关进去，不敢干了，施工队最多时有 30 多个人，后来走了一半，只剩下十五六个人，摊子就这样散了。实在没办法，就到路边找熟人介绍，增加到 20 多个人。

侄子比儿子大五六岁，在工地做泥工，有一天发高烧到 42 度，弄到医院，担心是非典，吓得哭了，但门卫不让出门。侄儿说“完了，肯定是非典”。后来，我们偷偷把侄儿送到北京火车站，送回老家，一检查，发现不是非典。

做完奥运村工程，当年下半年到天津塘沽，承包一栋商业大厦的粉刷。我们没有营业执照，好的工程接不到，只能接到吃亏的活。工地上老是扯皮打架，民工找我要工资，我向老板要工资，工人拿不到工资就开始闹，一波三折，实在没办法，我就回家拿高利贷去付工资，借了 3 万块钱，月息 5 分，用了一年多，一年利息就是 60%。当时就是想搏一把，因为人生道路不起不跌的话，怎么能出人头地！那时处在生死存亡关头，工地上拿不到钱，但工人工资不能拖欠，不然没人干活，不能按时完成工期就要违约，还要被发包方扣钱。

最困难的时候，工地上干活的人不够，只能到路边找“站岗者”，就是在路边等工头的零工，他们的活没保障，有活做就有工资，没活做就什么都没有，但工资高一点，当天做工当天结清工资。

到最后，塘沽工地一笔烂账，没赚到钱，打了个平手。

后来就心想，总是这样做不理想，这得多久才能给自己买套房啊！于是到了武汉，想办法在古田三路开了一个棋牌室，有4张牌桌，分成白班和晚班，白班从上午11点半到下午5点，晚班从5点到晚上11点半，每张台每班收50块钱，这个生意比较赚钱，开了3年。像有的宾馆的棋牌室还抽水，有的一天抽水几千块，少的时候也有两三千块。

在外跑了那么多年，想回来做点正事，为郎君人民造福，回来接了一些工程。后来看到镇上废弃10多年的抽水机台子，可以拿来搞开发，就盘了下来，花13万8000块包给人将土拉走，请应城设计院做了设计，光设计费就花了13万块，目前已经开发了两排共4栋5层的房子，前面一排每栋有两个单元，后面一排每栋有3个单元，都是3房2厅1厨1卫结构，后面一排每户多了一个储藏室。准备在前面再拆掉一栋房子，再建两栋楼起来，达到160套房、超过70个车位。还准备将小区中间道路通到人民路，形成循环道路。

工程2012年动工，整个项目投资了近2000万元，以我为主，其实只需要七八百万就可以运作这个项目，没有贷款。因为大部分材料，像钢材、水泥、石子、沙子都可以赊，建起来后再付钱，毕竟我们做的面积大，有房子在那里，别人不怕我们不给钱。但工资不能拖欠，急用的钱像水电费、管理费、税费必须付清。房子开始销售后，资金就滚动起来了。

工程大包干给应城建筑公司，建设周期8个月，3月份小区栽树。

小区已经销售了一半，都是现款买房，确实有困难的可以分期付款，亲朋好友和村里人来买都给几千块钱优惠。来买房的多是子女买给老人，方便照顾小孩上学。也有给孩子买婚房的，离镇子比较远的村的买家比较多。

我们的项目报的是新农村改造，还纳了几十万的税，社区请应城电视台来采访过，每个星期五播放。

这个项目完成后，我计划在靠近汉宜公路的老虎山建一个酒店，包含钓鱼场等项目。我看到很多人从外地回来，镇上仅有的一家宾馆供不应求，我儿子从外面回来也在那家宾馆住，当地人办个宴席也没地方，想在镇上消费但档次不够。我想让当地人有一个像样的消费场所，这样的项目将来一定吃香。

听冬生讲自己的人生故事，时时生出人生如戏的感慨。他跌宕起伏的30多年，正是农民进城的30多年，在他身上，集中了精明乡下人的敏锐、豪爽、投机，有时看不出是非观念。像他开发的小产权房，就有跟政策对赌的成分，在北京市挥刀砍向小产权房的时候，他却坚信自己得到默许的项目能够转正。从乡村的视角看，他是一个闯出一片天地的成功人士，村里人对他的议论带着羡慕。

至今住在低矮旧平房里的冬生，过的是小户人家的生活，高调几十年的他，如今选择低调。他说："低调是劳动人民的本色，人有了不要发狂，穷富不比高低，朴素为好。"

丽人：回乡创业，就想离孩子近一点

村里靠近河边有一片低洼的湖荒地，以前经常涨水长期闲置，近些年涨水少了，逐步被开发出来种藕。夏天回乡调查那次，得知村里招商引资，有人投资百万开发精养鱼池，养殖龟鳖，投资者是 30 多岁的外嫁女丽人。我有点意外，丽人比我小十几岁，我看着她长大，后来嫁到哪里，做什么营生，我一无所知。

那几天，精养鱼池正在挖泥，并在鱼池边沿搭建活动板房，先是挖掘机填土时撞塌了地下室需要返工，随后挖掘机几次栽进泥水里，旱挖机被换成水挖机，水挖机又换回旱挖机，原定的挖泥工程量几近翻番，但连续几次现场处理，丽人一直没有露面。

我正疑惑丽人投资背后是否另有其人，毕竟，那么多的施工意外和工程超支，投资者不可能置身事外。

一天晚上，终于在丽人家见到她。前一天晚上她风风火火从广州飞回，当天为鱼池的事跑了一整天，晚上拖着疲惫的身体回到家。

我向她抛出连日来的疑问，年纪轻轻的她何以跟龟鳖打上了交道？从她的叙述中，我知道她曾参军入伍，1999 年从部队转业后，就跟着同学兼男友到浙江，做起龟鳖生意，婚后也没有放弃。从零售做起，每天起早贪黑，从早上 6 点摆摊到晚上 6 点。后来发展到批发，婚后将批发生意做到了全国，最多的时候一天拿五六万只宠物龟。

丽人清楚地记得自己的第一单生意，她从杭州到一个镇子的小农户家拿货，先坐了 2 个小时公交车，到镇上后，一个 40 多岁的男人骑着摩托车到车站接她，经过半个小时行程，到达男子家里。一个还没有结婚的女孩子，坐在一个陌生男人的摩托车后面，走在人生地不熟的乡间，不知道东南西北，她第一次有了顾忌。到了养殖场看到很多乌龟，她发现，这个村 90%的人家搞养殖。

第一次进货尽管陌生，却有惊无险。但十几年生意生涯中，丽人留下了许多惊险瞬间。

有一回，一个客户到她那订购几千只中华草龟苗，每只价格 22 元左右，总值十几万元。客户钱没付清，但她相信人家。不料，客户将龟苗运回家后，不知何故，死掉七八百只，损失一万多元。客户担心龟苗有问题，不肯付余款。丽人只身去讨债，那时她才 20 岁，还没结婚。客户不仅不付钱，还把她扣在那里，威胁“要么留在这，要么给我换”。丽人跟客户分析，主要是不懂技术，可能因为水温没调好，温差导致龟苗发病。她表达诚意，愿意分担一部分损失，并希望继续合作。她的沉稳和坦诚打动了客户，后来彼此作了让步，丽人承担 5000 元损失。那一次，她被滞留 10 多个小时，后来这个客户还成了她的常客。

丽人记忆最深刻的一次是，2002 年孩子几个月时，她把孩子放在家里，自己只身去很远的养殖场进货，那时因为缺货，她辗转于养殖场之间，好不容易进到 2000 多只巴西龟。因为数量少，叫车划不来，对方又不送货，只是帮她送上公交车。等她转车后回到家附近的车站，老公骑着自行车等在那里接她，一趟趟将乌龟拉回家。她回到家时，听到的是嗷嗷待哺的孩子撕心裂肺的哭喊，她说：“那一次永远不会忘记。”

市场就这样一步步做开来。郑州是丽人的一个主打市场。那一年，郑州一个客户找到丽人。当时丽人在一个城市只做一家客户，扶持对方做强做大。丽人在郑州本来已经有一家合作者，一天能卖千把只龟。但找她的这一家比前面一家生意量更大，诚信较好，丽人破例跟这家展开合作。现在，她在郑州市场做得比较成熟，一天可以卖万把只龟。丽人批发的主要是观赏龟，丽人说，乌龟象征吉祥、健康、长寿，家里养龟寓意很好，一只乌龟才几块钱，价格能让百姓接受，市场空间较大。

丽人后来重点做两广和江浙市场，主要市场在江浙，基本运作是通过电话联络，凭的是诚信，赚取有限的差价，有的是浙江本地供销，有的从浙江销到广东，有的从广东销到浙江，也销到湖北、湖南、海南。客户主要是养殖场，以销售龟鳖苗为主，有时一只苗只赚 5 分钱到 1 毛钱。丽人起的主要是中介作用，平常待在杭州，客户给丽人发货不需要运费，丽人将货发到机场让对方提货。

平时，丽人在客户间飞来飞去，像一只不知疲倦的候鸟，与客户交流行业信息，分析市场行情和市场走向，研究适合品种。

近几年，丽人发现市场越来越难做，因为信息越来越透明，利润空间越来越小，龟鳖养殖出现供大于求之势，养殖场之间往往直接交易，不再需要像她这样的中间环节，只有货源紧张时才需要她这样的中间环节调调货。

常年的龟鳖生意让她看到，江浙许多六七十岁的老人从事养殖，一年也能赚二三十万元。丽人说，“中华草龟”原种是从湖北湖南引进到浙江的，现在却返销到家乡湖北。家乡人很早就养殖龟鳖，比江浙都早，以前浙江人要到湖北打工，现在许多家乡人却要到江浙打工，反差很大。江汉平原作为鱼米之乡，有大量土地，闲置鱼塘不少，发展养殖业的条件得天独厚，如果能在家乡办起养殖基地，可以带动一方致富。丽人说，随着人们生活水平提高，龟鳖走上寻常百姓餐桌，但食品不安全因素越来越多，她希望利用家乡生态资源，发展生态养殖。

丽人对自己的经营优势信心满满，她说，这么多年的摸爬滚打，在业内建立了一定的关系网，既有一定销路，可以直接供货给零售终端，又掌握了一手进货渠道，不需要经过中间环节转手，可以将中间环节省下来的利益直接给客户。

2013 年，丽人回到家乡，与村里就开发 100 多亩湖荒地建设精养鱼池达成共识，村里希望借助她的投资和供销渠道，将闲置湖荒地整合起来开发，通过招引专业大户，为村里留下一份精养产业。

丽人为自己的精养鱼池拟定了 3 年计划，用 3 年投入打开局面。如果稳定下来，她想在家乡开龟鳖专卖店，卖自己的产品；还想在鱼池现场开办园林式农家乐，做龟鳖为特色的餐饮业，卖自己的产品。

那次在家乡期间，我就精养鱼池项目与村干部有过一段交流。村干部说，几任班子都希望开发这片湖荒地，但都因为利益诉求方太多而无功而返。2012 年，新一任村班子决定打破僵局，村干部分头到该湖荒地涉及的 70 多户村民家做工作，给予适当补偿后，请他们退出湖荒地。每天一大早，村干部就分头走村串户，到深夜还在村民家以理服人。往往在村民家里遇到女主人，女主人却推说要男人当家；有时做通了老人的工作，在外的孩子突然节外生枝。

100 多亩湖荒地只收回了 60 亩，剩下的湖荒地还在做工作。

那次与丽人交谈时知道，她住回了娘家。那个周末，她将 11 岁的儿子从几公里外的邻县接回，白天带着孩子逛县城，晚上还借了我的车带孩子到邻镇吃宵夜，看得出她对孩子的爱，有孩子长期不在自己身边的愧疚和弥补。那时，她与老公分开已两年，孩子留在爸爸家上学。丽人回乡创业的一个重要原因是，希望离孩子更近。

跟她谈起回娘家创业，听到的是她心中的沧桑：“业界十有八九说我是女强人，过去生意太忙，没有照顾好家庭和孩子，像头驴一样只知道拉磨，只知道卖货进货。现在想换个活法，想安定下来。”

听丽人的人生感叹，体会得到那是一种情感失落后的身心疲惫。她最歉疚的是陪孩子的时间太少。孩子3岁开始，他们就将孩子送进了寄宿制双语幼儿园，用去了七八万块钱，每个周日晚上将孩子送进园，周五下午将孩子接回家。长期的寄宿生活，养成了孩子从小自立的习惯。就是现在，孩子在爸爸家乡上小学，由爷爷带着，孩子周末到她这里来，多是爷爷将孩子送上公交车，她在郎君站接上孩子。

丽人说，过去一门心思赚钱，想给儿子和家庭创造更好的生活环境，但离开孩子他爸后特别想回家。一个女人，在外面再成功，没有家就一点意思都没有了，在外面生病了都没有人问候，有时不免感到凄凉。

春节回乡，我专门到丽人的精养鱼池走了一遭，鱼池钢丝绿色围栏立起来了，绿皮活动板房被分隔成厨房、娱乐室、家庭卧室、办公室、仓库和员工宿舍，底下的温室还没有装修，部分鱼池还没有投入使用，春节期间只留下一个员工看守。鱼池投资已达到150万元，远远超过当初的预算，已经比原计划翻番。从上一年七八月份开始进龟鳖苗，光订购龟鳖苗就花了几十万元，部分苗寄养在浙江客户那。

春节期间，丽人还在外面为资金奔忙，她在杭州的上百万资金一时要不回来，鱼池还不能做护坡，寄养的龟鳖苗还不能拉回来，她盼望能得到政策性农业资金扶持。更大的问题是，村里通往鱼池的一段路还是泥路，一下雨就进不能进出不能出，不知这段路什么时候能修通。

喜叔：一个单职工的田园梦碎了

这是他留在我镜头里最后的影像。

夏天回乡调查那次，离开前一天，我站在军军家门口，与正在洗衣服的军军妈聊天，门口就是一块稻田。一抬头，看到喜叔跟在老伴后面，健步走在这块田的田埂上，右肩扛着两把小锄头，老伴空手走在前面。见到我出其不意举起镜头，喜叔和太太一起笑了，脚步没有停下来，就这样，留下了一张乡村田园图。画面中，喜叔露出几颗金牙。后来知道，这是因为小时候发疳积坏了牙，后来换上去的。

第二天，我踏上归途。

4 个多月后的一天，喜叔的侄子国生到我工作的城区办事，他在中山所属的黄圃镇大岑村与人合伙办厂，我们相约在体育场碰头。见了面，聊起我的村庄行，国生说上个月刚刚回了一趟老家，为喜叔奔丧，喜叔 10 月 24 日去世了。去世时，正是他栽种的棉花收获的季节。

我怔在那，有些不愿相信。

那次回村，我几次跟喜叔相遇，几度跟他聊天。拍照当天，他们正在去田头给棉花除草的路上。之前，我曾在喜叔家门口遇见他，他正对着一瓶农药发愁，旁边放着药桶，但他看不懂这种药怎么使用，请我帮他看看。我拿过来，却找不到用量说明，只能遗憾地告诉他，我也看不懂。他拿起药瓶，摇摇头，将药瓶和药桶放回屋里。我知道，他们许多年不曾务农，对如今的农药生疏了。大概是当天打药不成，他才临时决定到田头锄草，我离开不久，他和老伴恰好走过来再次相遇，有一种重逢的喜悦。

国生告诉我，喜叔得的是白血病。

我有些难过，喜叔年纪不大，与新中国同龄，只有 64 岁。他的生活曾是许多人期待的。年轻时以农民身份当上工人，到邻镇长江埠盐厂工作，端上铁饭碗，让家人免受乡村饥饿之苦。当年程湾像他一样当上工人的单职工还有几个，是村里人羡慕的对象。喜叔的大儿子雄俊中专毕业后外出打工，后来小两口到武汉华中通信广场开店，有了自己的事业，这里是武汉地区唯一的大型手机通信产品集散地，他们批发手机零配件，店子有 20 多平方米，生意还不错，店面和两个仓库的月租就要 2 万多块钱，每个月员工工资开支就要万把块钱。小儿子长大之后顺利接班，接过铁饭碗，衣食无忧。1998 年，49 岁的喜叔功成身退，自谋职业发挥余热。他先是和老伴到武汉做小生意，挣不到钱，一年后又到武汉一家环卫处工作 5 年，添孙子后含饴弄孙。晚年家庭包袱卸下后一身轻松，2012 年下半年退守田园，过起田园牧歌式的生活，没有种水田，只种了几亩棉花。

不料天意弄人，天有不测。不期而至的恶性白血病，在短时间内夺去了他的生命，留给亲人无尽的伤痛。

春节回家，在雄俊侄子的婚礼上见到雄俊，他正在为新郎整装，一张温厚的国字脸，浑厚的话音里透着真诚，显得沉稳、大方，完全不是小时候的印象。聊起他父亲，告诉他我那有几张他父亲的照片，他非常感慨。但婚礼现场不宜聊伤痛话题，没有谈起他父亲的病情。

当天下着小雨，中学同学相约在城区相聚，不能跟雄俊深聊，我提前告辞。

雄俊得知我去城区会同学，问是否能跟车同行，他的中专同学会当天也在城区进行。于是，我载上他直奔城区。离开婚礼现场，我试着说起他父亲的病，话题开始变得深沉，我抛出了构思很久的问题，想知道他父亲的病到底怎么引起，经历了怎样的折磨，一生经历了怎样的坎坷。

雄俊很快猜出了我的采访意图，说出了和我一样的心声："哪个人不想回忆啊!"

当天车程太短，聊天只持续了 10 多分钟。回头再找他时，他已回到生意场。与他微信联系，希望补充一些细节，他复过来："清明节的时候要回趟家，我了解多一点，然后以第一人称的方式写一部分给你参考。我想以我的视角和想法写一下父亲，清明之后整理给你。"

我有些感动，他是一个有文字感觉的人，已经构思了书写父亲的细节，那是一篇献给父亲的祭文，我的想法恰恰触碰了他的情感深处。

清明节刚过，他就用微信发来纪念父亲的文章，手写在一个笔记本上，足足有 16 页。他借家中镜框中的 4 张相片和一张没有装进镜框的遗像，深情回忆了父亲的一生：

每年清明节我都会回老家祭祖，都有父亲和弟弟约好日子一起去上坟，而今年，父亲已走。

快到家了，我给母亲打了个电话说要回来，母亲耳朵基本已聋，根本听不清，最后是请别人帮忙接的电话，说在郎君镇医院打针，我心头一紧，母亲前年做过大的心脏手术，恢复很慢，上一年又有丧夫之痛。

我直奔镇医院，母亲正好出来。接了母亲回家，直奔堂屋，仿佛听到父亲在叫自己，而一切整齐又安静，只有老式座钟发出的滴答声。我努力搜寻父亲的身影，在屋里屋外转悠，但唯一能找到的父亲的影子，却挂在家里的相框里。相框上有父亲的照片共4张，还有一张没有放进相框的遗像，正好是父亲一生中最有代表性的照片，可以概括父亲平凡而坎坷的一生。

第一张相片是一张1寸黑白半身照，父亲参加工作的第一张照片，也可能是平生第一张照片。照片上的父亲鼻梁大而挺拔，标准的国字脸，理着平头，年轻而英俊。

20世纪60年代末，父亲被集体安排到汉川汉北河道工程工地，担任村的民兵排长，工地扫尾工作完成后，父亲回村，已是1970年，正值长江埠盐厂招工，村里有两个指标，其中一个给了父亲。就这样，父亲从农民招工成了工人，捧上了铁饭碗。

上小学时做过的最骄傲而虚荣的事，就是对同学说“我爸是工人”。

第二张照片是父亲和母亲的合影，2寸的黑白半身照，母亲在前，父亲在后，侧着身子。母亲在微笑，父亲留着三七分的头发，满脸胡子，面部消瘦，这是1984年母亲从武汉回来的时候拍的。

1983年，母亲高烧不退，因为镇卫生所医疗条件有限，每次打两三天针退了烧，过三五天又烧，持续大半年之久，身体拖垮了，为数不多的积蓄也用完了，母亲奄奄一息。家人和亲戚都劝父亲放弃，父亲毅然决然把母亲送到武汉医治，最后举债，从工厂支了几个月工资共计两三百元。不幸的是，排队挂号的时候钱被偷了，雪上加霜，最后向在汉口做木工的外公借了300元才算渡过了难关。

母亲最后被确诊为草绿色细菌感染，有先天性心脏病的人为易感人群，母亲因为用药过多，造成终身神经性耳聋。

母亲出院后家里负债，正好工厂有个对口的服装厂在汉口，对单职工家属优先招工，母亲有缝纫手艺，就去了。但只干了三个月，工厂效益不好，我们两兄弟又无人照看，父亲就去武汉接母亲，照了这张相。

第三张相片是一张彩色全家福全身照。父母站在前面，我和弟弟站在后面，父亲已经发福，有些许白发了，面露笑容，平静而祥和。我和弟弟两个毛头小伙在傻笑。这张相片是在应城照相馆里拍的，是我上中专的第二年，全家人难得去了一趟城里，怎能不留个影呢！

第四张相片也是一张彩色照，只有父亲和母亲。父母并排站在一起，面部松弛，头发灰白，父母的背部已佝偻，已显老相。这张照片是父母在汉阳做环卫工的时候照的。

20 世纪 90 年代末，父亲办了内退，让弟弟顶职接了班，我已毕业去深圳打工，父母想发挥余热，就去了汉口，先找了卖菜的舅家亲戚，父母也跟着做起了卖菜生意。可是，母亲耳背，父亲也自认不是做生意的料，因为太相信人，被骗被偷几次，经常有老头老太买菜哭穷，他就低于进价卖给他们。就这样，三个月之后退租不干了。

堂姐一家一直在汉口一家环卫所开车，父母经她介绍进了环卫所。

2001 年我和妻子从深圳回来，到武汉准备做生意，去父母工作的环卫所看他们。父母租住在所里安排的一溜小平房里，黑暗而潮湿，从里到外，堆着他们捡回来的可以卖钱的废品，散发着不可名状的气味。

父母的工作要从清晨 3 点起床开始，母亲扫马路，父亲把每栋楼房门洞里的垃圾装到板车上，最后拉到中转站。进中转站的路上有段 100 米左右的上坡，父亲弓着背，母亲在旁边拉个副绳，吃力地在斜坡上蜗行，脸上挂着豆大的汗珠，全身湿透。这样的工作一干就是 5 年。

父亲的环卫工打工史在一次胃出血后结束，他是在身体状况实在支撑不下去的情况下离开的。

没有放进相框的是父亲的遗像，是一张 10 寸黑白照。父亲走得匆忙，没有留一张称心的照片，最后把身份证上的照片放大，才翻拍了这张遗像，看起来有点模糊，照片上的父亲无喜无悲，从容而淡定。

上一年中秋节前，父亲上楼梯已经手脚无力，头发昏，肺部感染，人消瘦。母亲催促着父亲去市人民医院，开始当感冒和贫血治疗。准备出院的时候，主治医生查房看到父亲的腿是肿的，建议做骨髓穿刺。

天有不测风云，不幸就降临在父亲身上，父亲被诊断为急性淋巴瘤白血病，家人都抱有幻想，希望是误诊。父亲被转到武汉同济医院后，一切化为泡影，家里不啻晴天霹雳。

医生说，父亲的病只有20%的希望治愈，如果不做化疗保守治疗的话，N次输血后也只能维持1个月生命。

化疗半个疗程后，父亲身体状况越来越差，没有医生和我们预期的效果。最后3天父亲已不能自理，医院下了几次病危通知书。

可能父亲已知天命，吵着要回家。父亲来医院之前，说出院之后要到武汉我的家里小住一段时间。我问医生，父亲的情况能到我家里去不？医生的话让我跌进深渊："你父亲随时有生命危险，最好回老家，老人想的都是叶落归根。"

叫了120救护车，已是下午3点多，父亲被医护人员绑在担架上，装上监护仪，送往应城市人民医院。当晚10点多钟，父亲停止了呼吸，走完了他平凡的一生。我和弟弟有那么几秒钟愣在那里，回过神来已是无尽的痛哭，我跪在父亲的床前，拉过父亲的手抚摸着我的脸，希望他能醒过来，跟我说几句话也好，我是多么的无助和无奈啊！

整理完纷杂的思绪回到现实，中午时分，我和母亲还有二伯走上祭坟的路，我在前，他们蹒跚在后。已经有了春色的村庄，静谧而安详，时而有几声蛙鸣，放眼望去，已没有小时候春忙的景象，看不到一个人影。蒲公英花和地菜花开落田间地头，稀落的几块谢了花的油菜田散布在田野上，一头反刍的水牛迷茫地看着我们。

幺哥：还住在40年前的泥坯房里

早听说幺哥的两个儿子很爱读书，成绩很好，大儿子大学毕业了，小儿子的成绩更好。

幺哥是我的邻居，房子就在我家后门右手边，中间隔着一幢房，幺哥至今还住着40年前的泥坯房，屋墙裂着大大的口子，屋檐下部分泥砖已经粉化，露出大大的孔洞。家门口红底黑字的手书对联，上书“家人平安宅生辉，满堂喜庆户进财”，与房子的反差太大，更像是一种自我激励。

记忆中，村庄里的泥坯房都是从禾田里取土，将禾田晾干后，用牛拉的碾滚将土层碾实后，用工具分割出大小相当的泥砖，用来砌房子。分田到户后，再没见到有人用泥砖建房。常年不住人的泥坯房多已倒塌成废墟，仅存的几幢泥坯房都成了危房，基本上没有住人。

幺哥家住着这样的危房，困难可以想象，却仍执着地培养孩子，我一直心存尊敬。夏天回乡调查那次，正是高考季节，知道幺哥在一中就读的小儿子当年高考，一直想会会他，顺便交流一下高考应考和填报志愿的经验教训。那些天，我天天刻意绕道到他家门口，但都是大门紧锁。

结束休假前最后一天，高考已经结束，我再次经过幺哥家门口，门开着，从前门望过去，后门也洞开着。走进去，家里没人，泥状地面密布蜂窝状痕迹，堂屋里摆着一张有年头的旧桌子，旁边摆着几个条凳，桌子底下、桌子之间与条凳之间还结着蜘蛛网，明显久不住人，家中没有装饰的痕迹，可以用家徒四壁来形容。厅里挂着几件衣服，显示出一点生活的痕迹。

倒是堂屋里满眼的奖状，让人一眼就看到这个家庭的骄傲。堂屋里泥砖和红砖混合的墙面凸凹不平，贴不了奖状，幺哥家将奖状贴到了支撑脊檩和檩子的檩架间木板上，几乎每一块木板上都贴上了奖状。农家在堂屋张贴奖状比较多见，一般张贴在触手可及的地方，一则方便张贴，二则方便来人观看，但像这样将奖状贴到高处的方式，在村庄似乎没见过，这受限于幺哥家的墙面。幺哥家以这样的执着，表达了对孩子的特殊褒奖，和对孩子成才的期待。

穿过堂屋走出后门，后面晾着几件衣服，左边贴着后墙砌了一个小砖房，是幺哥家人的主要生活空间，因为泥坯房已成危房，不敢在屋里久留，多年前，幺哥搭起这间砖房，平时一家人就在这间砖房里栖身。

见不到幺哥，我径直往村中牌场去，意想不到的是，远远望去，幺哥坐在门口，我一阵窃喜。走近了看，幺哥上身穿一件军绿色保安服，右衣袖上有一道显眼的黄底红杠，扣子的颜色也是黄色。外衣敞开着，露出里面的浅绿色制服，一看就知道是工装；裤子有些厚实，裤脚处露出一截秋裤，与这个季节有些不相称。

见我眼睛盯着他的秋裤，他没有遮掩，却主动说起这身打扮。原来，他患上腰椎间盘突出症大几年了，不能干重活，上一年住了几回院，当年又住过院，但一直治不断根。经常压迫神经痛，疼起来不能开步。医生嘱咐他注意保暖，不然容易复发。他调侃自己：“夏天穿秋裤，人家看着好笑，我这些年一直这样穿，再过一段时间羊毛裤都要穿，甚至要穿棉裤。”

幺哥比我大不了几岁，印象中，年轻时候的幺哥就身体不好，没想到如今身体越来越差。幺哥说，右眼患白内障很多年了，经常胀痛，早上起来不停地流泪，但一直没有做手术。因为手术的费用要自己负担一部分，而他没有经济来源。

幺哥这次回家是为了陪小儿子高考，在城里租房陪读了一段时间，为此，他放下在武汉的护工工作。此前，他在医院做护工。据他说，回来前，跟所在的服务公司有点矛盾，公司先是将他换了岗，后来将他的岗位压着，不安排上岗，他找不到工作机会，就跑回来了。

春节回家见到幺哥，再次跟他谈起身体和工作，他的说法令人沮丧。他说，小儿子考入湖北经济学院，是一所二本院校，开学时，他将儿子送到学校，然后回到原来的护工岗位，但只做了一个月，腰椎间盘突出再次加重，疼得睡不着觉。他说："坐长了不行，站长了不行，坐一会，躺一会，玩一下，活动一会，只有那样。"说这话时，脸上露出痛苦之色。

问他回家做点什么，他无奈地告诉我，回来没有种田，就在家玩着。因为自己干不了重活，若要种田，只能样样活请人做，但现在农村人工贵，请人做的话赚不到钱。

幺哥长期在村庄赋闲，自己照顾自己生活，妻子继续留在武汉做家政工和护工，支撑家庭开销。

据幺哥说，他的妻子隶属于一家家政服务公司，由公司安排工作，家政工、护工、保姆都做，但都不是固定的，公司派到哪就去哪，没事的时候就等着。公司不管吃住，相当于打散工，并不稳定，一个月节约的话能剩下 2000 块，不节约的话剩不下钱。他希望妻子能有一个稳定的工作，如果能一个月固定拿 1000 块的话，也就满足了。

小儿子读书成了这个家庭最大的包袱，大学开学时，缴纳的学费是 6000 块，加上杂费等，共 9000 块，另外每个月需要 1000 多块生活费。

开学时愁不够学费，申请了 8000 块助学贷款。

单靠幺哥妻子打工，很难负担起这个家庭的开销，尤其是小儿子 4 年的大学学费。2012 年大学毕业的学建筑设计的大儿子，被这个家庭寄予厚望。但幺哥说，大儿子毕业后到深圳一家建筑设计院工作，不包吃住，月薪 3500 块，但深圳房租贵，大儿子租了一间小房，没有厅，每月租金 1500 块，占了工资的 40%多，存不下钱，帮不了家里。

谈到房子，幺哥难掩失落。他的房子开裂严重，主要是白蚁太狠，家里被白蚁咬得支离破碎，堂屋檩架之间增加了一棵歪脖子树做支撑，右厢房里将柜子顶垫高后支撑住横梁，住人已经非常危险。按照 2012 年出台的中央农村危房改造补助政策，补助标准由原来的每户平均 6000 元提高到 7500 元，之前，村里有住户拆旧建新获得 6000 元补助。幺哥曾经提出补助申请，希望将泥坯房改造成砖瓦房，但据幺哥说，申请时被告知，要建新房才可以补贴，而且一定要建楼房。他还被反问“有没有钱做，有就给你申请”。他希望对危房改造户放宽补助条件，让像他一样的危房户尽快告别危房。

在家乡期间，曾就危房改造问题与村干部交流，村干部说，并不是所有危房改造都有补助，每年都有指标限制，整个行政村一年只能获补 2～3 幢房子。有时同等条件的村民申请危房改造补助，有的能获批，有的不能获批，其中还有资料不全的原因，危房改造补贴还闹出一些误解。

在网上乡情屋里找到幺哥的大儿子。说起家庭，小伙子感慨地说，在心底感谢父母，他们超出了能力极限来培养孩子。

以这个家庭的现状，孩子是他们走出困境的最大希望。我希望，无论走到哪里，他们心中永远装着家中檩架间木板上密布的奖状，读懂植根在家长心中的执着和坚韧。因为，那是这个家庭的最高信仰。

幺叔：脚裹厚纱布，卫生院清洁工作还不能撒手

正月初五早上8点多钟路过镇卫生院门口，大楼是新的，朝东，就在育才路上。记忆中，卫生院的两个入口分别在南边和西边，极简陋，那时还没有这条育才路。我想知道，卫生院内还是不是原来的模样。

从大门进去，左转穿过楼梯间通道进到院内，院内几棵有些年头的杉树和松树，依旧立在那里，原来的门诊楼和住院楼还在，我顿时起了亲切之感。后面一排平房远远看去有些破败，走近了看，墙上写着“危房危险，请勿进入”。

卫生院是我极熟悉的地方，曾看着乡邻被用板车拖着或用竹床抬着送进来，医治无效后家人哭得呼天抢地；曾在这里通宵守护住院手术的母亲；也有中学同学曾在这里担任院长。但离开家乡南行后再没有跨进卫生院的门。

正在院内对着住院部侧边那排平房发愣，回想这里曾经的用途，似乎曾经作为打防疫针的地方，又曾临时扩为诊室。一转身，见一位病人一瘸一拐往住院部方向走来，左脚裹了厚厚一层纱布，右手拎着一根白色水管，绕成2圈握在手里，身影有些熟悉，像是邻居幺叔。之前已经知道幺叔在卫生院负责卫生，待走近了，正是他。幺叔露出喜悦之色：

“你回来了。”一开口，脸上的笑就漾开来，这是我印象极深的表情，透着亲切。

幺叔是我家贴墙邻居，从山墙窗户能看到他家大门和侧门，从后墙边望过去，可以看到他家厨房，闻到他家饭菜香。他家门前通道还是我家往菜园方向的必经之路。后来幺叔建新房自立门户，拆了我家前面靠水塘边的牛栏建起新房，因为挡了前面视线，还挤了我家靠水塘边的一排树，两家起过争执。我离开老家时，他的两儿一女还在家乡上学。

幺叔以受伤的形象突然出现，我颇为意外，记忆里，幺叔常年在外做小生意，是村里的能干人，脸孔瘦削，走路虎虎生风，显得精干。这两年，幺叔回家带两个孙子，前几年盖的新房就在卫生院斜对面不远，他就在卫生院内打扫卫生。

这大过年的怎么就受伤了呢？我迫不及待地问他“怎么了”。他叹一口气：“还是年岁不饶人，爬梯子已经不行了。”原来，年前腊月十九在家收拾屋子，迎接在太原做小生意的两个儿子回家过年。幺叔搭着梯子上去换灯泡，不小心一脚踩空栽下来，左脚卡在梯子横杆上，将几截横杆打断，左脚踝下骨头受伤，腿着地后摔裂膝盖骨，在卫生院住了十多天。刚刚腿部夹板拆除了，脚伤还没有恢复，只能裹着纱布慢慢行走。

问他拿着水管做什么，他说院里的卫生还得做。见他还在忙着，身边偶有病人家属模样的人走过，不便打扰他，我匆匆告辞。望着他一步步挪着走向住院部，想象他脚裹纱布穿行在病房里为病人打扫卫生，心里一酸，不忍再看下去。

再次见到幺叔是四天后的初九，我送母亲到卫生院打吊针。那天下着雪，夹杂着细雨，一会儿工夫，车身就落了厚厚一层雪，将前后玻璃遮挡得严严实实，街上没有多少行人，人们多躲在屋里。

母亲的 3 瓶药水快打完了，天已经暗下来，院内只剩下两三个吊针的病人，我走出注射室准备收拾一下车子。走到大堂，撞见幺叔的老伴幺婶，手里拿着扫把和撮箕。一看就知道她在替幺叔打扫卫生。幺婶快人快语，几句寒暄过后，幺婶就说起卫生院的工作：“你叔伤还冇好，我来帮他打扫，卫生院的卫生就他一个人做。”

听幺婶唠叨，我听明白了幺叔的工作，其实一直是他们两个人在做。他们要负责院内各个角落的卫生，还要给院内花草树木修枝剪叶、喷药，每天早晨上班前，就要将全院卫生打扫一遍，从早忙到黑，还要给病人洗被子晒被子。幺叔忙不过来，幺婶就帮着做，特别是洗被子晒被子的活，更多是幺婶在做。我好奇，院内被子怎么没有专人或专门公司负责。幺婶告诉我，被子由他们负责，病人来了需要被子，交 5 块钱租一床，租一天两天也好，一个月两个月也好，都是 5 块钱，被子由他们负责洗。

卫生工作这么琐碎，工作时间那么长，我想象工资应该不会低，问幺婶一个月有没有 2000 块。幺婶一连声否定：“那要 3 个月，一个月工资才几百块。”她还告诉我，卫生院里还有 7 个临时工，包括几个做饭的，工资都是几百块钱，有的才三四百块钱，不可能单独给一个人加工资。见我有些不相信，幺婶道出了原委。他们以前在武汉做，幺叔在武汉广州军区医院当护工，每天工资从 40 块涨到 80 块，现在涨到 100 块，幺婶在武汉给人当保姆，都比这里高得多。但 2011 年最小的孙子出生，他们要回家带孙子，就辞了武汉的工作回来，将在太原上小学的大孙子也转回老家上学，他们一边照顾两个孙子，一边做这份工作，虽然工资低一点，但卫生院就在斜对面，两方面可以兼顾。

我想起夏天回乡那次在他们家见过两个孙子，当时幺婶正在给小孙子把尿，大孙子在楼上写作业。进到家门，迎面墙上贴着 7 张奖状，这是大孙子返乡就读 6 年级一年的收获，其中一张“三好学生”奖状上，“三好学生”四个字被放大，格外抢眼。我对幺婶大孙子的奖状赞叹不已，幺婶立即将大孙子唤下来相见。于是，我跟孩子有这样一段对话：

我：刚刚在看你的奖状，成绩很好啊。

孩子：刚刚又考了第一名，有时是第二名。有个女同学有时比我考得好。

我：你原来在哪上学？

孩子：在太原万柏林区，幼儿园就在那里，转回来上6年级。

我：回来感觉怎样？太原和郎君哪里好？

孩子：两边都好，但还是太原热闹一点。

我：跟原来的同学还联系不？怎样联系？

孩子：跟同学经常QQ聊天。

我：会去看同学或请同学来这里玩吗？

孩子：暑假就要去太原，可以见到同学，现在差不多要去了。

我：初中准备在哪上？

孩子：还是在郎君上。

幺婶很为大孙子骄傲，但也为大儿子担心。两个儿子春节回了家，但大儿子春节后还不知做什么生意，他原来做送气生意的地方拆迁，人都走得差不多了，没多少生意做，也没有落脚的地方，要重新找位置。

我听出了幺婶的大孙子要转回家读书的原因，因为儿子的生意并不稳定，店子往往开在城乡接合部，经常面临拆迁搬迁，回老家反倒能给孙子一个稳定的环境。幺叔的卫生工作不肯放弃，也是为了有一个生活保障。

问起幺叔的伤情，幺婶指着旁边靠梯间出口的一间亮着灯的房，说幺叔就在里面。原来，幺叔就住在卫生院里，方便夜间有事临时处理。我随幺婶进去，推开门，幺叔迎面躺在床上，偎在被窝里，小孙子睡在靠门边，小手露在被子外，正在拆一包零食，不时有零食撒在床上，或掉到地下。房间不大，除了床和一张台，没有多的凳子，我和幺婶就倚在门口。幺叔有点歉意：“都没地方坐。”

再次向幺叔问起伤情，幺叔说：“之前左脚上着夹板，昨天才拿，拍了片，发现膝盖骨又裂开了；踝骨底下骨头摔成 3 块，行动不便，坚持了 10 多天，她（幺婶）又病了，硬撑着下床，没办法。医生说要动手术，膝盖要上钢板，但手术要四五万，还要到城里做，我说没钱，不必要手术。因为自己不小心，是自己造成的伤，又不是工伤，摔伤了只能报销 20%，100 块钱只报 20 块。”伤情给幺叔带来的困难是显而易见的，他说，现在还蹲不下去，上厕所不方便。刚开始时，睡了几天没办法，大便不通，又不敢吃东西，因为吃了要方便。

我担心幺叔的伤不能根治，功能不能恢复，村里香婆就是因为左膝摔伤后恢复不好，后来伤腿不能伸直，成了瘸子，我劝他好好休养。但他告诉我，受伤后不能在家休息，不做就没有工资，还可能换人，那就冇得事做了。现在伤口还没有愈合，关节还不能受力，只能直着走，还不能锻炼，等伤口合拢了，长牢了，就要坚持锻炼，恢复关节功能。

记起上次跟幺婶聊天，幺婶说起幺叔前几年回老家，看到老屋屋顶漏水，想上去捡瓦，攀着梯子上到楼板上，一个趔趄，差点掉下来，幸亏扒住了檩子，后来不让他再去捡瓦。可惜，幺叔这次没有那么幸运。幺婶说起这次事故，还是带着一点安慰，她说：“幸亏摔下来时小孙子不在旁边，要不可能被砸到了。”

晚上走出卫生院，天已经很黑了，大门上了锁，大堂没有开灯，借着路灯和雪地的光亮，我们从楼梯间出来。天很冷，我瑟缩着，在心里说，幺叔幺婶更冷。

雄鹰：投资家乡回馈乡亲

知道我在做乡土调查，在广东办厂的一个表侄儿说，自己在郎君中学的一个同学目标是做湖北首富，而众所周知的湖北首富是郎君邻镇天鹅镇刘宝林。

夏天回乡调查那次见到村支书涛涛，知道我的来意，他力荐自己的初中同学及其在家乡投资的柒味食品工业园，称这是造福当地的惠农项目。

跟族亲丽人谈起投资村庄的精养鱼池项目，她说一个重要原因是，受初中同学的“7V”品牌启发。

三个人所说的初中同学是周雄鹰，他们有一个共同的身份是“同班同学”，周雄鹰是距程湾仅 3 公里的新村人。与镇上领导聊发展，他们对周雄鹰的工业园寄予厚望。我知道，我的调查不能回避他。

回乡第一时间约见村支书涛涛，涛涛说，前段时间带同学周雄鹰去了龚集东汉湖一带，一个村拟提供 600 亩水面，发展屠宰加工。还说周雄鹰刚刚去过日本，因为禽流感的影响，准备签约出口日本。我决定会会他。涛涛一个电话打给周雄鹰相约，他正在武汉，爽快答应“从武汉回来就联系”。

两天后，那天中午，我刚刚结束与村支书涛涛和村主任毛毛的谈话，周雄鹰的电话就打过来，我们饭后立即赶赴他位于城区的公司。

走进公司，迎接我们的周雄鹰上穿一件白色衬衣，后来进出的工作人员也穿着这样的白色衬衣，他说是统一的工装。他还说，在公司跟员工一起吃饭堂，出外培训也不住单间，而是跟大家一样住双人间。

他一开口就讲公平，让我肃然起敬。他是年产值几亿元的 7V 食品集团董事长，管理着好几家全资公司，正在打造“7V 商学院”。其中，在家乡投资建设了两家生产厂，是公众眼里不折不扣的回乡创业的标杆企业家。后来在当地门户网看到，他投资 6000 万元、占地 52 亩的柒味工业园建成投产，还将投入 1.6 亿元征地 120 亩扩大生产规模，建成后柒味食品工业园区将达到产值 5 亿元，吸纳 2000 人就业。周雄鹰告诉我，在家乡建设的工厂，是同类厂投资的 3 ~ 4 倍，硬件位居卤制品行业第一，生产控制标准可以达到药企级别，因为企业出口是迟早的事情，要做好出口东南亚甚至欧美的准备。

他的企业联合全国近千家经销商，这些经销商主要经营着他的品牌。他的企业定位休闲素食，缘何把最主要的生产环节放在家乡小镇？又何以在自己的家乡如此低调？想象里，他的投资是成功企业家回馈家乡的一次衣锦还乡。但他的回答让我半天说不出话来：“我的户口还在郎君，两个孩子一直在武汉上学，但户口也在郎君。”他补充一句：“企业在哪投资就在哪纳税，我投资家乡回馈乡亲，帮家乡发展，解决就业，希望树一个招商引资样板企业。”

我一下子理解不了这种家乡情结，纵然对家乡爱到寸步不离，但在身份观念深入人心的当下，他为何要将孩子的身份束缚在乡土之上？我知道，需要耐心倾听这样一个重情重义之士的人生讲述，随后的两个多小时里，我更多地扮演听众的角色。

周雄鹰出生在一个农民家庭，13 岁初二时辍学习武一年，在家人及亲友劝告下，回到初中重读二年级，前后五年才初中毕业。从 13 岁开始，他每年寒暑假都会打工，周末业余时间也会帮父母摆地摊，期间干过搬运工、装修勤杂工，推销过电池、牙膏牙刷等。他说摆地摊对人的自尊心是最大考验。

1996 年，他进入一家成人职业学院读了两年会计经济管理。1998 年辍学后经叔叔介绍，进入一家台资企业工作，从仓管员干起，他自称 5 年时间干过公司 90%的岗位，除了总经理，工厂差不多所有的工种都做过，如仓管、物流、会计、销售、后勤，都是他主动申请的，希望得到所有岗位历练。他说自己性格外向，不怕付出，只想学到东西。晚上只要有时间，就去成人夜大职校上课，学习市场营销、经济管理等。

学习贯穿于他至今的整个历程，他说自己一个月收入 1 万块，就敢用 9000 块去学习，尤其喜欢去大企业参访学习。

与我见面前两个月，他去了日本，看了丰田总部，感慨良多；拜访了“九败一胜”的优衣库总裁柳井正。他喜欢拜访企业家，最大爱好是看比自己大、比自己成功的企业，经常看他们的网站、宣传手册，学以致用，还把很多饭局当作学习机会。他毫不掩饰对成功者的偏爱：“多跟比自己成功的人接触，跟圈子里的成功人士打交道，听他们做企业 10 年、30 年成功的经验及挫折，谈多了会有感触，因为他们看了很多书，有很多历练。”他还说，学习交流中，要懂得怎样去感化别人，真诚待人，才能让对方愿意跟你讲，愿意把你当朋友，愿意教导帮助你。

近两三年，他多次参访九州通集团，与这个家乡传奇的企业多方面交流。从 2012 年起，他每年带着公司 50 多人的管理团队，专程到九州通的人力资源总部培训，每次 3 天 3 夜。第一次培训学习归来后立即总结，从食堂、行政、后勤等环节入手，全面改良自己的企业，不到一周就焕然一新，如食堂引进菜单文化。

他说，九州通公司有人力资源总部、人才培训中心，在这里看到了公司如何把刚毕业的学生变成人才，如何用低成本培养人才为企业创造财富。

周雄鹰对比中外企业差别后说："中国靠低成本可以建成世界工厂，但要建设有竞争力的企业和品牌，需要组建优秀人才团队。"

他对培训深信不疑，认为企业没有培训机制就做不好。他个人每年有二三十万元用来培训，是武汉大学总裁班优秀学员。公司 2013 年培训费就有 200 万元。我们交谈的第二个月，公司就进行了一次系统化干部员工升级梯队培训，让高层、中层、基层管理人员甚至基层员工参加培训，让他们都懂得食品安全和出口。公司还跟华中农大合作，以人才支撑企业发展。

借鉴优衣库总裁的人生经历，他将自己的创业阶段归纳为"创业五年、九败一胜"，尽管模仿痕迹一看就知，但他 2002 年到 2007 年的创业经历的确九死一生。

2002 年 24 岁时，他开始思考，要寻找自己的人生舞台。当年，用自己 5 年积蓄的几万元，和父母东挪西借的合计 13 万元，开了一家标准卤味旗舰店，地点就选在武汉解放大道新华客运站附近精武路口旁，取名"精武汇"，以"前店后厂"模式经营鸭系列卤制品为主。后来陆续有店加盟，高峰时"精武汇"在武汉发展近 20 家。

由于武汉鸭脖市场竞争混乱，同行恶性跟风，加上 2003 年非典和 2004 年禽流感的严重冲击，迫不得已，他的父亲及家人留守精武路，他另找一个非常偏僻的小店维系多年经营的老客户。

后来，为发展鸭脖连锁事业，他与朋友及合伙人先后在长沙、深圳、广州、宁波、上海等地设立"精武鸭脖"连锁店。但由于当时全国各地消费及口味的差异，有些市场的连锁店"叫好不叫座"，一度使鸭卤制品连锁模式陷入困境。由于大部分连锁店经营惨淡，个人百分百努力付出想改变现状，但没有团队支持，最终以倾家荡产，负债30多万元收场。

经过几年摸爬滚打，取得血的经营教训，以及对市场的冷静分析，他依然坚信休闲卤制品市场的前景。2007年重回武汉，直到2008年，才确定人生事业下一步的发展方向——休闲包装卤味，同时也预言，下一步卤制品市场发展，将是卤味休闲包装产品的时代。

他总结自己五年的失败教训和启示，发现培养人才更要凝聚人才，才能保持企业核心竞争力，而主要的障碍是家族制。于是从2008年开始，他摆脱家族制，实行公司化运作，他说："家里人在里面任职，防守太严，别人进不来，不好配合。"后来，像财务这样的核心环节，他都不让家属控制，而是财务外包。

现在，他在公司拥有超过80%股份，高管则持有超过10%股份，从高管到企划、研发人员，全部都得到股份，充分汲取团队智慧。20多年商海历练让他悟出，个体户知道赚钱方法，企业家懂得分钱艺术，即财聚人散，人聚财散。成功企业家还懂得用人的艺术，掌握用人的方式方法，知道授权和专家管理。他有些自豪地说："我3年没有接业务电话，只需要管核心。"

周雄鹰有一个发人深省的观点：盈利模式是看不到的钱。他说，许多跨越式发展的企业，是因为找到了很好的商业模式，以前做零售总是做不大，就是因为单打独斗，没有合作精神。

在建设绿色食品产业园的基础上，他将自己摸索的商业模式归纳为几个方面：一是让工厂贴近资源地，利用家乡江汉平原农业资源丰富的优势，走城乡结合的农业产业化之路，如家乡郎君、长江埠等地鸡鸭、莲藕可就地取材，荆州市携2万亩莲藕资源寻求合作直销，钟祥的干子以相对低价直供他们厂。二是建设全覆盖的连锁专卖网络，目前3000多个连锁专卖点多数以经营他们的品牌为主。三是展开产业链合作，以跨地域、跨企业、跨行业的产业战略联盟，最大限度避免恶性竞争，进而以产业链整合的大智慧，共同做大行业蛋糕。他组建武汉周雄鹰饮食文化传播有限公司，开发运营中国湖北特产网，并计划开发运营中国特产网，为行业搭建深度合作平台。

周雄鹰丝毫不掩饰自己的野心，希望做真正的湖北首富。他 2013 年为企业拟定的五年产业化战略，是 2015 年建成绿色科技食品产业园，种植、养殖、初加工、深加工、精加工及包装物不出 7V 产业园，全国市场占有率达到 35%以上，最终实现“成为全球健康食品旗帜”的伟大愿景。

2013 年 8 月 11 日，他位于家乡郎君镇上的柒味食品工业园正式揭牌运营，全国近千名经销商见证了落成庆典仪式。随后从网上查询得知，他筹划的中国湖北特产网已经上线运营，成为真正意义上的湖北特产总汇和批发网，搭建起湖北特产网购平台。

结语：致终将消逝的村庄

我曾在荷兰的农庄里，看到乡间别墅后面被水沟分隔的长条形牧场里，奶牛悠闲地吃着草，牧民院子里绿色的蹦床上，几个穿戴得花枝招展的“洋娃娃”欢快地蹦来蹦去；我曾坐车长时间绕着阿尔卑斯山行走，感叹山麓层层叠叠的乡间村落，像镶嵌在大地上的山水画；我曾在没有围墙的密苏里新闻学院，周末潜入郊野，体味美国乡间的静谧休闲。这样的时候，我就会幻想，我们的乡村何时能变成这样享受生活的场所？

我曾在韩国济州海滨，面对一碧如洗的海水，感叹独占山水的都是奶奶级海女，看她们全副武装潜入海底，品尝她们刚刚捞起的鲍鱼，听她们抱怨年轻人都到首尔去了。我曾在周末下班时间堵在首尔的出城路上，听韩国朋友介绍滚滚铁流里多是回乡休闲的人，预言更大的堵车即将出现在中秋假期。乐在城市，情系乡下，是许多韩国人的生活写照。

霓虹艳影的城市诱惑着年轻人，农民进城成为势不可挡的潮流，穷人进城、富人下乡，正在改变世界版图上的人口结构。在美国听朋友介绍，居住在首都华盛顿的65%是财富地位相对较低的黑人，美国所有大城市成为黑人的天堂，财富地位相对较高的白人多选择乡居生活。

跟正在英国剑桥大学做访问学者的中学同学张保红聊起英国乡村，

他说，剑桥只是个十几万人口的小城，在那里坐火车看乡村，只是一片大草坪，乡下城里差不多，有钱的大多住乡下，没钱的紧挨着城里。有一次出学校走了很远，一路没什么人，只有屋舍旁盛开的花朵与青绿的草坪，看到一位老太太掘土，过去 ok 了几句，提出帮忙挖挖，被谢绝了。后来他去过英国乡村人家，在一户人家住了两天，也串了几家门，村子里有超市与银行，感觉他们的生活悠闲舒适，住处比他去的剑桥人家大得多，家中多有老人小孩，工作的人开车去附近上班，有的家庭有五六个小孩，热闹得很，小孩大了去外地读书，家里就剩下老人。剑桥乡村留给他的突出印象是，村户散落、屋舍俨然、视野开阔、西风飘荡、花团锦簇，没怎么有人往来。他感慨英国乡村与城镇界限不那么明显，乡下人与城里人不像中国多数地方那样有明显差别。

孟德拉斯《农民的终结》再版时发现，“乡村社会获得了惊人的复兴”，“乡村居民始终是那么众多”。就像我们今天在欧美看到的一样，人们诗意地栖居在大地之上。

反观城市化中国，著名社会学和人类学家费孝通笔下的“乡土中国”正在瓦解，呈现的是人口向城镇单向流动，甚至中小城镇人口向大中城市流动，资源最大限度向中心城市集中，农村成为被抛弃的地方。首先被城乡二元结构下的政策抛弃，一纸户口将城乡人口划分到两个世界，众多进城务工经商农民，被排斥在城市公共服务体系之外，成为进不去城、回不去乡的流浪者；僵化的土地制度，让农民的宅基地、耕地、山地、自留地沦为难以套现的鸡肋，坐等乡村凋敝后一文不值，只有等待地方政府一声征地拆迁令，才能赢得一点讨价还价的空间。

就像我们在许多地方看到的一样，老一代农民还留在土地上日出而作日落而息，成为中国乡村的一道寂寞风景；老一代农民工还在回乡盖房，挽留自己失落的青春；新生代已经在拂袖而去，留给乡村一个决绝的背影。

2013年年底召开的中央城镇化工作会议发布公报提出："让城市融入大自然，让居民望得见山、看得见水、记得住乡愁。"公报里这样诗情画意的话语，给推土机年年作响的中国注入了一支清醒剂，让许多人顿悟，我们需要为乡愁寻找一处安放之所，也许是家乡门前的一条河，也许是小时放羊的小山坡，也许是村口的一棵大槐树。

在许多村庄里，没有了年轻的劳动力，找不到几个孩子，一些家庭与村庄断了联系，老人去世后找不齐仵工，偶有老人难忍病痛折磨和寂寞独守自寻短见。没有凝聚力的中国乡土社会正在瓦解。任我们如何依依不舍，许多人的村庄终将消逝。

我们看得见留守者的挣扎，听得见他们夕阳下的喃喃自语。2014年农忙季节，我的村庄程湾的留守老人自发集资，打算联户修建通户路，结束"泥巴湾"的尴尬。但任他们倾囊而出，也凑不齐二三十万修路款。

在外的游子读懂了乡亲的心思，在以家乡名字命名的Q群里，一封《程湾集资捐资修路倡议书》发出，倡议书写道：

我们世居程湾，我们血脉相连，我们亲如一家，程湾是我们共同的根。

无论我们离家多久，无论我们离家多远，无论我们身在何方，无论我们是否还会回到那个穷村，但那里还生活着我们的父老乡亲，他们在烂泥地里呼唤一条水泥路通村入户，他们都希望用一条不怕风雪的路吸引游子回乡。

周围村庄的路大多修起来了，隔壁黄家湾的路也修起来了，我们还在"泥巴湾"的抱怨声中，以泥泞迎接各方客人，我们的后代也在泥泞的村庄外踌躇不前，他们还在犹豫要不要永远离开这个父母之乡。

属于我们的时间不多了，再犹豫，我们的父辈祖辈就老了；再犹豫，我们的孩子就再也不回来了。

我们有千百个第二故乡，我们有无数个事业场，但生我养我的家乡只有一个，我们没有理由不爱他。

家乡给了我们最初的人生感动，教会了我们感恩，现在正是我们回馈家乡的时候。年轻的一代站出来了，他们想修通一条回家的路，许多人愿意集资修路，一些人愿意捐资修路，如果他们的愿望能够实现，他们将永远留在村庄的历史上。

为了村庄，为了我们共同的家园，我们倡议，全湾人立即行动起来，有钱的出钱，有力的出力，赶在2015年春节到来之前，以一条新路迎接游子回乡，将水泥路通到各家各户，也将爱通到各家各户。

这封倡议书是投进寂寞村庄的一股乡愁，随后，一拨拨乡亲借着周末、借着假期、借着家事回到家乡，与村中老人商量修路，有的乡亲甚至放下手头的生意专门回乡张罗修路，终于赶在春节前完成了心愿。

在农村改革严重滞后的当下，这种自救式的乡村建设只能是杯水车薪，但这是一粒种子，种下的是乡愁的花，结出的是爱的果实。

我们为什么厌倦城市，因为浮躁喧嚣的城市丛林充满竞争，压力无时无处不在，许多人找不回内心的宁静；我们为什么向往乡居，因为青山绿水的乡村天大地阔，那里有大自然的慷慨馈赠，那里抚平归来游子的内心伤痛，那里听得见自己的内心独白。

乡村终究是我们的根，我们无法不怀乡。

我们希望，就像30多年前中国改革从农村出发一样，30多年后，中国改革再回乡村，为乡土中国开出一剂中兴的药方，让乡村重新成为一个生活的地方，给拥堵的城市打开一条通向乡村的通道，为人们营造一个城乡互通的乡居世界。

后记：这本书是村庄为我写的

从外出求学开始，家乡就变成自己人生的驿站，1994 年远走他乡后，家乡更多地停留在记忆中。

这些年，随着年岁见长，我开始频频回头，知道自己起了乡愁，就像无数游子感怀的那样。

在文人骚客笔下，村庄阡陌纵横，稻浪翻滚，杂花生树，桃红柳绿，草长莺飞，鸟啾蛙鸣，好一派世外桃源，人间仙境。但贫瘠的村庄没有教会自己高贵的审美，只留下许多苦难的记忆。

离开村庄的很长一段时间里，我窃喜着算计自己的人生得失。直到再次回到村庄，面对垂垂老去的村邻和残垣断壁的处处废墟，那个曾经鸡犬之声相闻的熟人社会在心中苏醒。

当一个个村庄被从地图上抹去，当村庄的记忆被推土机的轰鸣淹没，当许多人对那个被世界遗弃的穷山窝子心怀怨愤，那是因为我们离家的距离还不太远、离家的日子还不太久。

台湾诗人余光中的《乡愁》里，有一枚小小的邮票、一张窄窄的船票、一湾浅浅的海峡，更有那一方矮矮的坟墓，触动了无数游子生死两隔的感伤和恐慌。

如果在美国大西洋沿岸看过头朝祖国方向的金山伯的坟墓，如果听过他们留下的“带我骨殖返乡”的遗愿，如果听过家不能归者的彻夜痛哭和心有不甘，我们的灵魂会为自己对家乡的轻慢而不安。

一

家乡给了我最初的人生感动。

这些年，大姐一直跟在我们身边。从孩子 2 岁多起，照顾我们一家饮食起居。大姐会守着电视看肥皂剧，会找邻家大妈打麻将，偶尔也会读读报。但大姐是个文盲，一天学都没上过。

大姐没能上学跟我有关。我是家中第一个男孩，自然被视同宝贝，需要人看护。但父亲是个孤儿，我从小就没有爷爷奶奶在身边，父母每天需要出工，在家照顾我成为一项不可能完成的任务。无奈之下，父母做了一个不公平的决定，让大姐放弃读书，留在家里照顾我。于是，小的时候出现了这样的一幕，六七岁的大姐每天带着一两岁的我，活动在邻居老太太四婆的视线内，有时拿个小板凳坐在老太太膝前，听老太太讲家里家外的事情。

在家乡的日子，我至少有两次与死神擦肩而过。

第一次是三四岁时，我跟几个大一点的玩伴，到离村很远的河边河汊玩耍，河边停着一条船，几个玩伴登上船去，最小的我也跃跃欲试，不料没抓牢船沿，一头扎进河里，几个玩伴傻了眼，却不知道呼救。恰在此时，河对岸一个放牛的老人看到我掉进水里，狂喊有人掉河里了。这时，邻居看瓜地的爷爷路过河边田埂，从他的视线看不到我们，但听到对岸老人呼喊，循着手指的方向奔过来，却看不到水中人的踪影。危急时刻，我从水中挣扎着露出一头，邻居爷爷见了，一把将我拉上来，救下性命。事后我被父亲责罚，限令以后不准玩水。

另一次是上高中时的路途中，我照例周一早上步行几公里上学，家养的忠犬一路相送。到了道班，忠犬自行返程，我沿着铁轨往学校方向走，迎面轨道驶来一列货车。我边走边欣赏货车慢驶，突然见到车头的引导员对着我大呼小叫，似乎在训斥我占了道。他的“训斥”一直不停，还将手指向我身后。我回转头朝着他手指的方向张望，这一望非同小可，原来，一列客运列车在我约百米的地方驶来，正待进站，速度有所减慢。我突然醒悟过来，货车上的引导员在喊我躲开。我立即逃出轨道。回望客车，已经从身边驶过，挡住了货车身影，待客车过后，货车已经远去，我没法向那位引导员说声谢谢。从此，不敢再在铁轨上行走。

二

与和我一样靠自我奋斗走出村庄的飞行员华生聊天，说起村庄，他最深的记忆是饥饿。华生说，想起冬天没吃的就想哭。这句话勾起我更深的记忆。

从记事起，贫穷就如影随形。最困难的时候，讨饭议题被摆上家庭的饭桌，终于没有被采纳，却策划出让二姐到县里水利工地讨饭“上访”的苦肉计。就这样，我们的家史上写下了一天乞讨记，二姐当天被大队干部送回，被责怪丢了大队的面子，当期口粮被补发，我们家也上了大队困难户名单，经常在年关时得到一件棉衣或者一件棉裤，然后在给谁穿的家庭讨论中，一次次偏向我。

小学的记忆中，我曾在冬天穿着单裤往返上学，回到家就偎到被窝里；我曾整个学期没有课本，因为到期末也交不出 2 块钱学费，学校扣下了教材；我曾将用过的本子上的字迹全部擦掉，然后开始又一轮书写；我曾常年穿不上新衣，只在年关时将旧衣服染成黑色或暗蓝色。我曾听到母亲求告无门后的彻夜痛哭，曾吃过和了糠糟的米饭，曾采过野菜熬成菜羹充饥。

到了高中升学的年龄，父亲已是镇上建筑队会计，算得上一个小有权力的干部。建筑队分配委托培养中专生指标给子弟，单位出钱，条件是毕业后回单位服务，我成为理所当然的人选。父亲回家喜之不尽地告诉我，我却回之以冷冷的一句："不是自己考上的不去。"

穷怕了的我，对生活没有奢望。小时候，就盼着有一天能放开肚皮，吃一顿白花花的米饭；长大了，想像老师教导的一样，穿上一双黑皮鞋；上了大学，还跟同学聊起理想，想象有朝一日能坐上一回小汽车；工作这么多年了，厌倦了场面的热闹之后，常常在内心呼唤，给我一方安静的书桌，我想思考。

我在心里告诉自己，贫穷教会了我最初的尊严。人生失意时告诉自己，我曾经一无所有；人生得意时警醒自己，我其实一无所求。

自己贫穷的一页翻过去了，没钱的我想把财富留给孩子。

跟孩子说贫穷，却发现，这是一种强加于人的奢侈，因为孩子不知道贫穷，就像我当年不知道奢侈。

孩子没有贫穷的经历，孩子的朋友也没有贫穷的经历。

也许，贫穷再也教不会这一代人尊严。

三

从乡土调查的第一天起，我就在热爱与自责中煎熬。

我爱这片生我养我的土地，爱这片土地上满田满畈的油菜花紫云英，爱每一个枝丫间鸣叫的知了，爱泥浪翻滚下挣扎着自投罗网的泥鳅，爱冬天里深藏在黑色淤泥下的莲藕。

我爱这片土地上爱过怨过恨过的人，爱那些肆无忌惮在眼前笑着闹着哭着的族亲，爱那些做了满满一碗鸡蛋招待自己的乡邻，爱那些几十年了还惦记我胖瘦的乡亲。

但一次历时4年的乡土调查，是一次借着乡情亲情的入户私访，窥见了家乡和亲人最隐秘的生活空间和精神世界。每一次不期而至的相遇，每一次蚊虫叮咬下、寒气逼人时的邻里倾谈，多少令人惊讶的发现都激荡不起心底的欢喜，我知道自己扮演了不太高尚的偷窥者，尽管不断给自己打气，我为的是一个高尚的目的。

直到书稿开始羞答答地呈给乡亲审阅，我还怀着忐忑等待一次次面红耳赤的呵斥。可是没有。村庄平静得像一个和蔼的老师，看着自己的学生写着命题作文，一个劲点头说真实。

一个个诚恳的声音传递过来，用真名吧，都不是见不得人的事。

有人提议，开个家乡Q群吧，我们要一个网上的家。

于是，以家乡名字命名的乡情屋开通了，变成一个乡亲寻亲访友的聚会场，一个回忆青春年少的怀旧场，一个呼唤爱乡爱亲的温暖小屋。

跟我一样爱着家乡的乡邻说出了一声让我感动得想哭的谢谢，他们说，感谢你，帮我们说出了想说出来的心声。

这也许就是我们真实的家乡，一个没有多少隐私的家园，一个被世界遗忘后渴望被关注的角落，一个被痛苦折磨得没有多少痛感的乡野，一个正在走向凋敝仍唱着生活美好的故园。

在我深情的注视下，村庄拂去一切浮华的装饰，让我看到它藏着的不堪的内里。

我知道，这本书是村庄为我写的，村庄用几十年光阴在我眼前上演人间活剧，用自己的沧桑划出了历史的痕迹，用乡亲的荣辱尊卑写出了社会的命运。

感谢村庄！感谢乡亲！感谢一切关注乡村的人们！